시머트리

Symmetry

© Tetsuya Honda, 2008, 2011
All rights reserved.
Original Japanese edition published by Kobunsha Co., Ltd.
Korean Publishing rights arranged with Kobunsha Co., Ltd. through Shinwon Agency Co., Seoul.

이 책의 한국어판 저작권은
신원 에이전시를 통한 저작권자와의 독점 계약으로 자음과모음에 있습니다.
저작권법에 의해 한국 내에서 보호받는 저작물이므로 무단 전재와 무단 복제를 금합니다.

혼다 데쓰야
이로미 옮김

시머트리
シンメトリー

자음과모음

도쿄 7
지나친 정의감 45
오른손으로는 주먹을
날리지 말 것 85
시머트리 125
왼쪽만 보았을 경우 163
나쁜 열매 203
편지 241

도쿄

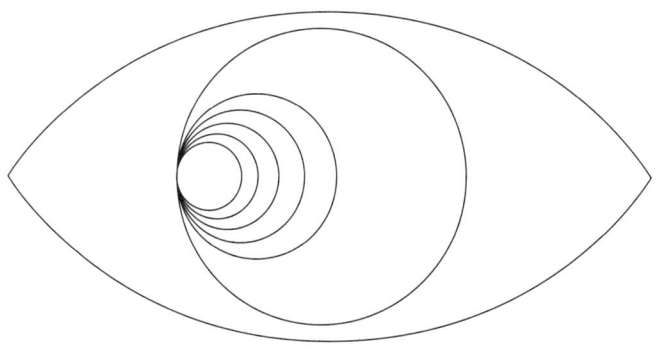

* 본문 속의 각주는 모두 옮긴이의 것입니다.

날씨 참 좋다!

히메카와 레이코는 이곳에서 비가 내리는 모습을 본 적이 없다. 공동묘지 언덕 너머로 넓게 펼쳐진 하늘은 언제나 구름 한 점 없이 맑고 푸르렀다. 그렇다면 최근 몇 년 동안 고구레 도시미쓰의 기일인 2월 27일은 항상 화창했다는 말인가.

고구레 게이코에게 그렇지 않았느냐고 묻자 그녀는 '무슨 소리야, 비 온 적 있어.'라고 대답했다.

"어? 언제요?"

레이코가 뒤에서 게이코의 둥그런 등에 대고 물었다.

"아! 레이코는 안 왔던 날인가 보구나. 언제였냐면……."

나이에 어울리지 않게 화려한 게이코의 밝은 머리 색이 검은 코트와 대비되어 오늘따라 유난히 눈길을 끌었다.

"재작년요?"

"그래, 맞아. 그해 기일에는 비가 내렸어."

그랬구나. 하필 수사가 막바지에 이른 시점이라 잠복근무에서 빠진다는 생각은 꿈도 못 꾸던 날이었다. 그날은 비가 내렸다.

"그럼 고구레 경사님이 '해를 부르는 남자'가 아니라 제가 '해를 부르는 여자'였군요."

레이코의 말에 게이코가 깔깔거리며 명랑하게 웃었다.

"그러네. 굳이 따지면 그 사람은 '비를 부르는 남자'였지. 처음 만난 날도, 결혼식을 올리던 날도. 심지어는 죽은 날까지 비가 내렸으니까."

두 사람의 사연은 고구레가 죽고 난 뒤 게이코가 들려주어 레이코도 대강 알고 있었다. 10여 년 전 도쿄 경시청 나카노 서 생활안전과에 근무하던 고구레가 조직 폭력 사건으로 탐문 수사를 하다가 술집에서 일하던 게이코를 만났다. 금세 가까워진 두 사람은 2년 정도 사귀고 결혼했다. 아이는 없었지만 게이코의 말 한마디, 한마디에서 금슬 좋은 부부였음이 엿보였다.

"사실 고릴라인지 멧돼지인지 구분이 안 갈 정도로 못생겼지만, 자는 얼굴은 참 귀여웠어."

고구레가 세상을 떠난 지도 어언 4년이 흘렀다. 고인이 생전에 신신당부를 해놔서 제사는 지내지 않는다. 그래도 기일이 가까워지면 무덤 앞에 꽃이 끊이지 않는다고 한다. 대부분 생전에 함께 일했던 경찰 관계자들이 놓고 간 꽃이었다.

그런 동료들 중에서도 레이코는 게이코가 같은 여자이기도 해서 가능하면 시간을 맞추어 함께 성묘하려고 했다. 재작년처럼 도저히 빠져나오지 못하는 경우도 있지만 어지간하면 요령을 부려서라도 시간을 만들었다.

두 사람은 다정하게 걸으며 고구레의 무덤이 있는 6구역까지 내려갔다. 무코가오카 유원지 역 근처에 자리한 이 묘역은 새로 조성된 곳이라 그런지 자로 잰 듯 반듯해서 벽돌을 깐 통로가 다 똑같아 보였다. 레이코는 두어 번 혼자 온 적이 있는데 그때마다 바보같이 길을 잃었다. 결국 게이코에게 전화를 걸어 몇 구역 몇 번 통로를 어느 쪽으로 돌아서 몇 번째 위치라는 설명을 듣고 나서야 간신히 찾았다.

'레이코, 넌 형사 자격도 없어.'

어디선가 고구레가 핀잔하는 소리가 들려오는 듯했다.

"어?"

한 발짝 앞서 걷던 게이코가 갑자기 멈춰 섰다. 게이코의 어깨 너머로 맞은편에서 걸어오는 젊은 여자가 보였다. 면접 복장 같은 짙은 감색 정장에 수수한 회색 코트 차림이었다. 오른손에는 물동이를 들었는데 꽃은 없었다. 성묘를 마치고 돌아가는 길이 분명했다. 게이코가 왜 저 여자를 보고 놀라지?

'설마 고구레 경사님이 숨겨놓은 딸?'

아니다, 가까운 거리에서 보니 레이코가 잘 아는 얼굴이다. 젊은 여자의 이마에는 아직도 흉터가 희미하게 남아 있었다.

'다다 미요코.'

정작 게이코는 미요코와 말 한마디 나누지 않고 좁은 통로에서 길을 양보하며 스쳐 지나갔다.

레이코는 어떻게 해야 하나 망설였다. 말을 걸어야 하나 말아야 하나 판단이 서지 않았다. 미요코 쪽에서 알아보면 오랜만이라고 인사 정도는 할까? 좋아 보인다고 가볍게 한마디 덧붙여도 괜찮겠지. 하지만 미요코가 알아보지 못하면 모르는 척하기로 했다. 미요코는 끝내 레이코와 눈도 마주치지 않고 그대로 스쳐서 통로를 돌아 나갔다.

레이코는 망연한 눈으로 미요코의 모습을 좇았다. 그러자 게이코가 "아는 아가씨야?"라고 의아하다는 표정으로 물었다.

"네, 조금……. 게이코 씨는요?"

두 사람은 계단에 올라서서 멀어져 가는 미요코의 뒷모습을 지켜보았다.

"난 잘 몰라. 재작년이었나, 저 아가씨 혼자 성묘하러 온 걸 우연히 봤지. 내가 말을 걸었더니 고개를 푹 숙이고 후다닥 가 버리기에 무슨 사연이 있나 보다 그러고 말았네."

역시 왕년의 형사 아내답네. 눈치 하나는 100단이다.

"맞아요. 사실 사연이 있는데 이야기하자면 조금 기니까 성묘 끝내고 들려드릴게요. 괜찮죠?"

게이코가 실눈을 뜨며 고개를 끄덕였다.

6년쯤 전이었다. 시나가와 서 강력계 소속이었던 레이코가 경사 승진 시험을 준비하느라 고군분투하던 시절의 일이다.

당시 레이코는 스물다섯 살 먹은 순경이었고 같은 부서의 경사였던 고구레는 쉰여섯 살, 선후배라고 하기에는 나이 차가 꽤 나는 짝이었다.

"어이, 레이코! 내 차는 좀 미지근하게 끓이라니까."

고구레는 레이코를 히메카와라는 성(姓)으로 부르는 법이 없었다. 기분이 좋으면 '레이코 군'이었고 저조하면 '레이코짱'이었다. 하지만 대개 성을 떼고 '레이코'라고 이름만 불렀다.

"죄송합니다."

"하여간에 참한 색시 되기는 글렀다니까."

"네, 저도 같은 생각입니다."

속으로는 발끈했지만 진심이었다. 레이코는 자기가 결혼해서 누군가를 위해 식사를 준비하는 모습이 전혀 상상되지 않았다. 만에 하나 신랑을 맞이한다면 일본의 대표 꽃미남 배우인 기무라 다쿠야 정도는 되어야 자기 수준에 어울릴까, 다른 사람은 생각해본 적도 없었다.

"고구레 경사님 부인은 어떤 분이세요?"

"전직 호스티스. 요염하지, 눈치 빠르지, 아주 멋진 여자야."

"두 분은 어떻게 만나셨어요?"

"안 가르쳐줘."

좀처럼 빈틈을 보이지 않는 아저씨. 레이코는 경찰이 된 지 2년이 조금 넘었을 뿐, 본격적인 형사 생활은 수사과 근무 기간까지 합쳐도 1년이 채 안 된다. 그런 레이코에게 대선배인 고구레는 오시바 계장이나 우에스기 과장보다 위대한 존재였다.

"가자, 레이코."

"네."

강력계에서 취급하는 범죄는 살인미수나 폭력 사건이 태반이다. 싸움이나, 싸우다가 번진 상해 사건, 이미 범인이 드러난 살인미수 사건 등. 고구레는 온갖 구실을 붙여 레이코를 밖으로 끌고 다녔다. 형사라면 발로 뛰어야 한다거나, 딱히 볼일이 없더라도 상가를 돌며 세간의 이야기를 모아 자기만의 정보망을 만들어두라거나, 그렇게 당부하면서 형사 노릇을 위한 기본 요령을 훈련시켰다.

"도쿠 씨, 얘는 레이코라고 하는데 내 후배니까 잘 좀 봐주쇼. 꽤 예쁘지? 눈치가 없어 탈이지만……."

식당이며 초밥집이며 자동차 정비소며 가리지 않고 안면을 트게 해준 한없이 고마운 선배이기도 했다. 다만 말끝마다 '눈치가 없어 탈이지만'이라는 군말은 뺐으면 하고 바랐다.

"고구레 경사님, 제가 그렇게 눈치가 없어요?"

"멍청하긴, 그딴 거 일일이 따지려 들지 마라. 너 같이 얼굴 반반한 애가 눈치까지 빠르면 상대방이 경계하잖아. 이리 야무지게 생겼어도 엉성한 구석도 있다고 해둬야 나중에 편하지."

말본새는 고약해도 고구레는 곧잘 레이코를 칭찬했다. 초짜 형사지만 감이 좋은 데다 사건의 전말을 읽는 법이나 사람을 보는 눈이 정확하다고 했다. 하지만 여자치고 눈치가 없다는 게 평소 고구레가 매기는 평가였다.

그날도 고구레와 레이코는 시나가와 서 관내의 술집에서 가게 주인과 잡담을 나누는 중이었다.

"어, 호피(hoppy)가 술 아니었어요?"

술집에 가면 벽에 '호피'라고 쓰인 포스터가 붙어 있는 경우를 자주 보았지만 레이코는 한 번도 주문한 적이 없었다.

"술은 무슨, 콜라 같은 탄산음료야."

고구레가 작은 갈색 병을 들고 병째 마셨다.

"정말이에요?"

한텐*을 걸친 가게 주인이 웃으며 고개를 끄덕였다.

"그렇고말고요. 무알콜이거든요. 보통은 소주와 5 대 1 정도로 섞어서 마신답니다. 사실 전쟁 끝나고 먹고살기 힘든 시절에 맥주 대용품으로 개발된 음료라 젊은이들은 별로 안 마셨죠. 최근에 그 뭐냐, 맥주에 들어 있는 푸린(purine)인가가 호피에는 없어서 좋다고 건강 음료로 다시 주목받는 모양이에요."

레이코는 모르는 사실이었다. 그런 시시껄렁한 이야기를 나누고 있을 때 고구레의 휴대전화가 울렸다.

"네, 여보세요."

고구레가 레이코에게 눈짓을 보냈다. 아무래도 강력계 계장인 오시바 경위인 모양이다.

"네, 바로 가겠습니다."

고구레는 빈 호피 병을 테이블 위에 올려놓았다.

"주인장, 외상 달아둬요."

"그러지요."

---

* 한텐(袢纏): 일본 전통 의복으로 옷고름이 없는 짧은 겉옷.

가게 주인이 쓰게 웃으며 대답했다.

"가자, 레이코."

"네."

미닫이문을 열고 나가는 고구레의 뒤를 따라 레이코도 가게를 나섰다. 그 순간 후텁지근한 열기가 앞길을 막아서는 착각에 사로잡혔다. 사실 레이코는 유독 여름에 약했다. 그러나 지금은 엄살을 부릴 때가 아니다. 레이코는 머리를 가볍게 흔들며 정신을 가다듬고는 앞서가는 고구레를 종종걸음으로 쫓아갔다.

"사건인가요?"

레이코는 손수건을 입에 대고 메스꺼움을 억눌렀다.

"아직 모르겠어. 시나가와히가시 고등학교 학생이 수영장이 있는 옥상에서 떨어진 모양이야. 그것도 수영복 차림으로……. 자살하는 데 어울리는 차림은 아니지?"

고구레가 손을 들어 택시를 잡았다. 오늘은 어쩌다 보니 기타시나가와까지 와버렸다. 사건 현장이 위치한 히가시시나가와 3가까지는 꽤 멀었다. 사실 시나가와 서 근처라 서에서 제대로 출동했더라면 사건 현장에 벌써 도착하고도 남는 시간이었다.

택시 안에서 고구레는 '이런 날도 있는 거지, 뭐.' 한마디 하고는 입을 다물었다.

시나가와히가시 고등학교는 전일제와 정시제* 과정을 함께

---

* 정시제(定時制): 직업과 학업을 양립하는 사람을 위해 야간부 혹은 주간부로 나누어 교육하며, 일반 고등학교인 전일제에 비해 수업 시간이 짧은 편이다.

운영하는 도립 고등학교로, 학생 수는 800명 안팎이다. 시나가와 구 안에는 도립 고등학교가 네 군데 있는데 학력 수준으로 볼 때 그중 두세 번째였다. 그래도 레이코가 다녔던 사이타마 현 옛 우라와 시에 있는 고등학교에 비하면 훨씬 수준 높았다. 학교 건물도 현대적이고 깨끗한 데다 흙바닥이 아닌 고무로 덮여 있는 운동장에서는 그야말로 도시적 세련미가 느껴졌다.

"늦어서 죄송합니다."

"죄송합니다."

운동장 한 귀퉁이의 체육 시설을 모아놓은 건물 곁에는 파란 천막을 둘러친 작은 공간이 마련돼 있었다. 주변에는 감식반원 몇 명이 한 손에 돋보기를 쥐고 땅에 떨어진 단서가 없는지 샅샅이 훑는 중이었다. 그 외에도 제복경찰과 사복경찰을 합쳐 20명가량이 현장을 에워싸고 있었다.

레이코와 같은 강력계 소속 아키바 노부요시 경장이 사건을 설명했다.

"사망자는 구리하라 도모요, 1학년, 열다섯 살입니다. 수영부 연습 날이었는데 부 활동이 끝난 뒤 떨어진 모양입니다."

세 사람은 동시에 옥상을 올려다보았다. 학교 부지 동쪽에 지어진 3층짜리 체육관이었다. 옥상 난간 너머로 감식반원의 모습이 보이다 말다 했다.

고구레가 입술을 내밀며 파란 천막 쪽으로 눈길을 돌렸다.

"시신은?"

"아직 저기에 있습니다."

"목격자는 없나?"

"여름방학이라 등교한 학생이 드물었던 데다 오늘은 운동장을 사용한 동아리가 없었나 봅니다. 아직까지 추락 순간을 목격했다는 정보는 없습니다."

그때 청소년계 주임인 미즈타니 아키코 경사가 끼어들었다.

"그게 참 해괴하단 말이야. 오늘은 자유연습 날이라서 동아리 지도교사도 없었고 졸업생 코치도 없었대. 같이 있었던 남자 부원 여섯 명은 모두 먼저 돌아갔다고 하고, 나머지 여자 부원 네 명도 구리하라 도모요만 남겨두고 돌아갔다고 하는데. 돌아갔다기보다 3층으로 내려갔다고 하더라고."

"그런데 뭐가 이상해?"

고구레가 미즈타니를 다시 쳐다보며 물었다.

"그러니까 본인이 자살할 마음을 먹고 줄곧 기회만 노린 거였다면 저런 모양새가 이해가 되는데."

"하지만 여긴 학교잖아요. 게다가 수영장이고요. 만일 그게 사실이라면 심각한 감독 소홀인걸요."

"학교 비판은 육성회 일이지. 우리는 이 사건이 자살인지 타살인지, 만일 타살이라면 용의자가 누구인지만 알아내면 돼."

고구레가 레이코의 어깨를 토닥이며 말했다. 그 순간 옥상에서 누군가가 부르는 소리가 들렸다.

"어이, 고구레! 빨리 올라와 봐."

옥상 가장자리에서 강력계 오시바 계장이 손짓했다.

"네. 지금 갑니다!"

고구레가 한 번 더 레이코의 어깨를 토닥이고서 건물 현관으로 뛰어갔다. 입구에서 슬리퍼로 갈아 신고 연결 통로로 체육관에 들어가 옥상으로 이어지는 계단을 올랐다.

일반 계단은 3층에서 끝났다. 철문 맞은편에 있는 비상계단이 옥상까지 연결돼 있었다. 그곳부터 현장 보존용 고무 매트를 깔아두었고, 옥상 입구에도 출입 통제 띠를 둘러놓았다. 제복을 입은 지역과 경관이 경계를 서고 있었다.

"수고가 많아."

"수고하십니다."

경계 중인 경관은 거수경례로 응대하고 통제 띠를 들어 올려주었다. 고구레와 레이코는 비닐 덧신을 신고 흰 장갑을 낀 후에 현장으로 들어갔다. 비상계단으로 올라가자마자 강렬한 직사광선이 쏟아져서 레이코는 또다시 메스꺼움을 느꼈다.

현장 보존용 고무 매트가 수영장 가장자리까지 이어졌다.

"어이! 여기야, 여기."

25미터쯤 떨어진 곳에 오시바를 비롯 다른 계장과 수사관까지 총 일곱 명이 몰려 있었다. 고구레와 레이코는 늦어서 죄송하다고 말하며 무리에 끼었다.

"어때 보여요?"

"아직은 모르겠어."

오시바는 옥상에서 교정을 내려다보았다. 고구레도 덩달아 아래를 내려다보니 마침 모포에 덮인 시체가 들것에 실려 파란 천막에서 옮겨지는 광경이 보였다. 사람 모양의 분필선, 그 머리 부분이 정확하게 화단 경계석에 걸려 있다. 구리하라 도모요는 화단 턱에 얼굴을 부딪쳤을까 아니면 뒤통수를 부딪쳤을까?

"거기, 발자국 확실하게 떠."

감식반 계장인 이케다 경위가 젊은 순경에게 지시했다.

"목격자는 없나요?"

고구레가 묻자 오시바는 인상을 찌푸리며 고개를 저었다.

"떨어질 때 운동장에는 아무도 없었어. 저쪽 교무실에 교사 몇 명이 있었다는데. 봐봐. 설령 운 좋게 봤더라도 여기는 사각지대라서 떨어지는 순간밖에 못 봤을 거야. 다들 아무것도 못 봤다고는 하지만 말이지."

"교무실은 누가 조사하고 있습니까?"

"요시오가 가 있어."

강력계 주임 나카무라 요시오 경사였다. 고구레는 그 역시 젊고 유능한 형사라고 높이 평가했다.

"수영부원을 비롯해서 학교 안에 있던 학생들을 대상으로 간단한 참고인 조사를 할 계획이야. 지금 생활안전과 몇 명하고 이치무라와 요시이를 배치해놨어."

이치무라와 요시이는 강력계 형사로 둘 다 계급은 경장이다.

고구레가 주변을 빙 둘러보며 물었다.

"탐문 수사는 어디까지 할까요?"

탐문 수사란 현장 주변에서 이 잡듯 정보를 캐는 수사를 말한다. 고구레가 주머니에서 지도를 꺼내자 오시바는 손끝으로 지도 위에 원을 그렸다.

"일단 옥상에서 보이는 범위면 될 것 같은데."

대략 현장 주변에서 한 구역 정도였다.

"그럼 열 명쯤 붙여주시죠?"

"아니, 그보다 자네들도 참고인 조사를 돕도록 해. 1층 3학년 D반과 E반에 학생들을 모아놨어. 이렇게까지 말하고 싶지는 않지만 일단 가장 의심 가는 쪽이니까. 3층에 계신 과장님께 진행 상황을 듣고 합류하게."

"알겠습니다. 가자, 레이코"

"네."

레이코와 고구레는 올라왔을 때와 마찬가지로 감식반원이 모여 있는 추락 현장을 멀찍이 바라보며 계단으로 향했다.

옥상을 빙 둘러싼 콘크리트 난간 높이는 약 70센티 정도였다. 그 위에는 세로 파이프 끝에 가로 파이프가 가로질러 연결된 난간이 설치되어 있다. 꼭대기까지는 어림잡아 2미터쯤 될까. 사망자가 난간을 넘어 뛰어내렸다면 상당한 각오가 필요했을 것이라고 레이코는 생각했다.

"레이코, 뭐 해? 빨리 가자고."

"아, 네."

'뭐 해라니, 당연히 사건 생각하지.'

레이코는 속에서 발끈했지만 잠자코 고구레를 따라갔다.

형사과장 우에스기 경감의 제안에 따라 1층에 있는 교실 두 개를 사용해서 수영부원인 학생과 수영부원이 아닌 학생을 구분해 참고인 조사에 들어갔다.

"특히 수영부원 조사를 맡는 사람은 진술자가 누구 눈치를 보는지, 말하기를 꺼리지는 않는지 주의 깊게 관찰하도록. 사소한 표정 변화나 신경을 쓰는 방향과 대상, 이런 부분이 진술 내용보다 더 중요하게 작용하기도 하니까."

3층에 있는 빈 교실에서 간략하게 회의를 하고 곧장 1층으로 내려갔다. 조사를 위해 모인 경찰관 수는 교실에 모인 학생 수와 마찬가지로 스물두 명이다. 조사대상은 수영부 남학생 여섯 명과 여학생 네 명, 미술부 남녀학생 일곱 명, 원예부 여학생 다섯 명이다. 수사관은 각자 한 명씩 맡아 심문한다. 원예부는 여섯 명이 등교를 했으나 시신을 처음 발견한 학생이 충격으로 쓰러져 병원에 실려 가는 바람에 한 명이 줄어 다섯 명만 남았다.

3학년 E반 교실은 이미 커다란 사각형 모양으로 책상 배치가 끝난 상태였다. 안쪽 자리에는 수사관이 앉고 바깥쪽 자리에는 학생들이 앉았다. 학생들은 교실 한가운데를 바라보며 앉는 형태였다. 원하지 않아도 다른 학생이 조사받는 모습이 보였고, 신경 쓰이는 사람이 있을 경우 금방 그쪽으로 시선이 가는 구조였다. 개별 공간에서 하는 일대일 면담처럼 차분하게 조사하기는 어렵지만 이런 방법도 그런대로 효과적이라고 레이코는 생각했다. 레이코가 맡은 쪽은 죽은 구리하라 도모요와 같은 1학년 수영부 여학생이었다.

"안녕하세요. 시나가와 서의 히메카와 레이코라고 합니다. 잘 부탁합니다. 그럼 우선 이름부터 다시 한 번 말해주세요."

다다 미요코, 1학년, 열여섯 살. 검고 긴 머리카락에 오밀조밀한 이목구비가 제법 예쁘장하다. 입꼬리가 약간 처져서 성격이 삐딱해 보이기는 하지만 새까만 눈동자가 그런 단점을 충분히 가려줄 만큼 귀엽다.

　다만 미요코 얼굴에는 신경 쓰이는 부분이 있었다.

　이마에 붙인 5센티미터 정도의 하얀 거즈였다.

　"이마는 왜 그래요?"

　레이코가 손을 뻗자 미요코가 아, 하고 두 손으로 황급히 이마의 상처를 가렸다. 반응이 수상쩍었다.

　'얘 왜 이래? 설마 범인?'

　거기까지는 너무 넘겨짚었다고 치자. 하지만 계속 마주 보며 이야기를 했는데 새삼스레 이마에 붙은 거즈를 감추려 하다니, 아무래도 수상하다.

　"어쩌다 그랬어요? 여드름이라도 짰나요?"

　미요코는 레이코의 왼쪽 뒤편을 힐끔거렸다. 그쪽에 앉은 사람은 분명히 미요코보다 한 학년 높은 수영부의 여자 선배다.

　"괜찮다면 상처 좀 보여줄래요?"

　미요코는 거칠게 고개를 저었다.

　"저, 저기, 반창고를 떼면 너무 아파서……."

　그러다가 겁에 질린 눈으로 다른 방향을 쳐다보았다. 이번에 시선이 향한 자리에는 남학생이 있었다.

　"그래요? 그럼 안 되겠네. 미안. 그래도 어쩌다 생긴 상처인지는 말해주겠어요? 양호실에서 치료는 받았나요?"

미요코는 눈을 내리깔고 기어들어가는 목소리로 대답했다.

"수영장 가장자리에서 넘어지는 바람에 양호실에서……."

"오늘 양호 선생님이 나오셨나요?"

"아니요."

"그럼 직접 치료했어요?"

"아니요, 선배가……."

"선배가 치료해줬다고요? 진짜 좋은 선배네. 그 선배가 누군지 알려줄 수 있어요?"

미요코의 표정이 굳어졌다. 어느 쪽도 돌아보지 않고 시선을 내리깔았다.

"어느 선배죠?"

질문에 당황하는 기색이 역력했다.

"시, 시노 선배……."

"어느 쪽에 있는 누구죠?"

레이코는 다른 학생들과 미요코를 번갈아 살펴보았다. 미요코는 포기했다는 듯 처음에 쳐다보았던 레이코의 왼쪽 뒤편을 손가락으로 가리켰다.

저 아이가 시노구나. 흠.

성과 이름의 한자를 확인한다. 시노 가즈에.

머리카락이 짧은 시노 역시 매력적인 아이였다. 하지만 아무리 보아도 자상한 선배 같은 인상은 아니다. 시노는 옆에 레이코가 있다는 사실도 아랑곳하지 않고 냉기가 쌩쌩 도는 눈빛으로 미요코를 노려보았다. 레이코가 미요코를 보며 다시 고쳐 앉자 미요코는 고개를 숙이며 아까보다 훨씬 더 몸을 움츠렸다.

"그럼 간단하게 물을게요. 미요코 학생은 구리하라 도모요가 옥상에서 떨어졌을 때 어디 있었죠?"

"그건, 아까……."

"알아요, 경찰 아저씨에게 말했겠지만 그래도 다시 한 번 말해봐요. 어디에 있었어요?"

미요코는 금방이라도 눈물을 쏟을 듯 울상을 지었다. 그 표정을 보고 친구를 잃은 쇼크 때문이라고 해석하는 사람도 있겠지만 레이코의 생각은 전혀 달랐다. 이 아이는 무언가를 안다. 구리하라 도모요의 죽음과 깊이 관련된 게 분명하다. 그런데 그것을 숨기려 한다. 아마도 이마에 난 상처 역시 무관하지 않으리라. 틀림없이 시노 가즈에라는 2학년 여학생도 관계가 있다.

"탈의실에서 옷 갈아입고 3층으로 내려와서 현관에……."

"그러니까 현관에 있었다는 말인가요?"

"아, 아니……."

더욱더 의심스럽다. 안 되겠다. 이렇게 시장 바닥 같은 공간 말고 좀 더 조용한 곳에서 차분하게 일대일로 조사할 필요가 있다.

"좀 더 알기 쉽게 질문하죠. 구리하라 도모요를 좋아했나요?"

미요코는 깜짝 놀란 눈치였다.

더 들을 필요도 없었다. 구리하라 도모요를 몹시 미워했구나.

탐문 수사 팀이 돌아오자 수사 회의가 열렸다. 서장, 부서장, 주요 부서별 과장에 계장까지 총 서른 명 넘게 참석했다. 관할

차원에서 열리는 회의치고는 규모가 상당히 큰 편이었다.

"먼저 우리 쪽에서 검시 결과를 보고하겠다."

형사과장인 우에스기가 진행을 맡았다.

"직접적인 사인은 추락 시 콘크리트 바닥과 화단 경계석에 머리를 세게 부딪치면서 발생한 두개골 함몰과 골절로 인한 뇌 손상이다. 양쪽 손목과 오른쪽 팔꿈치, 요추, 오른쪽 대퇴골이 골절되었다. 모든 부상은 추락 후 두개골 골절과 동시에 발생했으리라 추정된다. 추락 현장 어느 곳에 어떤 부위가 부딪쳐서 골절이 되었는지는 감식 결과를 종합해서 시간을 두고 조사해야 하는 상황이다. 등에 찰과상도 보이지만 이것 역시 현장 상태와 맞춰봐야 하므로 판단은 뒤로 미루기로 한다."

그 밖에도 세세한 보고 사항이 있었지만 결론은 단순 추락사라는 견해였다.

"질문 있는 사람? 없으면 부서별 보고에 들어간다. 감식과!"

"예."

감식과 우쓰미 경사가 일어났다. 회의에 앞서 미리 현장 상황을 그려놓은 화이트보드 앞으로 갔다.

"추락 현장과 옥상 수영장 감식 결과를 보고하겠습니다. 구리하라 도모요가 추락할 때 생겼으리라 추정되는 지문부터 말씀드리면, 옥상 난간 상단인 여기 이 위쪽에 가로로 놓인 쇠파이프 단 한 군데에서만 왼손으로 잡은 흔적이 발견되었을 뿐 다른 지문은 없었습니다."

회의실 여기저기에서 믿지 못하겠다는 듯 웅성댔지만 우쓰미는 보고를 이었다.

"이곳 한 군데만 검지부터 약지까지 수영장 쪽을 가리키며 위에서 움켜잡은 모양입니다. 엄지 지문은 나오지 않았습니다. 저 역시 왜 이런 위치에 지문이 생겼는지 의문입니다."

"그런 식으로 움켜잡았을 때 자세는 어땠을 거라고 생각하나?"

우에스기가 묻자 우쓰미는 고개를 크게 갸웃했다.

"굳이 말씀드리자면 자세는 두 가지 정도로 추측됩니다. 하나는 수영장을 바라보며 등을 난간에 기대선 상태에서 손을 최대한 뻗어 철봉을 잡는 자세입니다. 하지만 그런 자세로 뛰어내리려면 물구나무를 서서 난간을 넘어가야 합니다. 손 위치도 바꿔야 하고, 더구나 왼손만으로 넘어가기에는 자연스럽지 못합니다. 엄지도 안 댄 상태니 말이죠. 다른 추측은 단숨에 난간 위로 뛰어올라 앉는 겁니다."

"뭐?"

고구레가 되물었다.

"네, 분명히 이상하게 들릴 겁니다. 이상하긴 해도 지문이 찍힌 위치로 봐서 그렇습니다. 난간 위에 앉아 이렇게 엉덩이 옆을 잡으면 되죠. 말은 안 되지만 가장 자연스러운 해석입니다."

감식과 이케다 계장이 우쓰미를 가리키며 물었다.

"그럼 엉덩이 흔적은 나왔나?"

"아, 아니요, 그건……."

"그럼 발자국은? 발자국도 나오지 않았어?"

"네, 그게 참 신기하게도 없었습니다. 지문과 손바닥 자국이 나온 난간 아래쪽에 각별히 주의를 기울여 조사했지만 난간 기둥에서도 다른 지문은 나오지 않았고 난간 턱에도 발자국은 없었습니다. 추락 직전까지 물에 젖었을 테니 기름기가 거의 없는 상태라서 발자국이 남기 어려웠으리라는 가능성까지 충분히 고려했습니다. 하지만 이렇게 아무 흔적도 남지 않았다니 도통 영문을 모르겠습니다. 콘크리트 바닥에는 구리하라 도모요와 다른 학생들의 발자국이 희미하기는 해도 남아 있었습니다."

우에스기가 또 끼어들었다.

"그래서 결론이 뭔가?"

우쓰미 경사는 미간을 찡그렸다.

"앞에서 말씀드렸다시피 구리하라 도모요는 수영장을 바라보는 자세로 난간 상단을 딱 한 번 움켜쥔 채 뛰어넘어 추락했다고 추측됩니다."

저렇게 높은 난간을, 안쪽에서 바깥쪽도 아니고 바깥쪽에서 안쪽으로 딱 한 번 잡고 철책을 넘었다고? 무슨 귀신 씻나락 까먹는 소리인가?

우에스기는 기가 차다는 듯이 접이의자에 등을 기대고 거만한 자세로 물었다.

"혹시 누군가가 구리하라를 들어 올려서 난간 밖으로 떨어뜨렸을 가능성은 없을까?"

"음, 제 생각에 그건 어렵다고 봅니다. 난간의 콘크리트 턱에서 수영장까지는 바닥이 한 단 꺼지는 부분을 포함해도 약 1~2미터 정도입니다. 거기에 과연 몇 명이나 나란히 설 수 있을까요? 기껏해야 두 명입니다. 상반신, 허리, 다리를 각각 두 사람씩 여섯 명이 잡고 구령에 맞춰 던진다 해도 그 높이의 난간을 넘긴다는 게 가능할까요? 설령 넘겼다 해도 구리하라 도모요가 분명히 저항했을 겁니다. 하지만 난간에서는 누구의 발자국도 나오지 않았습니다. 말하자면 아무도 난간 턱에 올라서지 않았다는 뜻인데, 그것 역시 이상하지 않습니까?"

회의에 참석한 모든 사람이 머리를 감싸 쥐고 고개를 숙였다.

고구레가 슬며시 손을 들었다.

"그럼 타살로 보기도 어렵고 자살로 보기도 어렵고. 요컨대 어떤 상황에서 떨어졌는지 전혀 갈피를 못 잡겠다는 말인가?"

우쓰미 경사가 고개를 끄덕였다.

"부끄럽습니다만 말씀하신 대로입니다."

추락 현장에 대한 보고가 이어졌지만 감식과에서 새롭게 내놓은 특이 사항은 없었다.

"그럼 피해자 주변 참고인 조사 팀에서 수영부 학생의 면담을 맡았던 사람 가운데 미즈타니부터……."

"네."

그때부터 분위기가 급변해 피해자 주변 참고인 조사 팀에서 중대 보고가 잇따랐다. 특히 수영부원 조사를 맡았던 형사 열 명은 부원들 사이에 흐르는 이상 기류를 생생하게 보고했다.

우선 다다 미요코는 괴롭힘을 당했다.

저녁에 조사한 여자 수영부원은 1학년인 다다 미요코, 이마이 다에, 니시모토 아키, 2학년인 시노 가즈에까지 총 네 명이었다. 아무래도 시노 가즈에를 중심으로 뭉친 무리가 다다 미요코를 괴롭혔던 모양이다.

그렇다면 그 치료는 뭐였을까?

미요코의 이마에 거즈를 붙여준 사람은 다름 아닌 시노 가즈에였다. 하지만 그녀가 미요코를 바라보는 눈빛은 확실히 예사롭지 않았다. 이 사건의 배경에는 미요코에 대한 시노 가즈에의 원망이 깔려 있다는 말인가, 아니면 그 반대? 그러나 정작 죽은 사람은 구리하라 도모요가 아닌가!

원망에 대한 의문은 한 남학생의 증언으로 풀렸다.

시노 가즈에는 수영부 남학생 기노시타 게스케를 좋아했다. 그런데 최근 기노시타가 다른 남자 부원들에게 다다 미요코가 좋다는 말을 했다. 삼각관계, 치정으로 얽힌 것이다. 일단 시노 가즈에와 다다 미요코 사이의 원한 관계는 성립되었다. 하지만 가장 중요한 구리하라 도모요의 사인(死因)에 대해서는 여전히 오리무중이었다.

그 남학생을 조사했던 이치무라 경장이 보고를 계속했다.

"남학생의 말로는 시노 가즈에가 엄청난 재력가의 딸 같았고, 돈으로 후배들을 조종하는 듯이 보였답니다. 그래서인지 조사를 받는 중에도 이따금 입을 다물어버리기도 했는데 그럴 때마다 돌아보면 시노 가즈에가 살벌한 눈으로 그 남학생을 노려보고 있더군요."

시노 가즈에는 그런 아이였군.

"그럼 구리하라 도모요와는 무슨 관계인가?"

우에스기가 물었다.

"그건 말입니다, 구리하라 도모요는 다른 틀로 봐야 합니다. 기노시타 게스케를 사이에 둔 시노 가즈에와 다다 미요코의 삼각관계가 한편에 있다면, 동급생인 다다 미요코를 따돌리고 돈에 이끌려서 시노 가즈에를 따라다니는 구리하라 도모요를 비롯한 여자 부원 셋을 다른 한편에 놓고 봐야 한다는 거죠."

거기에 레이코의 보고가 더해지면서 그들의 비틀린 인간관계는 분명해졌다.

미요코의 이마에는 상처가 나 있었다. 치료해준 사람은 시노 가즈에라고 했지만 그녀는 미요코를 무섭게 노려보았고, 미요코는 단단히 겁에 질린 모습이었다.

"그 상처는 어쩌다 생겼다고 하던가?"

"다다 미요코 말로는 수영장 가장자리에서 넘어지는 바람에 생긴 상처라고 하더군요. 하지만 저는 그 상처가 아무래도 구리하라 도모요의 추락과 관련이 있지 않을까 하는 인상을 받았습니다. 거즈를 떼고 상처를 보여달라고 하자 아파서 싫다고 거부했고 도모요와 친했느냐, 시노 선배를 좋아하느냐는 질문에는 끝까지 대답하지 않았죠. 지금까지 보고된 내용대로 다다 미요코는 시노 가즈에를 중심으로 한 여학생 패거리에게 집단 괴롭힘을 당했다는 견해가 맞다고 봅니다."

다음으로 탐문 수사 팀의 보고가 이어졌으나 특별한 목격 정보는 없었다.

각 팀의 보고가 끝나고 논의가 제자리에서 맴돌자 더는 못 참겠다는 듯 언론 보도를 맡은 부서장이 언성을 높였다.

"그래서 결론은 자살이야, 타살이야?"

아무도 대답하지 않았다. 옆에 앉은 서장은 그저 이 상황이 어서 끝나기만을 기다리는 태도였다.

"자살이면 간단히 끝나겠지만 타살이라면 본청에 협력 요청도 해야 하는데 벌써 10시잖아. 밖에서 기다리는 기자들한테 도대체 뭐라고 해야 하냐고."

"자살과 타살 가능성을 모두 열어놓고 다각적으로 수사하는 중이라고 하면 되잖습니까?"

고구레가 대답하자 부서장은 어이없다는 듯 긴 한숨을 내쉬었다.

"추락 당시 상황을 모른다, 자살인지 타살인지도 모른다, 본청 수사 1과를 불러야 하나 말아야 하나 판단도 안 선다, 수영부 안에서 괴롭힘이 있었던 것 같기는 한데 괴롭힘을 당한 학생은 사망자가 아닌 다른 학생이다…… 나보고 이런 헛소리를 멀쩡한 얼굴로 발표하라는 건가?"

오른쪽으로 조금 비껴서 앉아 있던 우에스기가 인상을 썼.

부서장 입에서 침이 튄 모양이다.

결국 본청 수사 1과에 상황을 보고하고, 타살 의혹이 더욱 짙어지면 정식으로 수사 협조 요청을 하자는 선에서 일단락이 났다. 언론에는 고구레가 말한 대로 자살과 타살 양쪽에 가능성을 두고 수사 중이라고 발표했다.

이튿날부터 레이코 일행도 탐문 수사에 투입되어 목격 정보를 얻으러 현장 주변을 돌아다녔다. 정오가 지나자 어차피 서까지 거리도 가까우니 복귀해서 구내식당 밥을 먹기로 했다. 오늘 점심은 카레라이스였다. 고구레는 '카레에는 역시 간장'이라고 주장하는 입맛이라 달라고 말하기 전에 알아서 간장병을 꺼내놓았다. 레이코 딴에는 제법 신경 써서 배려해준 셈인데 그런 점을 칭찬받은 기억이 없다. 레이코는 카레에 아무 양념도 치지 않고 먹는 쪽이다.

"저는 다다 미요코가 수상해요."

게다가 고구레는 카레를 한꺼번에 비벼 먹는 타입이었다.

"미성년자를 상대로 함부로 말하지 마."

"요즘 세상에 미성년자는 살인을 하지 않는다고 누가 장담하겠어요?"

"하느냐 마느냐의 문제가 아니야. 인권 운운하는 게 귀찮아서 그러지."

"그런 식이면 수사 회의 자체가 무의미하죠."

"지금이 회의 중이냐?"

"여기는 경찰서 구내식당인데요."

"그렇다고 회의실도 아니잖아. 안 그래?"

레이코는 흥 하고 콧방귀를 뀌고서 숟가락을 입으로 가져갔다.

"수상하다니 무슨 뜻이야?"

'말하지 말라고 할 땐 언제고?'

아니꼬웠지만 그렇다고 무시하지도 못하는 레이코였다.

"왠지 수상해요."

"이마에 난 상처를 보여달라고 했는데 안 보여줘서?"

"그것도 그렇고요."

"뭐가 수상한데?"

"어딘지 모르게 의심스러워요."

고구레는 피식 웃으며 다시 밥을 먹기 시작했다.

"어딘지 모르게 의심스럽다고 하면 안 되나요?"

"아니, 안 될 거야 있나. 직감이 맞다 싶으면 그때 가서 '거봐라!' 하고 큰소리치면 되지, 뭐."

둘 다 볼이 미어지게 밥을 물었다.

"하지만 그래서는 제 실적으로 올라가지 않잖아요."

"어쩌겠어? 탐문 수사를 괜히 하나. 억울하면 탐문 수사에서 다다 미요코가 범인이라는 증거를 찾아서 체포해봐."

레이코는 먼저 식사를 마치고 무료하게 앉아 있는 고구레를 보면서 한 가지 이상한 점을 깨달았다.

"어? 고구레 경사님, 담배 안 피우세요?"

"그렇진 않고. 담배가 떨어져서……."

고구레의 눈빛이 흔들렸다.

"그럼 사 올게요. 항상 피우는 걸로 사 오면 되죠?"

레이코가 마지막 한입을 먹고 일어나자, 고구레는 당황스러운 듯 손짓하며 말렸다.

"아니, 됐어."

"왜요?"

"간 휴식 주간이야."

"그건 술 마시는 사람들 얘기잖아요."

그러고 보니 요 며칠 고구레는 술자리에도 얼굴을 내밀지 않았다.

"정말 됐다니까. 말보로도 질려서 다른 걸로 바꿔볼까 생각 중이고, 그러니까 됐어."

"아, 그러세요?"

레이코도 고구레가 담배를 꼭 피웠으면 하고 바라서 한 말은 아니었으므로 그쯤에서 멈추었다.

"아, 알아요. 고등학생이 옥상에서 떨어진 사건 말이죠? 그런데 전 못 봤어요. 우리도 그렇게 한가하지는 않거든요."

시나가와히가시 고등학교 주변에서 체육관 옥상이 보이는 건물은 거의 창고나 사무실이었다. 가정집은커녕 가게도 편의점 하나가 전부여서 목격 정보라고 부를 만한 제보가 아예 없다시피 했다.

게다가 지금 탐문하는 구역은 사건 현장의 동쪽 지역이다. 추락 현장이 사각지대에 있어서 건물이 웬만큼 높지 않으면 눈으로 볼 수 없었다. 이 운송회사 사무실에서도 체육관은 보여도 옥상 위는 거의 보이지 않았다.

"혹시 함께 계셨던 분들 중에 없을까요, 뭔가 보신 분요."

레이코가 무심히 고개를 돌렸을 때 체육관 옥상으로 통하는 비상계단 위에 사람 모습이 보였다. 레이코는 옥상을 주시했다.

길고 까만 머리카락이었다.

'다다 미요코?'

직감이었다.

"고구레 경사님."

레이코가 고구레의 어깨를 두드리며 옥상 위를 가리키자 고구레는 미간을 찡그리며 눈을 게슴츠레 뜨고서 건너편 체육관을 응시했다.

"저게 누구야?"

"다다 미요코예요. 보세요, 이마에 반창고가 붙어 있잖아요."

"그딴 거 안 보여."

자랑은 아니지만 레이코의 시력은 좌우 모두 2.0이다.

"어쨌든 가봐요."

"왜?"

왜지? 이상하게 가슴이 두근거린다.

"왜긴요, 거동이 수상하잖아요."

"뭐 하는지 보여?"

"제 눈에는 다 보여요."

레이코가 뛰어나가자 고구레도 못 말리겠다는 듯이 따라나섰다. 계단을 한달음에 내려가 회사 건물을 빠져나왔다. 길거리에 서서 올려다보았으나 미요코의 모습은 이미 비상계단에서 사라진 뒤였다.

"먼저 가겠습니다."

뒤따라오는 고구레에게 레이코가 말했다. 고구레는 알았다는 듯이 오른손을 흔들었다.

레이코는 횡단보도까지 가지도 않고 손을 든 채 빠른 속도로 오가는 차들 사이로 무단 횡단을 했다. 몇 번인가 경적이 울렸지만 그런 것에 신경 쓸 겨를이 없었다.

뭘까? 이 두근거림은 도대체 뭐지?

교문을 돌아 들어가서 경비실을 빠른 걸음으로 통과한 뒤 연결 통로를 달렸다. 계단으로 3층까지 뛰어 올라갔다. 옥상으로 올라가는 철문은 닫혀 있었지만 자물쇠로 잠기지는 않아서 손으로 밀자 쉽게 열렸다. 현장 보존용 고무 매트가 철거된 계단을 두 칸씩 뛰어올랐다.

그러고 보니 신고 있는 구두가 온통 흙투성이다. 역시 잘못 짚었나 하고 잠시 주춤했지만 수영장 가장자리까지 갔을 때 올라오기를 잘했다는 사실을 깨달았다. 다다 미요코가 구리하라 도모요가 뛰어내렸던 자리 근처에서 난간을 넘어가 고개를 돌리고 땅을 내려다보는 중이었던 것이다.

"다다 미요코!"

미요코는 움찔 놀라 레이코를 돌아보았다. 금방이라도 울음을 터트릴 듯 얼굴이 일그러졌다.

"가까이 오지 마세요."

레이코는 반사적으로 그 자리에 멈춰 섰다. 일단 발을 멈추고 나니 다시 발을 떼기까지 상당한 용기가 필요했다.

"무슨 일 있었니?"

발을 떼려 했다. 하지만 미요코가 먼저 쐐기를 박았다.

"가까이 오지 마세요. 다가오면 뛰어내릴 거예요."

낭패다. 머릿속이 하얘져서 이럴 때 어떻게 해야 하는지, 어떻게 하라고 배웠는지 전혀 생각이 나지 않았다.

"누가 괴롭혔니?"

미요코와의 거리는 5미터쯤이었다.

"그래서 뛰어내리려는 거야?"

고구레는 뭐 하고 있는 거야!

그때 미요코가 낮게 읊조렸다.

"제발……. 내가 죽였어요."

"……."

"내가 도모요를 죽였다고요."

마침내 고구레가 모습을 나타냈다

"이게 어떻게 된 일이야?"

그는 양손으로 무릎을 짚고 숨을 거칠게 몰아쉬었다.

"자기가 도모요를 죽였다면서 뛰어내리겠대요."

"그건 나도 들어서 알아."

고구레가 다가가려 하자 미요코가 "오지 마세요!" 소리를 지르더니 난간을 붙잡고 있던 한 손을 떼며 몸을 뒤로 젖혔다.

"그만둬!"

고구레도 지지 않고 소리 질렀다.

"오지 마세요."

"그래도 갈 거다! 갈 거야. 어떻게 내가 안 가겠니?"

고구레가 슬금슬금 앞으로 나아갔다.

"너 몇 살이지?"

미요코는 여전히 오른손으로 난간을 잡은 채 몸을 뒤로 뻗친 상태였다.

"열여섯 살이지? 나는 쉰여섯이야. 너보다 40년은 더 살았지."

1미터 정도 거리를 좁혔다.

"그래도 아직 하고 싶은 일이 수두룩해. 60세 정년 때까지 일하다가 퇴직하면 아내와 온천 여행이나 다니고 싶어. 우리 집에는 아이가 없거든. 아내나 나나 해외여행이라고는 해본 적이 없어서 하와이든 어디든 가봤으면 하는 바람이야."

고구레의 목소리가 떨렸다.

"하지만 이제는 그것도 틀렸지. 의사한테 말기 암 선고를 받았거든."

"네?"

외마디 소리를 지른 이가 미요코였는지 레이코였는지는 확실하지 않다.

"폐암이래. 그것도 벌써 여기저기 전이된 상태라서 앞으로 길어야 1년밖에 남지 않았다더구나. 걸려도 된통 걸렸지 뭐니."

말하는 사이 두 사람의 거리가 조금씩 좁혀졌다.

"이제 몇 달만 지나면 뇌까지 번진다는데. 신세 지며 살았던 상사 얼굴도 그렇고, 여기 이 젊은 동료며 마누라 얼굴도 그렇고 네 얼굴은커녕 아무도 분간 못하게 되겠지. 그러다가 결국 죽을 거야, 난……."

미요코는 어느새 두 손으로 난간을 잡고 있었다.

"너는 하고 싶은 게 없니? 꿈이나 희망 말이야. 사소한 거 하나쯤도 없어? 나는 있단다. 하고 싶은 일이 있어. 나는 걷지 못하는 그날까지 형사로 일하고 싶다. 그 시간 동안 사건을 하나라도 많이 해결하고 싶어. 가능하다면 사건이 나기 전에 미리 막으면 좋겠고, 목숨이 위태로운 사람을 살리면 더 좋겠어."

이제 1.5미터 남았다.

"대단하지도 않은 경찰 인생이었지. 계급도 말단에서 두 번째고, 실수는 수도 없이 많았고, 몸도 다 망가져서 고물이나 마찬가지라 정년까지 버티기도 힘들 거야. 반치기에 변변치 않은 나지만…… 아니, 그런 보잘것없고 하찮은 인생이라서 조금이라도 더 남들에게 도움이 되고 싶단다."

한순간이었다. 바람처럼 날았다고 표현하면 좋겠으나 실제로는 고꾸라질 듯 우스꽝스러운 꼴로 달려들었다.

그래도 미요코는 뛰어내리지 않았다. 꿈쩍도 하지 않았다. 마치 고구레가 손잡아주기를 기다리는 듯한 모습이었다.

레이코도 곧장 두 사람에게 달려갔다.

레이코와 고구레는 손을 뻗어 미요코가 난간을 넘어오도록 도와주었다.

난간을 넘어온 미요코는 고구레의 품에 꼭 안겼다.

"고맙다. 돌아와줘서 고마워."

미요코는 그저 "죄송합니다"라는 말과 함께 눈물만 쏟았다.

시나가와 서에서 보호 중인 미요코는 순순히 조사에 응했다.

"1학기 기말고사 얼마 전이었어요. 시노 선배가 불러서 나갔는데 기노시타 선배를 좋아하느냐고 묻더라고요. 아니라고 했더니 3만 엔을 주면서 기노시타가 고백하더라도 사귀지 말라고 했어요. 시노 선배는 무슨 일이든 돈으로 해결한다는 소문을 들었는데 정말인가 보다고 생각했죠."

미요코는 고구레에게 마음을 연 모양이었다. 진술이 술술 흘러나왔고 눈빛에서 강한 의지까지 엿보였다.

"시노 선배가 하는 말에 너무 고분고분 따랐던 게 잘못이었는지, 아니면 기노시타 선배와 무슨 일이 있어서 그랬는지는 잘 모르겠어요. 하지만 그 뒤로도 계속 괴롭혔어요. 교복이랑 속옷을 감춘다거나 수영장에 빠뜨린다거나, 옷을 갈아입는 사이에 사진을 찍기도 했죠. 몸이 안 좋아서 수영부 활동을 쉬려고 해도 그 사진을 들먹이며 반드시 나오라고 협박했어요."

미요코는 때때로 울음이 북받쳐 말을 멈추었지만 고구레가 따뜻한 목소리로 "그래서?"라고 물으면 고개를 끄덕이고 이야기를 계속했다.

"어제도 자유형을 하다가 시노 선배와 스쳤는데 제 손톱에 긁혀서 팔에 상처가 났다는 거예요. 연습 끝나고 남아서 무릎 꿇고 있으라고 했어요. 시키는 대로 했더니 뒤에서 도모요가 바닥에 머리가 닿을 정도로 푹 숙이라면서 제 머리를 밟았어요. 이마가 바닥에 부딪쳐 상처가 났죠. 시노 선배가 그랬다면 저도 어느 정도 이해하겠는데 도모요는 같은 학년이고 심지어 같은 반인데 왜 그렇게까지 하는지, 도대체 얼마를 받았기에 그러나 싶은 생각이 들어서……."

미요코는 자기 무릎 위에 놓인 주먹을 부들부들 떨었다.

"그때까지 쌓였던 감정이 한꺼번에 폭발해버렸어요. 악, 하고 소리치며 일어났는데 우연찮게 도모요가 목마를 탄 자세가 돼서…… 그건 한순간이었어요, 어깨가 가벼워져 돌아봤더니 도모요가 난간 너머로 날아가, 손을 뻗을 새도 없이 아래로……."

그랬구나. 그때 왼손 지문과 손바닥 자국이 남은 거야.

레이코가 건넨 손수건을 고구레가 미요코에게 내밀었다.

"고맙습니다. 그런데 시노 선배가 전부 없었던 일로 하자고 했어요. 도모요가 떨어진 건 입 다물어줄 테니 괴롭혔던 것도 없던 일로 하자고, 전부 없던 일로 하자고 말했어요. 만약 배신하면 제 발가벗은 사진을 인터넷에 올리겠다고…… 저는 도무지 어떻게 해야 할지 몰라서……."

마주 앉아 있던 고구레는 미요코의 가녀린 어깨를 쓰다듬었다.

"고맙다. 잘 알았어. 힘들었겠구나. 네가 더 이상 괴롭지 않도록 힘껏 도와줄게. 그러니 오늘은 집에 돌아가서 푹 쉬렴."

미요코는 고개를 끄덕이고 나서 잘못했다며 연신 머리를 숙였다.

"그래서 어떻게 됐어?"

무코가오카 유원지 역 근처에 있는 디저트 가게에 레이코와 게이코가 마주 앉았다. 게이코는 단팥죽을, 팥을 싫어하는 레이코는 구운 떡을 먹는다.

"음, 아무튼 애매모호한 사건이잖아요? 구리하라 도모요의 추락사에 형사처분을 한다면 다다 미요코는 과실치사에 해당해요. 하지만 미성년자라 처분 대상은 되지 않죠. 시노 가즈에의 공갈 혐의 역시 돈을 갈취했다면 모를까 오히려 줬으니. 무엇보다 부모가 사방에다 필사적으로 손을 써서 보호관찰 대상조차 되지 않았어요. 훈방이랄까 엄중 경고로 끝났죠."

단팥죽뿐 아니라 레이코는 단것을 별로 즐기지 않았다. 그러고 보니 그런 점에서도 여자답지 않다고 고구레가 타박했던 적이 있다. 고구레는 그 사건이 있은 지 2년 뒤에 숨을 거두었다. 의사 진단보다 1년 더 산 셈이다.

"내 고향이 야마가타 현이라고 말했던가?"

게이코가 그렇게 물으며 채소절임을 레이코 쪽으로 밀었다. 게이코는 단맛을 굉장히 좋아해서 단 음식을 먹을 때는 짭짤한 것을 함께 먹지 않았다. 레이코는 고개를 끄덕이며 채소절임 하나를 집어 들었다.

"네, 얘기했어요."

"동생 부부가 거기에서 호텔을 경영하는데 편히 지내게 도와준다면서 내려오래. 원하면 일자리도 주겠다고."

가라앉은 분위기를 바꾸려는 듯 게이코는 담배에 불을 붙였다.

"솔직히 말해서 마음이 좀 기울었어. 그이 덕분에 여기 생활도 불편하지는 않지만 나이 탓인지 요즘 들어 외롭다고 느낄 때가 있거든. 하지만 지금 같은 이야기를 들으면 역시 도쿄를 못 떠나지 싫어."

게이코는 담배 연기를 길게 내뿜었다. 말보로 레드, 고구레는 죽을 때까지 다른 담배로 바꾸지 않았다고 들었다.

"아까 그 아가씨처럼 성묘하러 오는 사건 관계자가 제법 많은 모양이야. 그런 걸 생각하면 남편의 묘만이라도 깨끗하게 해야겠다는 마음이 생기지. 게다가 그이가 몸 사리지 않고 목숨 걸고 지킨 도쿄잖아. 도쿄만큼은 지금도 틀림없이 하늘에서 지켜보고 있을 거야. 안 그래? 역시 못 떠나겠어."

레이코는 맞아요, 하고 고개를 끄덕였다.

"저도 여기 성묘하러 올 때마다 초심으로 돌아가게 돼요."

그러나 한편으로는 묘를 지키기 위해 도쿄에 남겠다는 게이코의 결심이 가혹하게 느껴지기도 했다.

게이코는 등받이에 몸을 기대고 창밖의 파란 하늘을 올려다보았다.

"그냥 적금 깨서 술집이라도 시작할까?"

"그거 좋네요."

레이코가 손뼉을 치며 맞장구를 놓았다.

"그러면 제삿날만이 아니라 자주 보러 올 수 있잖아요?"

게이코는 눈물을 글썽이며 환하게 웃었다.

지나친 정의감

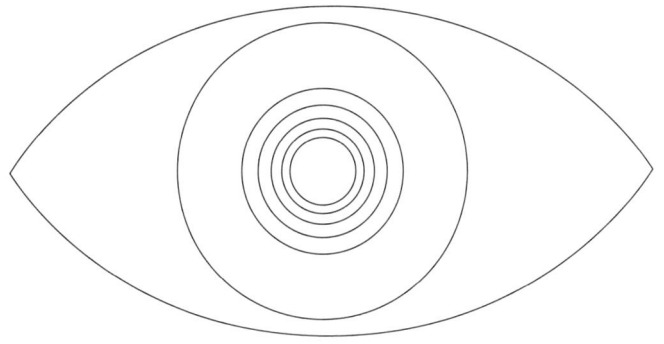

계단을 내려오자 역 앞 교차로는 숨이 막힐 듯 내리쬐는 불볕으로 지글거렸다.

손님을 기다리는 택시 두 대와 청회색 미니밴 한 대가 보였다. 밴 앞에는 초로의 남성이 흰 티셔츠에 반바지 차림으로 서 있다. 가족을 마중 나온 분위기였다. 누구를 기다릴까? 부인? 아니면 시집간 딸과 손자들일까.

강렬한 햇볕에 기가 질려 멍하니 서 있던 레이코 옆을 나이 지긋하고 차림새가 고상한 여성이 스쳐 지나갔다. 노부인이 수줍게 손을 흔들자 미니밴 앞에 서 있던 남성이 인사를 받으며 조수석 문을 열었다.

아, 부럽다.

레이코에게는 역까지 마중 나올 남자는커녕 함께 늙어갈 남자도 없다.

아무렴 어때.

사이타마 현 가와고에 시 미나미오쓰카. 레이코는 이 지역에서 살지도 않고 일하지도 않는다. 이곳에서 도보로 20분 정도 떨어진 곳에 있는 가와고에 소년교도소를 방문하려고 왔을 뿐이다. 마중 나올 사람은 당연히 없다. 함께 늙어갈 남자 운운했던 것은 없던 일로 하자.

어디까지나 당장 없다는 것뿐이잖아.

레이코는 한 남자와 만나기를 고대했다. 언젠가 이 지역에 찾아올 그 남자와 우연이라도 오가다 마주치기를 바랐다.

미나미오쓰카 역에서 가와고에 소년교도소로 가는 경로는 크게 두 가지가 있다. 하나는 주택단지와 아파트촌을 통과해 가는 길이고, 다른 하나는 공구 제조사인 고마쓰 제노아 가와고에 공장 앞으로 지나가는 철길을 따라가는 길이다. 첫 번째 갈림길에서 직진하느냐 오른쪽으로 꺾느냐에 따라 달라진다.

레이코는 이 길을 열 번 정도 오가면서, 그 남자라면 철길 쪽을 택하리라 확신했다.

가령 오후 3시가 넘은 시간에 주택가를 지나다 보면, 주택단지 내 놀이터에서 노는 어린아이들의 모습이나 자전거를 타고 장 보러 가는 주부의 모습을 내키지 않아도 봐야 한다. 그 남자가 과연 그런 풍경을 보고 싶어 할까? 아내를 잃었고, 어떤 의미에서 아들까지 잃은 남자가 그런 풍경의 한가운데를 걸어가려고 할까? 레이코는 그렇지 않다고 생각했다.

철길을 따라 난 길에서는 맹렬한 속도로 지나가는 화물 트럭 때문에 위험은 느낄지언정 사람과 마주칠 일이 거의 없다. 그 남자가 다니기에는 한결 마음 편한 길이 아닐까.

그런 확신이 들자 레이코도 주택가를 통과하는 길로는 다니지 않게 되었다. 오늘도 첫 번째 갈림길에서 오른쪽 길을 택해서 철길을 따라 걷다가 큰 공장을 에워간 뒤 농업 지역으로 들어갔다.

드넓게 펼쳐진 하늘을 올려다보았다. 도시에서는 좀처럼 보기 힘든 숨이 멎을 만큼 맑고 파란 하늘이다. 처음 왔을 때는 아무리 비행 청소년이라도 이런 풍경 속에서 지내다 보면 멋지게 갱생하지 않을까 싶었다. 하지만 곧 매일같이 아름다운 하늘만 펼쳐지는 것은 아니라는 쪽으로 생각이 바뀌었다.

소년교도소는 소년원과 다르다. 단순한 비행이 아니라 형사처분을 받아 마땅한 청소년만을 수용하는 시설이다. 상해치사, 살인, 기타 등등. 어른이었다면 무기징역이나 사형에 처해지고도 남을 중죄를 범한 청소년이 대부분이다. 파란 하늘에 감화받아 갱생할 의지가 생길 아이들이었다면 애당초 범죄로까지 치닫지도 않았다.

레이코는 가벼운 마음으로 인도 없는 비탈길을 내려갔다. 무시무시한 엔진 소리가 등 뒤에서 들려와 저도 모르게 길가로 바짝 붙어 섰다. 보행자도 좀 신경 쓰지. 그렇지만 운전자라면 왜 이런 길로 다니는 거야, 하고 생각할 게 뻔하다. 그랬다. 이런 길을 좋아해서 터벅터벅 걸어가는 사람은 이 불볕더위 속에 레이코뿐이리라.

　레이코가 가방에서 생수병을 꺼냈다. 이거라도 없었다면 가와고에 소년교도소까지 갈 엄두는 나지 않았을 것이다. 한 모금 마시고 바로 집어넣었다. 손수건을 꺼내서 이마와 콧잔등에 맺힌 땀을 찍어낸다. 화장은 일찌감치 땀에 번져 지워졌다. 소년교도소에는 화장을 고칠 만한 장소가 없다. 결국 역에나 돌아가야 가능하다.

　이러다 화장을 고치기 전에 남자와 마주치면 어쩌지? 아니, 무슨 상관이람. 사귀자고 할 것도 아닌데.

　17분…… 아니, 18분쯤 걸어가자 이윽고 잡목림 너머로 주택단지가 보였다. 법무성 관할 부지 안에 조성된 직원 주택이었다. 적당한 길로 주택단지를 통과해 건너편에 서 있는 소년교도소의 높다란 담장을 따라 걸었다. 담장을 따라 걷다가 모퉁이를 돌자 오른쪽에 입구가 나왔다.

　경비실에는 낯익은 경비원이 앉아 있었다. 구면이라 할지라도 신분증 제시를 생략한 채 들어가지는 못한다.

　"안녕하세요. 경시청에서 나온 히메카와 레이코입니다."

　레이코는 경찰수첩을 내보였다.

　2002년 10월 1일, 첫 발령 때 받은 접이식 여권 케이스 모양의 경찰수첩에는 경찰공무원증과 배지가 함께 들어 있다. 경시청 형사부 수사 1과 살인범 수사 10계. 레이코의 경찰공무원증 사진 위에는 '경위'라고 기록되어 있다. 레이코는 수사 1과 10계 2반, 통칭 '히메카와 반'의 주임이다.

"수고하십니다."

나이 지긋한 경비원이 문을 열고 교도관을 불러주었다.

어두컴컴한 현관에서 일이 분 정도 기다리자 이번에도 낯익은 교도관이 나타났다.

"오늘같이 더운 날 수고가 많으십니다."

레이코도 가볍게 인사를 한 뒤 늘 묻는 질문을 던졌다.

"구라타 슈지 씨는요?"

교도관은 안타까운 표정을 지으며 천천히 고개를 저었다.

"아니요. 면회는 한 번도 안 오셨어요."

"그렇군요. 감사합니다."

레이코는 정중하게 머리를 숙여 인사하고 그대로 발길을 돌렸다. 교도관도 사정을 묻거나 시원한 차라도 한 잔 마시고 가라고 권하지 않는다. 교도관은 지금까지 레이코가 아홉 번을 방문하는 동안 그런 질문이나 권유에 전혀 응하지 않는다는 사실을 잘 알게 되었다.

레이코는 다시 불볕더위 속으로 나갔다. 다시 담장과 나란한 길을 걸어서 되돌아간다. 하지만 주택단지를 지나 전철역 쪽으로는 가지 않는다. 밭을 따라 난 도로가 끝나는 지점에서 왼쪽으로 방향을 틀어 다시 담장 밑을 걷는다. 남자가 이런 식으로 걷는 모습을 지역 주민들은 여러 번 목격했다. 레이코는 매번 그를 흉내내서 걸어보고는 했다.

콘크리트 담장은 4미터쯤 되는 높이로 우뚝 솟아 있다. 그 위압감은 성인 수감자를 수용하는 일반 교도소와 별반 다르지 않다. 담장은 200미터 혹은 300미터 정도까지 곧게 죽 이어졌다.

한쪽 담장 중간쯤 딱 한 곳에 크림색 문이 설치되어 있다. 이 문은 도대체 언제 열릴까? 항상 궁금했지만 실제로 물어본 적은 없다. 아마도 시설공사 때 업자가 드나드는 문이겠지.

도로를 사이에 둔 건너편 밭에서 한 중년 여자가 손에 무언가를 들고 나왔다. 레이코는 길을 건너서 조금 빠른 걸음으로 뒤쫓아 갔다. 그녀는 도로변에 있는 단독주택 앞에서 멈추더니 수돗가에서 손에 들었던 무언가를 씻었다. 레이코는 그녀의 등 뒤에서 허리를 숙여 인사했다.

"실례합니다."

여자는 별로 놀라는 기색도 없이 눈이 부신 듯 찡그린 눈으로 레이코를 돌아보았다. 씻고 있던 것은 고구마였다.

"네, 왜 그러시죠?"

"불쑥 죄송한데요, 혹시 저기 소년교도소 담장 주변에서 어슬렁거리는 중년 남자 보신 적 없으세요?"

레이코는 손가락으로 담장 주변을 오락가락하는 시늉을 했다.

"글쎄요, 그런 사람이 있었던가."

"키는 저보다 좀 작고 마른 남자예요. 혼자서 저 담장 모퉁이까지 갔다가 되돌아오고는 했을 거예요."

도로변을 따라 이어진 담장은 길 끝에서 교도소 부지 안으로 꺾여 들어가 계속되었다. 레이코는 예전에 이런 식으로 탐문하여 남자가 부지 안까지는 가지 않고 도로를 따라 되돌아오더라는 이야기를 들었다. 그것도 한 번이 아니었다. 이야기를 해준 사람은 이 주변 다른 농가에 살던 할머니였다. 다달이 한두 차례는 그러는 모양이라고 알려주었다. 안타깝게도 지금 그 할머니는 시내 사립 병원에 입원 중이어서, 더 이상 레이코를 대신해서 담장을 지켜봐 주지 못한다.

"잘 모르겠어요. 미안해요."

중년 여자는 고구마를 씻던 손을 멈추고 머리 숙여 미안해했다. 그럴 만도 했다. 트럭만 지나다니는 이런 길을 온종일 지켜볼 만큼 한가한 사람이 있을 리 만무하다.

"아닙니다. 저야말로 실례했습니다. 고맙습니다."

레이코는 교도소 담장 쪽으로 돌아가지 않고 그대로 밭길을 따라 전철역으로 향했다.

해가 조금 저문 듯했다. 나무 그늘로 들어가자 그럭저럭 시원한 바람이 불었다. 매미는 마치 때는 지금이다 하는 기세로 울어댔다. 트럭이 바로 옆으로 지나갈 때 잠깐 울음을 멈추는 듯하더니 뿌연 흙먼지가 가라앉기도 전에 다시 시끄럽게 울어대기 시작했다.

고향이 사이타마 현이기는 하지만 읍에서 나고 자라 도쿄에서 경찰관이 된 레이코에게 이곳 풍경은 마치 옛날 영화를 보는 듯한 향수를 불러일으켰다.

고등학생 때까지는 고향에서 학교를 다녔다. 고등학교 2학년 여름 레이코는 한 사건의 피해자가 되었다. 그 사건을 계기로 경찰관이라는 직업을 동경하기 시작했다. 좀 더 구체적으로 말하면 목표는 수사 1과 주임 경위라는 직책이었다.

대학은 도쿄에서 4년제 여자 대학을 다녔다. 원만한 대학 생활을 위해 얼마간 동아리 활동에도 참가했지만 남은 시간은 경찰 공무원 승진 시험 준비에 쏟아부었다. 레이코는 경찰관이 되기 전부터 시내 큰 서점에서 문제집을 사들여 하루라도 빨리 경장이 되고 경위가 되기 위해 시험공부를 했다.

보람도 있었다. 스물일곱이라는 젊은 나이로 경위 시험에 합격했고, 직후에 경시청 수사 1과로 배치됐다. 그로부터 3년이 흘렀다. 또래와 비교했을 때 젊은 여자다운 생활이라고 하기에는 어딘가 많이 달랐지만 레이코는 나름 지금 생활에 만족한다. 1년 내내 햇볕에 그을려 새까맣게 탄다는 점 말고 불만은 거의 없는 편이었다.

같은 경로를 거슬러 선로 옆길까지 되돌아왔다. 때마침 학교가 끝났는지 고등학생으로 보이는 남학생 세 명이 자전거를 타고 레이코 앞을 가로질러 갔다.

레이코는 여기까지 오면서 고구마를 씻던 여자 말고 아무도 만나지 못했다. 고마쓰 제노아 공장 입구에서 시동이 걸린 트럭에 올라타는 운전기사를 보기는 했지만 다른 사람은 전혀 보이지 않았다. 그 남자가 지나갔다면 당연히 이쪽 길이다. 레이코는 다시금 확신하며 미나미오쓰카 역으로 걸음을 재촉했다.

역과 가장 가까운 건널목을 지나 오른쪽으로 한 구역을 돌아서 역의 남쪽 출입구로 향했다. 역 앞 슈퍼마켓에는 주부들이 속속 모여들어 한여름 저녁 무렵에 어울림직한 적당히 북적이는 풍경을 연출했다.

교차로를 따라 걸으면서 남쪽 출입구 밑으로 들어갔다. 레이코는 다리 위 개찰구로 오르내리는 엘리베이터 쪽 벽에 기대 생수병을 꺼내 목을 축였다. 손목시계를 보았다. 4시 반이다. 앞으로 30분. 5시까지 그 남자를 만나지 못하면 돌아가자고 생각한 순간이었다.

무스를 발라 정리한 검은 머리에 다소 갸름한 얼굴이 계단 위로 보였다. 금세 구깃구깃한 진회색 양복 차림이 나타났다. 넥타이는 매지 않았다. 키는 170센티미터가 채 되지 않는다. 닮았다. 레이코는 혹시나 하는 기대로 가슴이 설레었다.

남자는 결코 가볍지 않은 걸음걸이로 계단을 내려왔다. 확실하게 식별 가능할 정도로 가까워진 얼굴은 레이코가 사진 몇 장을 보고 상상했던 것과 영락없이 똑같았다. 굳이 설명하자면 피부는 하얀 편이었고 뺨이 약간 야위었다. 남자가 지내온 최근 몇 년의 시간을 생각하면 지극히 당연한 변화라고 여겨졌다. 마흔다섯이라는 실제 나이보다 대여섯 살은 더 늙어 보인다 해도 자연스러운 일이다.

이제 남은 계단은 대여섯 개. 레이코는 이미 확신에 차 있었다. 틀림없다. 저 남자가 바로 구라타 슈지다.

남자는 시선을 정면에 고정한 채였지만 계단을 다 내려오기 직전 레이코를 흘깃 쳐다보았다. 딱히 신경 쓰는 기색 없이 다시 교차로 쪽으로 시선을 돌렸다.

그러나 남자는 몇 발자국을 더 걷다가 무언가 불길한 기운을 느꼈는지 발을 멈췄다. 그제야 그는 여기에 서 있는 레이코가 형사라는 사실을 깨달았다.

"처음 뵙겠습니다. 경시청 수사 1과의 히메카와 레이코라고 합니다."

레이코는 그에게 다가가면서 경찰수첩을 펼쳐 보였다. 남자는 어깨 너머로 레이코의 얼굴과 신분증 사진을 번갈아 보았다.

"무슨 일이신지?"

남자의 표정에서는 아무것도 읽히지 않았다. 동요하거나 위축된 눈치도 아니었다. 불쑥 경찰수첩을 내보이며 다가서는 레이코를 보고도 전혀 놀라는 기색이 아니라니.

레이코는 온 힘을 다해 흥분을 억눌렀다. 최근 석달 동안 며칠 안 되는 비번 날과 출동 대기일을 써가며 발바닥이 닳도록 이곳을 오갔다. 그동안의 수고를 드디어 보상받는 순간이었다.

하지만 그 기쁨을 결코 얼굴에 드러내서는 안 된다.

"잠시 여쭤볼 게 있어서요."

"그래서 무슨 일이냐고 묻지 않소."

남자는 목청을 높이지 않고 낮게 소리를 죽여 말했다.

레이코는 일부러 소리를 내며 경찰수첩을 덮었다.

"4개월 전쯤 아즈마 데루오와 오바 다케시가 죽었습니다. 그 사건과 관련해서 꼭 말씀해주셨으면 하는 게 있어요."

남자는 레이코를 물끄러미 쳐다보았다.

침묵을 깨려는 듯 매미가 다시 요란하게 울어댔다.

도쿄 감찰의무원은 타살인지 자살인지 불분명한 온갖 변사체를 다루는 특수 기관이다. 그곳에 레이코의 몇 안 되는 술친구 중 한 사람이 근무한다.

노장 감찰의 구니오쿠 사다노스케다. 정년이 바로 코앞인 홀아비다. 외모로만 보면 이미 노인이라고 해도 좋을 만큼 늙수그레한데 레이코는 이상하게도 구니오쿠와 함께 지내는 시간이 좋았다.

5월 초 레이코는 출동 대기일을 이용해서 구니오쿠가 근무하는 오쓰카까지 놀러 갔다. 의국에서 서류 정리를 하던 구니오쿠는 돋보기를 콧잔등 위로 끌어 내리며 레이코를 맞이했다.

"레이코가 웬일이야?"

"안녕하세요, 선생님. 아, 지난번 일은 정말 감사했어요."

지난번 일이란 감전사한 시체의 뼈 조각 하나를 샘플로 얻은 것을 말한다.

"뭐, 그렇게 인사받을 일도 아닌걸. 그나저나 슬슬 점심때군. 밥 먹으러 갈까? 뭐 먹고 싶어?"

"초밥요."

서로 돌아가면서 밥값을 내는 것이 둘 사이의 규칙이다. 이번에는 구니오쿠가 낼 차례였다.

"퇴직할 날도 얼마 남지 않은 늙은이를 너무 벗겨먹는군. 지난번에 내가 중국요리 먹자고 했을 때는 달랑 라멘집에 데려갔으면서."

"뭐라고 타박하셔도 회전 초밥은 싫어요. 긴즈시로 가요. 긴즈시."

긴즈시는 구니오쿠가 단골로 가는 고급 초밥집이다.

두 사람은 감찰의무원을 나와서 역 앞까지 가는 길을 나란히 걸었다.

"어서 오세요. 아, 선생님! 레이코 씨도 오셨네."

가게 미닫이문을 열고 초밥집 특유의 서늘하고 눅눅한 공기를 느끼자 마음이 흡족했다.

"안녕하쇼, 주인장. 내실에 빈자리 있나?"

점심시간이 지나서인지 가게 안에는 손님이 한 명도 없었다.

"선생님, 그러지 마시고 오늘은 여기 와서 앉으세요."

주방장은 앞치마에 손을 닦고 바로 앞의 바 테이블을 권했다.

"모처럼 왔으니 그렇게 해요, 선생님."

레이코가 구니오쿠의 팔을 슬쩍 잡아끌었다. 구니오쿠는 자못 유쾌한 듯이 싱글거렸다. 인간에게 마지막까지 남는 욕구는 성욕이라는데 마치 그 말을 증명하는 웃음 같았다.

"하하, 그럴까. 다른 손님도 없어 보이니."

"선생님도 참, 요즘 들어 꼭 한마디씩 쓸데없는 토를 다신다니까."

바 테이블에 앉아서 우선 주인이 추천해준 음식을 먹었다. 레이코나 구니오쿠나 아직 근무시간이라서 차가운 생맥주를 들고 건배하지 못한다는 사실이 아쉽기는 했지만 술이 없어도 이야기는 막힘없이 풀렸다. 레이코와 구니오쿠는 그런 사이였다.

"아, 맞다! 그러고 보니 그 뭐냐, 레이코는 6년 전에 있었던 세 여고생 감금 살해 사건 때 아직 수사 1과가 아니었나?"

레이코는 우롱차를 한 모금 마시고 나서 고개를 끄덕였다.

"네, 6년 전이면 시나가와 서인가 어딘가에서 근무했을 때예요. 그런데 감금 살해 사건이라니, 어떤 일이었는데요?"

"왜, 있잖아. 대법원에서 심신상실로 무죄가 확정되는 바람에 공소가 기각됐던 아즈마 데루오 사건 말이야."

아무리 거 있지 않느냐고 되물어도 레이코는 생각이 잘 나지 않았다.

"잘은 모르겠지만, 그 사건이 왜요?"

"글쎄, 바로 그 아즈마가 지난달에 교통사고로 죽었어. 그것도 무죄판결 직후에······."

구니오쿠가 입을 가리며 레이코 쪽을 보자 레이코는 귀를 가까이 댔다.

"열다섯 살에 강간 살인으로 잡혔던 오바 다케시도 죽었지."

구니오쿠는 자세를 바로잡고 레이코에게서 떨어졌다.

"약물중독으로 죽어서 우리 쪽으로 실려 왔더라고. 깜짝 놀랐다니까."

"그래요?"

두 사건 모두 별로 아는 바가 없는 레이코는 구니오쿠가 무엇 때문에 그렇게 놀라워하는지 도통 감이 잡히지 않았다.

"뭐야, 반응이 왜 그리 싱거워?"

"두 사건 다 잘 모르는걸요."

"잘 모른다고? 천하의 수사 1과 주임 히메카와 레이코가 모르면 어떡하나?"

이런 소리를 듣고 울컥해서 대든다면 그게 또 얼마나 어른스럽지 못한 행동인지는 잘 안다. 하지만 구니오쿠와 레이코 사이에는 점잔 빼지 말고 하나하나 따져보자는 암묵적인 약속이 존재했다.

"형사라고 해서 옛날 사건을 전부 머릿속에 넣고 다녀야 하는 시대는 지났다고요. 그런 사건은 본청으로 돌아가서 서버에 저장된 데이터베이스를 조사하면 끝이에요. 얼마 안 가 휴대전화로도 검색이 가능할걸요. 틀림없이."

"차곡차곡 머릿속에 넣어뒀다가 여차할 때 술술 풀어놓으면 폼 나지 않아?"

"별로요. 손가락으로 키보드를 두드리는 편이 훨씬 폼 나죠."

구니오쿠는 양손의 검지 두 개로만 키보드를 두드린다. 구경하는 사람 입장에서는 꽤나 재미있는 광경이다.

"쳇, 늙은이를 바보 취급 하다니."

인상을 찌푸리기는 했지만 구니오쿠는 금방 마음을 고쳐먹은 듯 앞서 언급했던 두 사건에 대해 늘어놓았다. 10대에 범행을 저지른 오바 다케시의 숨겨진 이야기도 들려주었다.

아즈마 데루오. 향년 28세. 스기나미 구 모모이, 간조 8호선 노상에서 승용차에 치여 4월 2일 사망. 6년 전 여고생 세 명을 차례로 유괴, 열흘에서 2주에 걸쳐 감금과 폭행 후 끝내 살해했다. 재판에서 정신감정 결과 범행 당시 심신상실 상태였다는 진단을 받아 무죄로 풀려났다.

오바 다케시. 향년 21세. 4월 13일, 에도가와 구 시노자키마치에 위치한 자택 근처 어린이 놀이터에서 시체로 발견되었다. 사인은 약물중독에 의한 쇼크였다. 5년 전 같은 중학교에 다니던 여학생을 강간, 살해했다. 다음 달에는 다른 학교 여학생 세 명을 강간하고 그중 한 명을 살해했다. 범행 당시 열여섯 살이었기 때문에 1년 정도의 부정기형만 받고 풀려났다.

"뭐, 천벌을 받았다고 생각하면 잘 죽었다 싶기도 하고 말이야. 주인장, 여기 된장국 좀 줘요."

"어머, 선생님은 부처는 존경해도 무신론자 아니었어요? 주인아저씨, 저도 된장국 주세요."

"알았어요, 된장국 두 그릇 추가."

구니오쿠는 생강초절임 한쪽을 날름 집어 먹었다.

"그야 그렇지. 그래서 하는 말이야. 똑같이 세상을 떠들썩하게 만들었겠다, 똑같이 법 처벌을 비켜 갔겠다, 똑같이 자연사는 아니지만 타살도 아닌 채로 죽었잖아. 천벌이 아니면 대체 누가 심판했을까, 그런 생각 안 들어?"

레이코는 하나 남은 김초밥을 입으로 가져간다.

"단순한 우연 아니에요? 그런 일도 있죠. 두 사건 모두 감찰의무원이나 관할 경찰서에서 사건성이 없다고 판단했잖아요. 아니면 달리 뭔가 의심스러운 점이라도 있었어요?"

"아니, 뭔가 의심스럽다기보다는 왠지 그냥…… 어쩐지 누군가의 의지가 느껴져서 말이야."

"그게 뭐예요, 선생님답지 않게."

말은 그렇게 했지만 구니오쿠의 이야기는 레이코의 마음속에도 께름칙하게 남았다.

　누군가의 의지라……

　법이 심판하지 않은 범죄자를 대신 심판하겠다는 의지.

　설마 드라마도 아닌데, 하고 생각했다. 그러다가 생각을 바꿨다. 이 문제가 과연 바보 같은 이야기로 웃어넘기고 말 일일까? 만일 내가 피해자 유족이라면 어땠을까? 청부 살인을 해줄 만한 사람이 눈앞에 나타났을 경우 절대 보복을 의뢰하지 않는다고 단언할 수 있을까?

　반대로 누군가 나에게 의뢰하는 처지에 놓인다면 어떨까? 무슨 일이 있어도 백 퍼센트 거절하겠다고 장담할 수 있을까? 형사인 자신이 살인을 저지를 가능성은? 생각할 필요조차 없이 가능성은 충분히 있다.

　속물스러운 비유지만 돈을 놓고 생각하면 훨씬 더 알기 쉽다. 100만 엔 정도라면 맡지 않겠지만 1억 엔이라면 어떨까? 10억 엔을 준다면? 게다가 사건이 발각될 염려가 전혀 없다는 보증이 붙는다면?

　애당초 대의명분은 정의다. 지나친 비약이기는 해도 분명히 정의다. 그렇다면 일단 생각은 해보리라. 그 말은 곧 조건에 따라 받아들일 가능성도 있다는 뜻이다. 수사 1과 주임이라는 신분을 가진 레이코 자신조차 말이다.

　하지만 피해자 유족이 청부 살인을 부탁할 방법이 과연 현실적으로 존재할까? 거꾸로 청부업자가 먼저 접근했다면 어떨까? 거절당할 가능성을 생각하면 자기 쪽에서 먼저 접근한다는 건 위험부담이 너무 크다. 청부 살인을 지속적으로 성립시키는 조건은 무엇일까?

구니오쿠와 헤어지고 나서도 레이코는 그 문제에 대해 골똘히 생각했다.

그날 밤 다카이도 서의 출동 요청을 받아 호리노우치 1가에서 발생한 강도 살해 사건 현장으로 갔다.

주택가를 훑듯이 비추는 붉은 전등 빛이 보이는 곳에 이르러 택시에서 내렸다. 가방에서 '수사 1과'라고 적힌 완장을 꺼내 왼팔에 둘렀다. 레이코는 출입 통제 띠 앞에서 경찰수첩을 펼쳐 보였다.

"수사 1과 히메카와 레이코입니다."

"앗! 수, 수고하십니다."

구경꾼을 정리하던 제복 순경의 표정에서 긴장감이 느껴지는 이유는 주임 경위가 여자여서일까, 아니면 그저 레이코가 미인이라서일까? 이럴 때면 레이코는 늘 후자라고 생각한다. 그러는 편이 어쨌든 더 기분은 좋으니까.

"들어가시죠."

제복 순경이 출입 통제 띠를 들어주자 레이코는 허리를 숙여서 들어갔다. 보아하니 사건 현장은 목조로 된 2층짜리 원룸 빌딩의 1층인 모양이다.

"주임님, 수고하십니다."

파란 천막이 덮인 창문에서 같은 반 부하 기쿠타 가즈오 경사가 얼굴을 내밀었다.

"뭐야, 벌써 들어가도 돼?"

아무리 수사 1과 형사라 해도 감식 작업이 끝나지 않으면 현장에 들어가지 못한다.

"네, 괜찮습니다."

레이코는 현관으로 돌아가서 구두 위에 비닐 덧신을 신고 사건 현장으로 들어갔다. 안에는 이미 같은 반 노장 형사 이시쿠라 다모쓰 경사와 신입인 하야마 노리유키 경장, 기동수사대원 네 명이 있었다. 레이코의 부하 중 한 명만 아직 오지 않았다.

"유다는?"

유다 고헤이 경장이 보이지 않았다.

"연락은 했는데 아직 안 왔습니다."

기쿠타가 대답했다.

레이코는 어질러진 실내를 휙 둘러본 뒤 감식반원의 설명을 들었다.

"빈집털이가 충동적으로 저지른 모양입니다. 사인은 심장부에 입은 자상입니다. 흉기는 나이프 형태로 된 날붙이이고요. 범인은 적어도 2인조입니다. 창문을 깨고 들어와서 집 안을 뒤지다가 때마침 귀가한 피해자와 마주쳤을 것으로 추측됩니다. 그래서 피해자가 개수대 앞에 있는 거고요."

감식반원은 바닥에 쓰러져 죽은 70대 남성의 손에 들린 식칼을 가리켰다.

"순간적으로 저항했겠죠. 혈흔이 남아 있으니 범인은 부상을 당했을 가능성이 높습니다. 수법을 봤을 때 중국인 절도단과 하는 짓이 흡사하지만 집 안을 뒤진 순서에서 초짜 냄새가 좀 납니다. 딱 봐도 서랍을 위부터 차례로 열었어요. 전문털이범이면 아래 칸부터 여는 게 철칙인데 말이죠."

일리 있는 말이다. 위에서부터 서랍을 열면 열었던 서랍을 닫아야만 아래쪽 서랍이 열린다.

"네, 알겠습니다. 기쿠타, 탐문 수사 시작할까?"

"네."

10계장인 이마이즈미 하루오 경감은 못 온다고 하여 레이코가 지휘권을 잡고 초동수사에 들어갔다. 우선 탐문 수사부터 시작한다. 현장 주변을 열 구역 정도로 나누어 이 잡듯이 샅샅이 탐문한다. 레이코는 다시 출입 통제 띠 바깥으로 나와서 주변에 흩어진 관할 서 수사관을 불러 모았다.

"집합!"

히메카와 반의 호령은 언제나 기쿠타의 몫이었다. 레이코의 목소리는 들리지도 않는 데다 무리하게 소리를 질렀다가 목소리가 삐끗하기라도 하면 도리어 체면만 구기기 때문이다.

히메카와 반과 기동수사대를 앞 열에 세웠다. 다카이도 서 수사 팀은 뒤쪽에 세웠다. 이제부터 경시청 인원과 관할 서 경찰이 2인 1조가 되어 수사를 맡는다. 레이코는 관할 서에서 제공한 지도를 보며 수사관들에게 담당 구역을 할당했다.

"기쿠타는 1의 7구역부터 9구역까지."

"예."

"이시쿠라는 1의 10구역부터 15구역까지."

"예."

"하야마는 초등학교 내부와 기타 주변 지역."

"예."

마찬가지로 기동수사대원 네 명에게도 구역을 나눠주고 자신도 관할 경찰서 수사대원과 탐문 수사에 나섰다.

레이코가 자신의 담당 구역으로 지정한 곳은 간조 7호선과 호난 대로가 만나는 호난 사거리 부근이었다. 범인이 자동차를 이용해 도주했다면 이곳이나 반대쪽 니시에이후쿠 사거리에 나타났을 가능성이 높다. 신호가 파란불이었다면 무난하게 지나갔겠지만 빨간불이었다면? 무시하고 지나가지 않았을까? 거기서 사고라도 냈다면 체포는 시간문제지만 그렇지 않더라도 과속으로 통과했을 경우 통행인의 이목을 끌기에 충분했다. 탐문할 가치가 있었다. 반대쪽 니시에이후쿠 사거리는 기동수사대원 후루타 경사가 맡았다.

실제로 가보니 야심한 시각의 호난 사거리는 예상만큼 북적이지 않았다. 이런 곳에서 어슬렁거릴 정도로 한가한 사람은 이미 사건 현장으로 달려가 구경꾼이 되어 있을 터였다. 사건 현장에서 여기까지는 조금 거리가 있었다.

탐문 수사 구역은 현장에서 가까우면 가까울수록 정보량이 많다고 여겨진다. 이번에 레이코가 먼 구역을 고른 이유는 기쿠타에게 현장 인근을 맡겨 가능하면 그가 공적을 세우기를 바랐기 때문이다.

하지만 그 선택이 되레 자기 실적만 올리는 결과를 낳았다. 사거리 한 모퉁이에서 심야까지 영업하는 약국이 결정적 정보를 제공했던 것이다. 그곳에서 사건 직후 젊은 남자 두 명이 붕대와 소독약, 커다란 반창고를 사 갔다고 했다.

"감시 카메라에 녹화되었을까요?"

"네, 물론이죠."

그 영상이 중요한 단서가 되어 강도 살해 사건은 발생 사흘 만에 피의자 신원을 확보, 신속하게 해결되었다. 범인은 3인조, 하나같이 미성년자로 중국인이 아닌 일본인이었다.

어디, 머리에 피도 안 마른 것들이.

이 사건에 대한 레이코의 솔직한 심정이었다. 이런 패거리들은 아무리 잡아넣어도 별로 반성도 하지 않은 채 사회로 돌아올 것이 뻔했다. 그렇게 생각하니 다시금 소년법이라는 악법에 격한 분노를 느꼈다.

그런 생각은 구니오쿠가 했던 이야기로 쉽게 이어졌다. 범죄를 저지르긴 했지만 소년법과 형법 제39조 덕에 처벌을 면했던 아즈마 데루오와 오바 다케시가 있지 않은가? 최근에 둘 다 똑같이 타살 흔적이 농후한 상태로 횡사했다.

'천벌이 아니면 대체 누가 심판했을까, 그런 생각 안 들어?'

구니오쿠가 했던 말이 떠올랐다.

레이코는 경시청으로 돌아가서 호리노우치 강도 살해 사건에 대한 서류 업무를 마무리 지을 겸 아즈마와 오바 사건을 조사해보기로 마음먹었다. 우선, 경시청 6층에 있는 같은 수사

1과에 속한 특별 현장 자료과로 가서 열람 신청을 했다.

"워낙 큰 사건이어서 전부 꺼내면 양이 상당할 텐데요."

동기이지만 아직 경장인 호리우치가 인상을 찌푸렸다.

"아, 괜찮아요. 그냥 개요 정도면 돼요."

그런데도 건네받은 검은색 표지의 파일은 아즈마 데루오 사건만 네 권, 오바 다케시 사건까지 합치면 일곱 권이나 되었다. 레이코는 자기 자리로 가져와서 파일을 획획 넘기듯 보았다.

사건 개요는 구니오쿠가 말한 내용과 거의 다르지 않았다. 여고생 세 명을 유괴해 감금, 살해하고도 심신상실이라는 이유로 무죄방면된 아즈마 데루오. 총 네 명의 여중생을 강간하고 그중 두 명을 살해했지만 1년 조금 넘는 금고형만 받고 출소한 오바 다케시.

레이코는 두 사건을 연결하는 공통점이 없는지 자료를 비교해보았다. 하지만 두 사건은 범행 수법이나 동기도 그렇고 발생 장소며 재판 결과도 전혀 달랐다. 굳이 공통점을 꼽자면 두 사건 다 형이 가볍다는 정도였다. 그러다가 두 사건을 담당한 수사본부의 수사관 명단에 같은 이름이 두 개 있다는 사실을 발견했다. 요컨대 두 사건을 수사하는 데 모두 참여한 형사는 단 두 명이라는 뜻이다.

한 사람은 하루야마 히로카즈. 계급은 레이코보다 한 계급 아래인 경사. 아즈마 사건 당시에는 3팀 소속 형사였고 오바 사건 무렵에는 9팀으로 이동하여 수사를 맡았다. 나이는 마흔 안팎으로 여전히 9팀 소속이었다. 그는 다른 형사들처럼 여자 경위인 레이코에게 혐오감을 드러냈다. 그래서인지 정중한 태도가 오히려 무례하게 느껴지는 그저 그런 남자 형사였다.

다른 한 명은 구라타 슈지 경위. 아즈마 사건 당시에는 스기나미 구 오기쿠보 서 형사과의 강력범 수사계 계장으로, 오바 사건 당시에는 수사 1과 9팀 주임으로 본부에 소속되어 수사에 참여했다.

구라타 슈지가 누구지? 레이코의 기억에 없는 이름이었다. 그 말은 곧 레이코가 수사 1과에 들어오기 전에 다른 곳으로 배치되었다가 그 후로 수사 1과에 복귀하지 않았다는 뜻이다. 아니면 어떤 사정으로 퇴직했을 가능성도 있었다. 별수 없네. 귀찮지만 그 사람에게 물어봐야지.

레이코는 바로 다음 휴가를 이용해서 세타가야의 다마가와 서를 찾아갔다. 여대생 상해치사 사건 수사로 본부에 합류한 하루야마 히로카즈를 만나기 위해서였다.

아침 7시 50분. 아직 수사대원도 얼마 모이지 않은 회의실 한가운데에서 하루야마는 책상 위에 신문을 펼쳐놓고 주먹밥을 먹는 중이었다.

"안녕하세요, 하루야마 경사님."

상냥한 표정으로 돌아보던 하루야마는 자기를 부른 목소리의 주인공이 레이코라는 사실을 안 순간 노골적으로 인상을 썼다.

"이거 참 별일이네! 수사 1과의 절세미인 경위님이 이런 변두리 수사본부까지 행차하시다니, 무슨 바람이 불어 여기까지 오셨을까?"

현재 수사 1과에 소속된 여자 경위라고는 레이코뿐이다.

"식사 중에 미안합니다. 하루야마 경사님한테 몇 가지 물어볼 게 있어서요. 시간 괜찮으세요?"

하루야마가 대답하기도 전에 레이코는 눈앞의 접이식 의자에 앉았다.

"저야 가문의 영광이죠."

하루야마는 그렇게 대답하면서도 들고 있던 주먹밥을 내려놓지 않았고 신문도 접지 않았다.

"단도직입적으로 얘기하죠. 경사님은 6년 전 여고생 유괴 살해 사건 범인인 아즈마 데루오와 5년 전 여중생 강간 살해 사건의 범인 오바 다케시가 죽었다는 사실을 아시나요?"

"뭐라고요?"

하루야마의 놀란 얼굴은 지극히 자연스러웠다.

"아즈마 데루오와 오바 다케시가 죽었다는 걸 몰라요?"

"네, 몰랐습니다. 금시초문입니다. 그게 정말입니까?"

"경사님은 두 사건 다 수사에 참여했죠?"

"네, 그랬습니다."

"어떻게 생각해요?"

난감하다는 표정도 역시 자연스럽다.

"어떻게 생각하다니요. 갑자기 그런 걸 물으면 딱히……."

레이코는 두 사람의 사망 경위를 설명했다.

"법의학부도 그랬고 관할 경찰서도 사건성은 없다고 판단했죠. 어때요, 뭔가 걸리는 점은 없나요?"

하루야마가 어이없다는 듯 코웃음을 쳤다.

"분명히 그 둘에게 내려진 처벌은 너무 가벼웠습니다. 저도 그렇게 생각하지만 그렇다고 해서……. 죽을 때가 돼서 죽었겠죠. 말씀을 들어보니 아무런 공통점도 없어 보이는군요. 레이코 경위님이야말로 두 사건에 뭔가가 있다고 생각하십니까?"

글렀다. 이 남자는 털끝만큼도 흥미를 보이지 않는다. 의견을 물어봐야 시간 낭비다.

"알겠습니다. 그럼 하나만 더 물어볼게요. 두 사건 현장에서 경사님은 구라타 경위님과 같이 있었던 걸로 아는데, 혹시 기억하나요?"

하루야마는 남은 주먹밥을 입안에 쑤셔 넣고 페트병에 든 차를 마셨다.

"그랬나?"

"아즈마 사건 때는 오기쿠보 서 강력과 계장이셨고, 오바 사건 때는 9팀 1반 주임으로 수사에 참여하셨죠."

"아, 그랬군요. 오바 사건 때 같이 수사했던 건 확실하지만 아즈마 사건 때는…… 기억이 잘 안 나는군요. 워낙 수사관이 많았던 사건이라서."

역시 이자한테는 기대할 게 없다.

"그랬군요. 그럼 질문을 좀 바꿔보죠. 구라타 경위님은 어떤 분인가요?"

"어떤 분이었더라. 뭐, 명석한 사람이랄까…… 유별나게 정의감이 강한 데다 존경할 만한 분이었습니다."

그렇다면 하루야마보다는 기대해도 될 위인이라는 말인가.

"3년 반 전에 퇴직하셨던데 그 후로 연락을 주고받은 적은 없나요?"

갑자기 하루야마의 낯빛이 어두워졌다.

"아니요, 없습니다."

"뵙고 싶은데, 연락이 가능할까요?"

"글쎄요, 그건 좀……."

대답이 점점 더 흐릿해진다. 이렇게 되면 오히려 더 다그치고 싶어지는 것이 형사의 습성이다.

"하루야마 경사님, 구라타 경위님은 왜 경시청을 관두셨나요? 그 이유를 알아내지 못했는데, 하루야마 경사님이라면 왜 그랬는지 알겠죠? 같은 팀 소속이었잖아요."

하루야마는 무표정했지만 난처한 빛이 역력했다. 형사는 캐묻는 데 프로일지 몰라도 잡아떼는 데에는 아마추어다.

"음."

"말 못 할 일인가요? 왜 말을 못 해요?"

바로 대답하지는 않았다. 하지만 하루야마도 계속 입 다물고 있기만은 어렵다는 사실을 알았다. 왜냐하면 레이코는 경위고 하루야마는 경사이기 때문이다. 직속 관계는 아니더라도 엄연히 레이코가 하루야마보다 상관인 것이다.

마침내 하루야마가 체념한 듯 고개를 끄덕이며 입을 열었다.

"사실 그분 아드님이 살인 사건을 일으켰습니다. 그래서 구라타 경위님은 경찰을 그만두셨죠."

불현듯 가시와도 같은 것이 레이코의 가슴을 찔렀다. 무언가 있다. 이 아픔은 레이코가 사건의 진상에 접근했다는 신호였다. 레이코가 스스로에게 보내는 더없이 중요한 암시였다.

걷자고 먼저 말을 꺼낸 사람은 구라타였다.

아니나 다를까, 그는 철로를 따라 난 길을 걸었다. 레이코는 구라타를 뒤따르면서 자신이 미나미오쓰카에서 그를 찾아다니게 된 경위를 설명했다. 구라타는 가만히 고개를 끄덕였다.

"그러니까 아즈마와 오바가 마치 천벌이라도 받은 듯이 죽었고, 그 두 사람의 수사에 참여했던 내게는 살인을 저지른 아들이 있다. 거기에 흥미를 느껴 내 이야기를 들으러 왔다는 말인가?"

그런 식으로 간추려서 물으니 괜히 머쓱해진다.

"네, 대충 그런 뜻입니다."

구라타가 가소롭다는 듯 코웃음을 쳤다.

"요즘 수사 1과는 참 한가한가 보군."

"한가하기는요, 여전히 정신없이 바쁩니다. 그래서 이곳에 올 때는 휴일이나 출동 대기일을 이용했죠."

"오늘이 처음도 아니라는 말인가?"

"네, 이래저래 열 번째입니다."

구라타는 질렸다는 표정으로 고개를 내저었다.

"수고가 많았군."

레이코는 고개를 끄덕였다.

"네, 저도 그렇게 생각합니다."

세이부신주쿠선을 따라 열차가 지나가자 또다시 사방에서 매미 울음소리가 울려 퍼졌다.

"설마 자네, 내가 법을 대신해서 아즈마와 오바를 극형에 처했다고 생각하지는 않겠지?"

머릿속에서 검은 덩어리가 불끈불끈 맥박 쳤다. 설마 구라타가 이런 말까지 할 줄은 몰랐다.

"네, 그렇게 생각합니다."

호통을 치지 않을까 각오했지만 구라타는 별로 개의치 않는 듯했다.

"증거는?"

"없습니다, 아무것도."

"그래서는 말이 안 되잖아."

"네, 저도 그렇게 생각합니다."

요란스러운 매미 울음소리에 호응하듯 레이코의 마음에서도 무언가 큰 울림이 일기 시작했다.

"그건 됐고. 얘기해봐, 내가 그 두 사람을 죽였다는 게 어떻게 성립하는지."

레이코는 크게 심호흡을 했다. 뜨거운 물이라도 삼켰나 싶게 열기로 숨이 막혔다. 지금 그녀는 냉정한 판단과 거리가 먼 상태였다.

"네. 처음에는 저도 두 사건을 잇는 무언가를 무작정 찾기만 했습니다. 만일 누군가가 두 사람 일에 관여했다면 도를 넘은 정의감 때문은 아니었을까 하고 막연하게 생각했고요. 그런데 경위님 아드님이 저지른 사건에 대해 들었고, 또 그 동기까지 알게 되면서 깨달았습니다. 지나친 정의감이 원인이었을 거라는 제 추측이 절반은 맞았고 절반은 틀렸다는 사실을요."

구라타 슈지의 아들 구라타 히데키는 열여덟 살 때 사귀던 여고생에게 이별 통보를 받자 원한을 품었고, 얼마 뒤 그녀를 살해했다. 계획적이고 잔혹한 범행이어서 도쿄 지방법원에서는 8년 이상 15년 이하의 부정기형을 선고했다. 가석방이 되더라도 2년 반 정도가 걸리는, 소년범죄 처벌치고는 아주 무거운 형량이었다. 그 후에 다른 사건이 이어졌다.

"경찰을 관둔 직후 피해자 아버지가 경위님 집에 들이닥쳐 사모님을 살해했죠?"

앞서 걷는 구라타의 등에 매미 소리가 그을음처럼 달라붙었다.

"어, 맞아. 피해자 아버지는 무기징역을 받았지. 아직 재심 중이지만 말이야."

"경위님은 재판을 한 번도 방청하지 않으셨습니다. 검찰의 증언대에 서달라는 요청도 거절하셨는데, 왜죠?"

정체 모를 어두움이 두 사람 주변을 빙빙 맴돌았다.

"글쎄, 왜 그랬을까? 자네는 왜 그랬다고 생각하나?"

시동을 거는 트럭. 공장 출입문. 열기 탓에 눈앞이 어질어질했다.

"물론 부인을 살해한 남자를 용서할 마음이 없으셨기 때문일 겁니다. 하지만 경위님 역시 그 죄를 물을 입장은 못 된다고 생각하신 게 아닌가요?"

구라타는 대답하지 않았다.

"얄궂게도 경위님은 비슷한 사례로 오바 사건이나 정신감정으로 풀려난 아즈마 사건을 비롯해서 여러 청소년 사건을 다루셨습니다. 그래서 피해자 유족의 아픔을 누구보다 뼈저리게 아시겠죠. 그런데 공교롭게도 경위님 자신이 부인을 잃은 피해자 가족이 되었습니다. 그러니까 경위님은 가해자 아버지라는 입장보다 피해자 유족의 입장에 서는 길을 택하신 게 아닌가요?"

"그랬다면?"

구라타는 발을 멈추고 처음으로 강한 말투로 반문했다.

"그랬다면 내가 아즈마와 오바를 죽인 이유는 뭐지?"

레이코는 구라타의 등을 바라보며 대답했다.

"되돌리고 싶지 않았기 때문입니다. 결심이라고 해도 좋겠죠. 분명히 두 사람의 변사 사고에는 사건성이 없다고 결론이 났습니다. 하지만 전직 형사라면 어떻게 해야 사건이 되지 않고 변사로 처리될지, 그런 살해 방법 한두 개쯤은 당연히 아실 겁니다. 예를 들면 울혈(鬱血)이 남지 않도록 팔로 경동맥을 졸라 기절시켜서 도로에 던지면 교통사고사가 성립됩니다. 치사량보다 많은 양의 각성제를 주사하면 중독사로 분류되겠죠. 경위님은 순수하게 정의로운 차원에서만 아즈마와 오바를 살해한 게 아닙니다. 전혀 정의롭지 않았다고 말하기는 어렵지만 그보다 경위님은 자신을 몰아세우기 위해 두 사람을 죽인 겁니다."

"나를 몰아세워? 뭣 때문에?"

갑자기 매미가 울음을 그친 것 같았다.

"아들인 히데키를 자신의 손으로 처벌하기 위해서죠. 아즈마와 오바처럼 말입니다."

머릿속에서 엄청난 파리 떼가 소용돌이치며 날아다니는 듯했다. 외부의 소리는 모조리 사라지고 내부에서 울려 퍼지는 소음만 남았다. 광기, 그것은 어느 곳도 아닌 바로 레이코 안에 존재했다.

"왜 그렇게 생각하지?"

구라타의 목소리가 조용히 울렸다.

"제 생각이 처음부터 그랬던 건 아닙니다. 이곳을 수차례 오가면서 차츰 정리된 내용이죠. 경위님은 이 동네를 그렇게 찾아오면서 단 한 번도 히데키를 면회하지 않으셨습니다. 면회도 하지 않은 채 그저 담장 밖에서 거닐기만 하셨습니다. 아드님과 한 번이라도 만났다가는 그만 용서해버릴지 모른다는 두려움 때문이 아니었나요? 자칫 히데키에게 갱생할 기미가 엿보이기라도 하면 본인 손으로 처벌하겠다는 의지가 무너질까 봐 두려웠던 것 아닌가요?"

진회색 양복을 입은 구라타가 왼쪽 길로 꺾어 들어갔다. 어느새 잡목림 너머로 주택단지가 보이는 곳까지 이르렀다.

"자네, 동료들에게 미움 사는 타입이지?"

레이코는 갑자기 목덜미의 땀이 쏙 들어가는 서늘함에 불쾌해졌다. 몰래 엿보려다가 오히려 같은 구멍으로 감시당한 기분이었다. 초조함과 비슷한 불쾌한 감정이 일었다.

"네, 동료뿐만 아니라 위아래로도 적이 많죠."

"그렇겠지. 같은 시기에 함께 근무했다면 나 역시 자네를 눈엣가시처럼 여겼을 거야. 확실한 증거도 없으면서 그렇게 짐작만 갖고 달려드니 안 그러겠나. 그런 추측이 빗나가서 웃음거리라도 되면 그만인데 그게 맞아떨어지니 다들 이러지도 저러지도 못하겠지."

구라타가 돌아보았다. 입가에 희미하게 웃음이 어려 있었다.

"사람은 할 일이 없으면 쓸데없는 생각을 하기 마련이거든."

그대로 발길을 돌려서 다시 소년교도소를 향해 걸으며 이야기를 계속했다.

"퇴직하고 나서 내가 그랬지. 아들은 가정법원에서 검찰로 넘어가고 아내는 보복 살인을 당했어. 아무도 없는 집에 혼자 있기가 괴로웠네. 묘하게도 식구들의 냄새가 계속 맴돌더군."

추억을 쫓아버리려는 듯 구라타는 고개를 저었다.

"그렇다고 달리 갈 곳도 없었어. 어떻게 시간을 때워야 할지 모르겠더라고. 형사로 사는 법 말고는 아무것도 몰랐으니까. 결국 다시 형사 흉내를 내며 돌아다녔지. 어리석은 짓이라고 생각하면서도 말이야. 우선 아즈마의 행방을 쫓아다녔어. 녀석은 뜻밖에도 동네 작은 공장에서 착실하게 일하고 있더군. 정신감정을 두 번이나 받으면서 심신상실로 승소한 놈이 철판에 구멍 뚫는 일을 하더라고. 끈기 있고 정확하게, 간혹 웃는 얼굴로 동료와 농담도 하면서 말이지. 터무니없는 의심이 생기더군. 정신감정을 받을 때 보인 행동은 전부 연기가 아니었을까 하고 말이야. 꽤 오랫동안 그 녀석 주위를 맴돌았어. 그러다가 묵직한 정보를 하나 건졌지. 녀석은 사건이 발각되고 나서 체포될 때까지 8개월 동안 일부러 옆 동네에 있는 도서관에 다니면서 정신질환에 관해 공부했더군. 그 녀석의 말과 행동은 죄다 거짓이었어. 녀석은 사법 정신감정을 연기력으로 해치운 셈이지."

구라타의 낡은 양복 팔꿈치에 힘이 들어가는 기색이 뚜렷했다. 주머니 속에서 움켜쥔 돌처럼 단단한 주먹이 그려졌다.

"그 사건 말고도 현역 때 맡았던 사건을 뒤쫓아봤어. 성공적으로 갱생한 사람도 물론 있었지. 하지만 대부분은 예비 범죄자라고 할까, 형사사건까지는 저지르지 않았지만 근본이 바뀌지 않는 족속이었어. 오바가 그런 놈이었지. 녀석은 겉으로 갱생한 인간처럼 행동했어. 하지만 아니었어. 여동생을, 놈은 제 여동생을 매일 밤 성폭행했어. 심지어 부모는 그걸 알면서도 모른 척하고……. 무서웠겠지. 아무리 친아들이라도 사람을 둘이나 죽인 살인범이었으니까. 아무튼 그런 일이 있었지만 내가 그 둘을 어떻게 했다든가 하는 말은 아니네. 이제부터라도 조사를 받게 될 경우, 어이없이 증거라도 나오면 곤란하니까 말이야. 그저 자네의 생각만큼 간단하지 않다는 것만은 일러두지."

소년교도소의 높은 담장 앞에 이르렀다. 강한 석양이 두 사람의 오른쪽 어깨에 내려앉았다. 레이코는 무심코 손수건을 든 손으로 햇볕을 가렸다.

"결국 두 사람을 죽인 것은 어디까지나 정의감에서 비롯됐다는 말씀인가요?"

구라타가 한차례 기침을 했다. 깡마른 등이 들썩였다.

"정의? 웃기는 소리. 사람을 죽이는 데 정의니 나발이니 무슨 상관이야? 오직 선택일 뿐이지. 살인이라는 방법을 택할 것인가, 말 것인가."

"선택?"

크림색 문이 굳게 닫힌 곳까지 왔을 때 구라타가 갑자기 발을 멈췄다.

"그건 사람이 사람을 죽이는 이유와 죽이려는 마음은 전혀 별개라는 뜻이야. 사람을 죽이는 데에 타당한 이유 따위는 이 세상에 단 하나도 없어. 바꿔 말하면 아무리 이유가 사소해도 사람은 사람을 죽인다는 뜻이야. 그 순간에는 오로지 선택할 기회가 있을 뿐이지. 아즈마와 오바를 볼까? 두 사람의 처지를 개선하는 방법에는 여러 가지가 있었겠지. 하지만 나는 죽이는 방법을 택했어. 히데키도 마찬가지야. 남녀의 이별 이야기는 발에 차일 정도로 세상에 넘쳐나. 하지만 녀석은 살인을 선택했지. 사람을 죽였으면 죽음으로 속죄하는 방법밖에 없어. 돈을 빌렸으면 이자를 쳐서 돌려주는 게 도리잖아? 하지만 목숨을 빼앗았다면 이자를 쳐주지도 못해. 그럼 적어도 원금만은 돌려줘야지. 목숨으로 갚아라, 이거야. 나는 아비로서 그런 도리쯤은 아는 아이로 키웠다고 믿었어. 그런데 알고 보니 그렇게 간단한 이치조차 아들 녀석에게는 전해지지 않았더군. 결국 사건이 벌어졌지. 이제 내가 선택할 길은 하나밖에 없어."

구라타는 문을 응시했다. 그 너머에 있을 아들을 투시라도 하는 듯이.

"꼭 경위님 손으로 히데키를 처벌해야겠습니까?"

구라타는 레이코를 향해 돌아서더니 갈증을 지우듯 입술에 침을 발랐다.

"면회를 하지 않는 이유는 자네 말대로 의지가 약해질까 봐 겁이 나서야. 하지만 히데키를 내 손으로 처벌하겠다는 생각은 유족에게 사죄하고 싶다거나 하는 이유 때문이 아니야. 인간은 한 번 살인을 저지르면 다시는 구제받지 못해. 내 손을 더럽혀 보니 확실히 알겠더군. 재범 가능성이 크다 어떻다 딱 잘라 말하기는 어렵지. 다만 살의는 팽창한 그대로 마음속에 남는다네. 하나의 커다란 선택지가 되어 영혼에 붙박이는 거야. 나는 마음속에 폭탄을 품은 아들을 이 세상에 풀어놓지 못하겠어. 그것이 전직 형사였던 내 마지막 양심이야."

구라타가 이렇게까지 깊은 속내를 털어놓으리라고는 예상하지 못했다. 하지만 어떤 말을 해도 레이코가 가졌던 이미지는 조금도 변하지 않았다.

아들과 아내를 잃은 구라타. 아즈마와 오바를 살해하고 그 경험으로 히데키를 죽이려는 구라타. 그의 마음속에 마지막까지 남아 있는 것은 오랜 기간 형사로서 간직해왔던 정의감이 아닐까? 지나친 정의감이 아들에게 향했고 결국에는······.

"구라타 경위님, 저는 아즈마와 오바 사건으로 경위님을 입건할 자신이 없습니다. 그렇지만 히데키만은 지켜주고 싶습니다."

맥주 상자를 산더미처럼 실은 트럭이 두 사람 옆으로 지나갔다. 현실에서는 변함없이 시간이 흐른다는 사실이 이상한 안도

감을 주었다.

"선전포고인가?"

레이코는 고개를 끄덕였다.

"네. 백번 양보해서 살인이 선택의 문제라고 하죠. 하지만 살의를 위험하게 여기는 이유는 실제로 범행을 저지른 사람에게만 한정할 문제가 아니기 때문이잖습니까? 살의란 누구에게나 생기는 마음입니다. 저도 예외는 아닙니다. 그래도 대부분의 사람들은 그것을 억누르고 살죠. 적어도 저는 그렇습니다. 저도 살인범 따위는 체포하자마자 그 자리에서 죽이는 편이 낫다고 생각합니다. 그런 의미에서 구라타 경위님이 행하신 일을 부정할 마음은 없습니다. 그래서 더더욱 저는 형사로 계속 남고 싶습니다. 저는 형사로서 경위님과 다른 결론을 찾고 싶습니다."

구라타는 아무 말도 하지 않았다. 길 건너편 밭을 응시하며 주머니에서 우그러진 담뱃갑을 꺼냈다. 마지막 한 개비를 꺼내 입에 물고 담뱃갑을 비틀어 구겼다.

"히데키는 제가 지키겠습니다. 저는 히데키를 지킴으로써 동시에 당신도 지켜주고 싶습니다. 그것이 현직 형사로서 제가 생각하는 양심입니다."

구라타가 한숨을 깊게 쉬었다. 미처 하지 못한 말들이 자욱한 담배 연기 속에 섞여 사라지는 것만 같았다. 사라지는 담배 연기와 함께 그의 결심도 흐려지지 않을까 내심 바랐지만 지나친 낙관이리라.

이윽고 구라타는 무언가를 삼키듯 고개를 당겼다.

"그래? 그럼 어디 덤벼봐. 히데키는 다음 달, 그러니까 9월 10일에 가석방 예정이야. 수사 1과 주임에게 떨어지는 격무 틈틈이 히데키를 얼마나 잘 지켜내는지 보자고."

그때 가방에서 휴대전화가 울렸다. 꺼내 보니 화면에 '계장 직통'이라고 떴다.

"네, 히메카와 레이코입니다."

구라타가 레이코 옆을 천천히 지나갔다. 옆으로 지나는 그의 입술이 '잘 가게.' 혹은 '또 보세.'라고 말하는 듯 보였다.

"이마이즈미다. 나카노에서 폭력 조직 간 총격 사건이 터졌어. 세 명이 다쳤고 그중 한 명이 죽었다. 관할은 나카노 서, 이미 조직범죄 대책부 4과 3팀이 현장으로 출동했지. 자넨 지금 어딘가?"

큰일이다. 사이타마라고 했다가는 욕먹을 게 뻔하다.

"아, 저…… 오쓰카입니다."

레이코는 대답하면서 구라타를 뒤쫓듯이 달리기 시작했다.

"그래? 그럼 40분이면 오겠군."

절대로 불가능하다. 아무리 서둘러도 한 시간 반은 걸린다. 하지만 일단 가겠다고 대답했다. 변명은 전철 안에서 꾸며내면 될 일이다.

"다행이네. 곧장 현장으로 가봐."

"네, 알겠습니다."

레이코는 휴대전화를 끊고 구라타의 어깨를 건드리며 그럼 가보겠습니다, 하고 인사한 뒤 먼저 뛰어갔다.

"조심하라고."

구라타는 현역 시절 동료에게 그랬듯 레이코에게 인사했다.

"고맙습니다."

레이코는 어깨 뒤로 손을 흔들었다. 지나가는 택시가 보이면 바로 잡아타야겠다고 생각하며 길을 건너서 밭을 따라 뛰었다. 이동 시간을 단축시키기만 한다면 밭 한가운데라도 가로지르고 싶은 심정이었다.

주택단지 저편에서 다가오는 주황색 택시가 보였다. 레이코는 차도로 나가서 폴짝폴짝 뛰며 두 손을 흔들었다.

구라타에게도 손을 흔들어 보였다. 물론 그는 손을 흔들어주지 않았다. 그래도 슬쩍 고갯짓은 한 듯이 보였다.

여름 해가 저물어간다. 매미 울음소리가 소년교도소는 물론이고 구라타와 레이코에게도 똑같이 쏟아져 내린다. 광기를 품은 듯한 그 소리는 택시가 출발한 뒤에도 집요하게 레이코를 쫓아오는 듯했다.

오른손으로는 주먹을 날리지 말 것

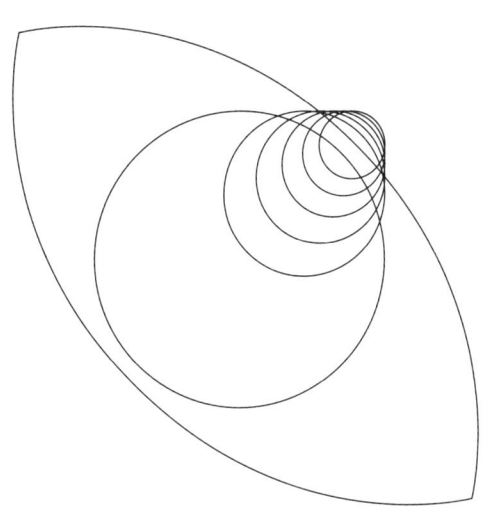

경시청 수사 1과 주임인 히메카와 레이코에게 도쿄 감찰의무원이라는 장소는 두 가지 의미를 지닌다. 말할 필요도 없이 하나는 자연사인지 타살인지 모를 변사체를 다루는 기관이라는 점이고, 또 하나는 술친구인 감찰의 구니오쿠 사다노스케가 근무하는 곳이라는 점이다.

그 두 가지 의미가 뒤섞이는 일은 아직까지 없었다. 레이코가 업무상 감찰의무원까지 찾아가서 구니오쿠에게 자문을 구하는 경우는 아주 드물었다. 수사 1과가 손을 댄 시점에서 이미 그 사건은 살인 사건으로 규정되기 때문이다.

수사 1과가 다루는 사건은 자연사나 사고사, 자살이 아니라 타살로 결론이 난 시체에 대해서다. 타살 시체의 해부는 대학 법의학자가 실시한다. 감찰의가 맡는 일은 전혀 다른 분야다.

하지만 이번에는 사정이 조금 달랐다.

레이코는 그날 출동 대기일을 이용해서 신주쿠 구 우시고메 서에 찾아갔다. 요전에 맡았던 사건이 미해결로 남은 상태라 뒤처리 여부가 궁금해서였다. 담당 형사에게 설명을 듣고 있는데 그쪽으로 수사 1과 10계장인 이마이즈미 경감에게서 연락이 왔다. 구니오쿠가 직접 전화를 걸어 감찰의무원으로 서둘러 와 달라고 했다는 전언이었다.

"자세한 내용은 모르지만 모처럼 지명까지 받았으니 자네가 다녀오게."

오늘 아침까지만 해도 7계 2반과 5계 1반, 3계가 본청에 남아 있었다. 레이코가 이끄는 10계 히메카와 반까지 출동 순서가 돌아오려면 한참 멀었다고 생각하던 차였다.

"알겠습니다. 40분 안에 가겠습니다."

레이코는 다시 오겠다고 머리 숙여 인사하고 우시고메 서 형사과를 뒤로했다.

계단을 내려가며 감찰의무원까지 어떻게 가야 가장 빠를지 궁리했다. 가구라자카 역으로 가는 편이 빠를까? 아니면 여기서 제일 가까운 우시고메가구라자카 역에서 혼고 3가 역까지 간 뒤 마루노우치선으로 갈아타고 신오쓰카 역으로 가야 빠를까? 신오쓰카 역에서 감찰의무원까지는 걸어서 3분 거리다.

그나저나 구니오쿠는 왜 이마이즈미에게 직접 전화했을까? 부검 결과 변사체의 사인을 타살이라고 판명할 경우 보통은 발견 현장 관할 서가 본청에 보고하고 그다음 수사 1과에 정보가 전해진다. 그런데 그 모든 과정을 생략한 채 구니오쿠가 직접 연락을 취했다.

평범한 사건은 아니라는 뜻이군.

레이코는 길을 걸으면서 직속 부하 네 명에게 연락했다. 선임인 이시쿠라 경사는 사이타마 현에서 예전에 맡았던 사건 피해자의 집을 방문하는 중이었다. 신입인 유다 경장과 하야마 경장은 본청에서 승진 시험을 준비 중이었다. 지금 바로 신오쓰카까지 올 만한 사람은 이케부쿠로에서 단골 전당포에 가 있는 기쿠타 경사뿐이다.

"바로 와줘. 한 정거장이잖아?"

"알겠습니다만 어째서 또 감찰의무원이랍니까?"

"나도 몰라. 계장님도 무작정 가보라고만 하시니."

35분 걸려 도착해 보니 먼저 와 있던 기쿠타가 어째서인지 감찰의무원 안에 들어가지 않고 입구에서 구부정한 자세로 담배를 피우고 있었다.

"들어가 있지 그랬어. 춥잖아."

주차장 구석에는 지난주에 내린 눈이 아직 조금 남아 있었다.

"왠지 불편해서요."

"여기가?"

"아니, 그 영감님이요."

이해 못 하는 바는 아니다. 구니오쿠는 내일모레가 정년퇴직인 나이인데도 아랑곳하지 않고 이제 갓 서른인 레이코에게 순정을 호소하는 특이한 노인네였다. 심지어 노골적으로 기쿠타를 라이벌로 취급했다.

"하긴 구니오쿠 선생님도 기쿠타를 싫어하니까."

"정말요? 왜요?"

"나도 몰라."

기쿠타는 서른세 살이다. 남자답게 딱 바라진 체격에 같은 세대라 말도 잘 통해서 레이코는 여러 면에서 기쿠타에게 의지하는 일이 많았다.

"주임님, 같이 가요."

레이코는 기쿠타를 데리고 현관으로 들어갔다. 복도를 지나 의국 문을 열고 얼굴을 들이밀자 창가 옆 소파에 앉은 구니오쿠의 모습이 보였다.

"어, 왔어?"

평소라면 '레이코오오!' 하고 말꼬리를 늘이며 반겼을 터다. 하지만 오늘은 안경을 잡아 내리며 인상을 찌푸렸다.

"뭐야, 고릴라도 같이 왔나?"

"고, 고릴……."

"안녕하세요. 오늘은 데이트 신청이 아니라 사건 때문에 부르신 것 같아서 함께 왔어요."

레이코는 코트를 벗고 구니오쿠와 마주 보고 앉았다. 기쿠타도 떨떠름한 표정으로 옆자리에 앉았다. 구니오쿠는 불만스럽게 입술을 삐죽거렸지만 이내 포기했는지 고개를 주억거렸다.

"사건이라면 사건이긴 한데, 자네가 맡을 일인지 아닌지는 아직 정확히 모르겠군."

"간략하게 말씀해주세요."

한숨을 내쉬는 구니오쿠는 여느 때보다 더 늙수그레해 보였다. 아무리 그래도 정년퇴직 전이므로 아직 50대일 텐데 외양만 보면 70대 같았다.

"흠, 사건의 발단은 가나가와 현 가와자키 서 관할구역에서 돌연사한 30대 남자였어. 검시 결과는 전격성 간염*에 의한 병사로 밝혀졌지. 그런데 성가시게도 시체에서 불법 약물이 검출됐거든. 각성제 말이야."

"말도 안 돼, 간염 환자가 약물중독이라고요?"

기쿠타가 놀라서 반문하자 구니오쿠가 고릴라는 입 다물라며 핀잔을 주었다.

"어쨌든 사인은 전격성 간염이었어, 중독이 아니라. 바로 그 과정이 수상하다는 게야. 혹시라도 이 전격성 간염이 신종 불법 약물로 인한 부작용이라면 무서운 일 아닌가?"

"요컨대 그 약물을 사용하면 중독이 되기 전에 먼저 전격성 간염으로 사망할 가능성이 있다, 이 말씀인가요?"

"간단히 말하면 그렇지. 어디까지나 가정일 뿐이지만. 복지보건국에서 그런 사례가 나오거든 특별히 주의하라는 통보가 있던 참이었어. 그런데 실제로 나왔단 말이야. 그것도 하필이면 도쿄 시내에서……."

레이코는 침을 꿀꺽 삼켰다.

---

* 전격성 간염: 간 질환의 병력이 없는 환자에게 심한 간 손상이 발생하는 증상.

"언제요?"

"어젯밤 11시 넘어서 호출이 왔어."

"역시 전격성 간염으로?"

"응. 필로폰 투약 부작용이었어."

"관할은요?"

"다키노가와. 생활안전과가 담당했다나 뭐라나. 자네가 나서서 가와자키 서와 같이 맡아보겠다면 주선은 해주겠네."

그럴 필요도 없었다. 불과 사흘 뒤 이번에는 스기나미 서 관내에서 비슷한 사망자가 나왔다.

이례적으로 이번 사건은 수사 1과 형사가 정보를 제출하는 모양새로 사건성을 인정받아 정식 수사 대상이 되었다. 사건이 여러 구역에 걸쳐 발생했다는 점을 감안해 수사본부는 본청에 세웠다. 다키노가와 서 생활안전과와 형사과 강력계, 스기나미 서 생활안전과와 형사과 강력계, 본청에서는 수사 1과 10계 히메카와 반과 3계 1반이 참가했다. 참고로 가나가와 현 가와자키 서는 배제했다. 경시청과 가나가와 현 경찰서는 견원지간이었다.

"차렷, 경례!"

본부 청사 6층 대회의실에서 첫 번째 수사 회의가 열렸다. 보고 내용에 따르면 사건 개요는 다음과 같다.

1월 19일 오전 1시. 다키노가와 서 관할구역 내의 원룸 건물 노마 하이츠에 살던 29세의 독신 남성 쓰나시마 노부히코가 스스로 구급차를 불렀다. 그는 시내 병원으로 옮겨졌으나 당일

22시 7분에 사망했다. 병원에 도착했을 때 이미 황달 증세가 보였고 의식장애도 현저했던 터라 수일간 출근이 불가능했으리라고 판단했을 뿐 그 밖에 문진을 통해 밝혀진 점은 없었다.

담당 의사는 환자가 입원 후 20시간 만에 치료 중 사망한 데 문제가 있다고 판단, 관할 서를 통해 감찰의무원에 시신 감정을 의뢰했다. 부검 결과, 사인은 전격성 간염으로 판명되었다. 그것과 더불어 극소량의 각성제를 사용한 흔적도 발견되었다.

이어서 1월 23일 16시, 스기나미 서 관할구역 안에 위치한 그랜드 하이츠 스기나미 아파트 707호실에서 이상한 냄새가 난다는 신고가 들어왔다. 관리인 입회하에 집 안을 조사하니 침대 위에서 부패한 남자 시체가 발견되었다. 현장검증 결과 스기나미 서는 시체가 707호 임차인인 35세의 미사와 미쓰히로라고 단정했다. 앞선 사건과 마찬가지로 감찰의무원으로 옮겨 행정해부에 들어갔다. 시체는 전격성 간염에 의한 간 기능 및 심장 기능 상실로 사망했음이 밝혀졌다. 각성제 사용 흔적도 나왔다.

수사 1과 관리관인 하시즈메 경정이 말했다.

"아쉽게도 두 피해자 집에서 미사용 약물은 나오지 않았다. 피해자들이 건강 상태가 나빠지자 그 원인을 약물 탓으로 보고 직접 버렸을 가능성이 충분하다. 이번 사건은 두 갈래로 나눠서 수사를 진행하겠다. 먼저 피해자 주변이다. 피해자의 평소 행동 패턴을 파악한다. 담당자는 두 피해자 사이에 있을지 모를 접점에 특히 주목해 탐문하기 바란다. 또 하나는 약물 유통 경로다. 약물 설명은 감찰의무원 구니오쿠 선생님이 해주시겠다."

오랫동안 알고 지낸 사이였지만 레이코도 수사 회의 단상 위에 선 구니오쿠를 보기는 처음이었다. 새로 맞췄는지 꽤나 격식을 갖춰 양복을 차려입었다. 평소에는 좀처럼 보기 드문 모습이다. 기합이 들어간 듯 묘한 긴장감까지 맴돈다. 아마 레이코를 제외한 수사관들 눈에는 어색하게 모양낸 늙은이로밖에 보이지 않겠지만 말이다.

"에헴, 감찰의무원 구니오쿠 사다노스케입니다. 으흠, 먼저 전격성 간염에 대해 설명을 좀 해야 할 것 같은데…… 음, 그 전에 일반적인 간염에 대한 분류부터 말씀을 드리면……."

그러자 하시즈메가 끼어들었다.

"구니오쿠 선생님, 짧게 해주십시오."

"아…… 으흠, 그럼 있는 그대로 말씀드리자면 전격성 간염은 진통제 성분인 아세트아미노펜(acetaminophen)이나 마취제 성분인 할로탄(halothane) 등을 사용했을 때 일어납니다. 일종의 약물 부작용이라고 할까요. 최근 국내에서는 의료사고라고 해도 과언이 아닌 병으로 인식하는 경우가 많습니다. 요컨대 이번 사건의 피해자들이 복용한 약물에 그런 성분이 어떤 경로를 통해 섞여 들어갔거나 제조자가 의도적으로 혼합했을 가능성이 있다는 말입니다. 이 약물이 어떤 목적으로 얼마나 만들어졌는지는 모릅니다. 하지만 이것이 애초에 폭력단의 자금 조달 목적이 아니라 모종의 테러라면 참으로 끔찍한……."

안타깝게도 구니오쿠는 말을 끝내기도 전에 하시즈메에게 마이크를 빼앗겼다.

"구니오쿠 선생님, 설명 감사합니다."

하고픈 말이 퍽 많았나 보다. 마이크를 빼앗기고도 구니오쿠는 단상에서 좀체 내려오려 하지 않았다.

피해자는 둘 다 나이가 서른 안팎이고 독신이며 회사원이었다. 관계자를 샅샅이 탐문하기는 어렵다는 게 수사관 대부분의 견해였다. 그런데 뜻밖에도 중요 참고인이 쉽게 드러났.

휴대전화 덕분이었다. 쓰나시마의 휴대전화에는 '준', 미사와의 휴대전화에는 '료'라는 다른 이름으로 같은 번호가 저장되어 있었다.

'약은 벌써 확실하게 처리했겠지만.'

이번 수사본부에서 레이코의 입지는 여느 때보다 탄탄했다. 어쨌든 관할 서에서조차 불법 약물 취급 위반 정도로밖에 여기지 않던 사건을 연쇄살인 사건으로 재인식시키지 않았는가? 그런 만큼 피의자를 잡아내지 못했을 때 쏟아질 엄청난 비난을 생각하면 몸서리가 쳐진다. 하나 그에 상응하는 발언권도 확보해둔 상태다.

"이 전화번호는 저희 팀에서 조사하겠습니다."

쉽게 말해 레이코는 원하는 대로 단서를 골라잡아 수사해도 좋다는 뜻이다. 나머지는 그렇게 뽑은 제비가 확실한 범인 검거로 이어지기만을 빌 뿐이었다.

이번 수사에서 짝을 이룬 형사는 스기나미 서 생활안전과에 소속된 젊은 여자 경장으로 스물여섯 살의 기타하라 모에코였다. 얼마 전까지 쓰레기 처리 문제 담당이었다는데 아무리 생각해도 얼굴만 보고 자리에 앉혔나 싶을 만큼 예쁘장한 아가씨였다. 다른 누구도 아닌 레이코 자신이 소싯적에 그래봐서 잘 안다고 하면 욕 좀 먹으려나. 아무튼 그건 됐다.

단서로 잡힌 전화번호에 무턱대고 접근하는 행위는 위험천만한 짓이다. 일단 신중을 기해 간이재판소에서 영장을 받아낸 다음 이동통신 업체 NTT 도코모의 고객 센터를 찾아갔다.

"이 번호가 누구 소유인지 확인해주세요."

그 전화번호는 NTT 도코모가 아니라 au 통신사의 회선이었다. 직원은 다른 업체의 고객 정보까지는 알아내기 어렵다며 고개를 조아렸다. 이 정도는 예상했던 바였다. 애초에 영장은 통신 회사 수대로 받아 왔다. 다시 au의 고객 센터를 찾아가 협조를 구하자 다소 마뜩잖은 표정을 짓더니 소유자를 알려주었다.

"여기 있군요."

시모사카 유이치로, 49세. 주소는 미나토 구 롯폰기. 이자가 어떤 형태로든 두 피해자와 엮여 있으리라.

레이코는 결과를 수사본부에 보고했다. 예상보다 빠르게 전개되는 수사 흐름에 하시즈메는 더할 나위 없이 흡족해했다.

"알았다. 여기에서도 조사하지. 기쿠타와 이시쿠라를 그쪽으로 보낼 테니 자네도 거기부터 들러봐."

"아닙니다. 기쿠타만 보내주세요. 직장이 어딘지 밝혀지면 이시쿠라를 그쪽으로 보내주시고요."

레이코는 다른 팀 형사를 이 일에 끌어들이고 싶지 않았다.

"그래, 그렇게 하지."

택시로 이동하는 사이에도 레이코의 휴대전화로 지휘 본부 정보 팀의 보고가 빗발쳤다. 참고인 시모사카의 주소지를 관할하는 아자부 서 지역과에는 성실한 경관들이 많아 보였다. 이제 레이코는 원하는 정보를 거의 다 손에 넣었다.

시모사카 유이치로의 직장은 시바코엔에 위치한 유명 부동산 회사의 본사였다. 레이코는 텔레비전 광고에서 자주 보았던 회사라서 아파트 경영에 유능한 회사라는 이미지로 기억했다. 시모사카는 그 회사의 제2기획부 차장이었다. 집은 10년 전에 구입했고 본인 소유였다. 가족으로 전업주부인 아내 아키코와 17세의 고등학생 딸 미키가 있었다. 그리고 시베리아허스키종 개를 한 마리 키웠다. 일단 개 칭찬으로 시작해보자.

"두 피해자의 휴대전화에 저장된 번호는 시모사카가 평소에 사용하는 번호와 다른 것 같던데요."

정보 팀 형사가 참고로 알아두라며 덧붙여 일러주었다.

계약자는 시모사카 유이치로지만 사용자는 다르다는 뜻인데 그럼 실제 사용자는 아내나 딸일까.

"딸이 다니는 학교는 알아냈어?"

정보 팀 형사는 자랑스럽게 대답했다.

"시부야 구에 위치한 호린 여자고등학교입니다."

"그쪽엔 누가 갔지?"

"아, 잠깐만요. 방금 유다 경장이 갔습니다."

신입인 하야마가 아니라서 다행이다.

"알았어."

레이코는 얼른 유다에게 전화를 걸었다.

"유다, 지금 시모사카의 딸이 다니는 학교로 가는 중이라며?"

"네, 지금 막 택시를 탔습니다."

"있잖아, 너무 접근하지 말고 밤까지 그냥 지켜만 봐."

"네? 담임 평가라든가 들어봐야죠?"

"응. 학교에는 사진 보여달라고 해서 얼굴만 확인한 뒤에 포토 메일로 보내줘. 그 이상은 파고들지 마. 절대로 놓치지 말고 집에 갈 때까지 조심조심 미행해."

"알겠습니다."

옆자리에 앉아 있던 기타하라가 수첩을 꺼내서 '딸은 귀가할 때까지 지켜본다.'라고 적었다. 성실한 아가씨다.

시모사카의 집은 어마어마한 호화 주택이었다. 일찌감치 불을 밝힌 돌출 창문으로 우아한 중년 여성의 상반신이 비쳤다. 시모사카의 부인은 집에 있다고 판단해도 무방했다.

오후 4시쯤 시모사카의 집과 조금 떨어진 곳에서 기쿠타 경사 조와 합류했다. 기쿠타의 짝은 다키노가와 서 강력계의 베테랑 경장이었다.

"어떻게 할까? 부인부터 만나볼까?"

기쿠타는 팔짱을 끼고 곰곰이 생각에 잠겼다. 시모사카 유이치로 명의로 된 전화의 실사용자는 아내인 아키코일까, 아니면 딸인 미키일까? 스물아홉 살과 서른다섯 살의 회사원, 이 두 사람과 전화번호를 교환한 '여자'는 과연 누구일까?

"어쨌든 누가 어떤 전화번호를 쓰는지만 확인하면 좋겠는데 말이야."

"딸한테는 유다가 붙어 있죠?"

레이코는 주판알을 튕겨본다. 가능하면 자기 손으로 유력한 정보를 따내고 싶다. 형사라면 지극히 당연한 욕심이다.

"응, 여고생이라 어디로 튈지 모르지만."

"부인은 전업주부죠?"

"응, 남편은 공사다망한 회사원이고 심심할 때 상대해주는 건 애완견과 텔레비전 그리고 휴대전화."

기쿠타가 슬쩍 고개를 끄덕였다.

"제가 부인을 맡을게요."

"좋아, 다녀와. 나는 근처를 좀 돌아볼 테니까. 참고로 개는 시베리아허스키라는데, 무조건 귀엽다고 칭찬해줘."

"개 싫어하는데."

기쿠타는 머리를 긁적이며 자기 짝인 베테랑 경장을 앞장세워 시모사카의 집으로 걸어갔다. 인터폰 앞에 서서 거구를 구부리고 나긋나긋한 목소리로 실례합니다, 하고 말했다.

"자, 우리도 가지."

"아, 네."

기타하라를 데리고 역 방면으로 걸음을 떼는 순간 유다에게서 전화가 왔다.

"지금 학교에서 나와 시부야 역으로 가는 중입니다. 전화 끊고 학교에서 입수한 사진과 방금 찍은 사진 보내드릴게요."

곧바로 문자가 왔다. 사진은 모두 세 장이었다. 첫 번째 사진은 학교에서 제공한 증명사진인 듯 얼굴이 또렷했다. 꽤 예쁘장한 여자아이였다. 동글동글한 눈에 갸름한 얼굴형이 인상적이었다. 두 번째 사진은 체육대회 때 찍은 듯했다. 전체적으로 흠잡을 데가 없었다. 가슴은 별로 크지 않지만 보라색 반바지 밑으로 드러난 다리는 앙상하지 않고 늘씬해서 부럽기까지 했다. 세 번째 사진은 유다가 직접 찍은 뒷모습이었다. 두 친구와 나란히 걸어가는 사진이었는데, 오른쪽이 미키라고 유다가 써준 문자를 보고 구분했다. 키는 대략 160센티미터, 레이코보다 10센티미터 정도 작았다. 정확히는 얼마나 될까?

"기타하라, 키가 몇이야?"

"158센티미터입니다."

이 아가씨 정도군.

롯폰기 역까지 이어진 길을 두 번 왕복했다. 아무리 생각해도 열일곱 살 난 여고생이 곧장 집에 들어올 리 없는 번화가다. 시모사카의 집이 있는 구역은 사방이 큰길이다. 어디로 샜느냐에 따라서 동서남북 어느 쪽으로 돌아올지 모르고 짐작도 가지 않는다.

4~5분 정도 기다리자 시모사카의 집에서 기쿠타가 나왔다.

"수고했어. 어떻게 됐어?"

"세상에, 개가 엄청 크더라고요. 두 손 두 발 다 들었어요."

"개 말고 전화번호 말이야."

"알아냈습니다. 딸 번호예요, 미키죠. 아키코 씨는 다른 번호를 쓰더군요."

레이코는 유다에게 전화를 걸었지만 지하철이라도 탔는지 연결되지 않았다. 전철역으로 이동하면서 계속 전화를 걸었다. 6시 무렵에야 전화를 받았다.

"시부야에서 잠깐 놀다가 지금은 롯폰기에 도착했습니다."

"그래? 전화번호 주인은 미키였어. 시모사카의 집은 지하철역에서 북쪽으로 7가 안쪽인데 돌아갈 기미가 보여?"

"네, 그런 것 같습니다. 방향으로 봐서는 그쪽입니다."

"알았어. 그럼 계속 미행해. 근처까지 오면 양쪽에서 덮치자."

레이코 조는 유다의 실황중계를 들으며 미키가 오는 길을 예상해서 거슬러 올라갔다.

전철역 주변 번화가를 조금 벗어난 주택가였다. 날은 완전히 어두워지고 드문드문 가로등이 켜진 길 저편에 더플코트를 입은 작은 체구의 사람 그림자가 보였다. 길바닥 왼쪽에 그려진 흰색 경계선 안쪽으로 걸어왔다. 가로등 불빛 아래까지 오자 아주 밝은 머리 색이 드러났다. 그 뒤로 유다와 그의 짝이 보였다.

레이코를 앞질러 지나간 자동차 전조등이 소녀를 비쳤다. 얼굴을 확인했다. 분명히 사진 속 소녀, 시모사카 미키였다. 미키는 눈을 찡그리며 재빨리 전봇대 앞으로 나왔다. 소녀라기보다 '여자'라는 느낌이었다. 아니, '암컷'이라고 해도 충분했다.

어깨에 멘 가방끈에 손을 올리고서 고개를 숙인 채 걸어오던 미키는 무심코 고개를 들다가 레이코 일행을 발견했다. 네 사람의 무리와 스치는 게 싫었는지 오른쪽으로 건너가려고 종종걸음 쳤다. 그 순간 레이코 일행도 행동에 들어가 미키의 앞을 막아섰다.

"시모사카 미키 양이죠?"

의심 어린 눈빛을 띠고 아무 대답도 하지 않는다. 만일 기쿠타가 말을 걸었다면 잽싸게 달아났을지도 모른다.

레이코는 신분증을 가로등 불빛 아래 내보였다.

"경시청에서 나왔어요. 잠깐 할 얘기가 있는데, 괜찮죠? 집이 낫겠어요, 아니면 우리와 함께 가겠어요?"

미키는 등 뒤에서 멈추는 유다 조의 발소리에 귀를 기울였다. 네 명이 다가 아니다. 갇혔다. 도망가지 못한다. 상황을 파악한 듯했다.

"무슨 일인지는 모르지만 같이 갈게요."

그 순간 레이코는 어렴풋이 승리를 확신했다.

레이코 일행은 택시 두 대에 나누어 탔다. 다행히도 롯폰기 7가에서 경시청이 있는 사쿠라다몬까지는 별로 멀지 않았다.

이동하는 내내 미키는 한 번도 입을 열지 않았다. 레이코가 사탕이라도 사줄까 하고 농을 쳐도 눈도 깜빡하지 않았다. 레이코와 기타하라 사이에 앉아서 무덤덤한 표정으로 앞서가는 자동차의 꼬리등만 바라보았다.

레이코 눈에는 미키의 속내가 훤히 보였다. 떳떳하지 못한 일이 많겠지만 지금 자신이 어떤 일로 혐의를 받는지는 알지 못한다. 말실수하지 않게 입 꾹 다물자고 생각하는 중이겠지. 어린애가 기껏 머리 굴려봤자 그게 다다.

15분 정도 달려 본청에 도착했다. 본부에 올릴 보고서는 유다에게 맡기고 레이코 조는 곧장 2층 조사실로 올라갔다.

"여기 앉아. 좁더라도 좀 참고."

레이코는 미키를 접이의자에 앉게 했다.

"정식으로 인사를 하지. 나는 경시청 수사 1과 히메카와 레이코야."

미키는 책상 위에 내놓은 명함을 쳐다보았다. 17세 소녀가 수사 1과나 경위라는 직책을 얼마나 이해할지는 모르지만 꽤 높은 자리라는 것 정도는 알아차리리라. 기타하라는 레이코의 왼쪽 뒤편에 놓인 책상에서 조사 내용을 기록했다. 기쿠타와 다른 형사들은 옆방 조사실에서 이쪽을 지켜보고 있을 것이다.

성명, 나이, 가족 사항, 학교를 확인하는 말에 미키는 고개를 끄덕였다.

"자, 오늘 네가 왜 이 자리에 있는지 짐작이 가니?"

미키는 고개를 삐딱하게 하고 팔짱을 낀 채 커다란 눈동자를 굴리며 딴청을 피웠다.

"영문도 모르는 사람치고는 얌전하게 따라왔네. 다짜고짜 이런 데까지 끌려왔는데 기분 나쁘지 않아?"

미키는 코웃음을 치고서 벽에 걸린 거울을 주시했다. 건너편에서 볼지도 모른다는 생각이 들었는지 이번에는 반대쪽 벽으로 고개를 돌렸다. 어깨까지 내려온 부드러운 갈색 머리카락 사이로 뚫은 자국이 있는 귓불이 드러났다.

"뭐, 애써 여기까지 와주었으니 예의상 우리 얘기부터 시작할게. 음, 먼저 19일에 기타 구 다키노가와에 거주하던 쓰나시마 노부히코라는 29세 남성이 사망했어."

깔끔하게 다듬어진 눈썹이 움찔했다. 하지만 그뿐이었다. 용케 잘 참았다고 칭찬해주자.

"그리고 23일, 어제구나. 스기나미 구에 살던 35세 남성 미사와 미쓰히로가 시체로 발견되었어. 죽은 지 일주일은 지난 것 같더라. 괜히 봤다가 토하기라도 하면 치우기 힘드니까 사진은 보여주지 않을게. 살아 있을 때 사진이야. 이쪽이 쓰나시마 씨, 이쪽이 미사와 씨. 잘 알지?"

여전히 무관심으로 일관했지만 살결 고운 뺨이 경직되어 떨리는 것이 보였다. 싫은 남자에게 억지로 관계를 강요당하는 듯한 얼굴이었다. 더할 나위 없이 귀여운데도 공연히 화가 난다. 남자들은 이런 표정을 보면 하고 싶은 마음이 생기는 걸까. 아니려나.

"어째서 경찰이 네게 이런 이야기를 하는지 이상하지 않니?"

미키는 앙증맞은 코로 한숨을 쉬고 레이코의 얼굴을 흘낏 쳐다보았다. 안타깝게도 레이코 역시 밉상이라는 소리를 들을 만큼 못난 얼굴은 아니다.

"어차피 휴대전화겠죠."

"휴대전화에서 뭐?"

"두 사람의 전화번호부에서 내 번호가 나온 거 아니에요?"

"왜 그렇게 생각해?"

미키는 명함을 한 번 더 보더니 고개를 들어 레이코를 정면으로 쏘아보았다. 마음에 드는 눈빛이다. 동아리 활동이나 공부처럼 보람 있는 일에 오기를 부렸더라면 좋았을 텐데.

"두 사람의 휴대전화에 왜 미키 양의 전화번호가 있었을까?"

미키는 귀찮다는 듯이 혀를 찼다.

"원조 교제라고 하면 무조건 매춘이라고 싸잡을 거잖아요, 형, 사, 아, 줌, 마."

도발하는 거니? 레이코는 책상에 턱을 괴고 되레 아주 침착한 태도를 보였다.

"원조 교제를 했구나?"

"글쎄요."

"자랑하고 싶지? 나는 예쁘고 몸매도 좋아서 인기가 많다고."

"별로요. 뭐, 솔직히 형사님 같은 아줌마보다야 어리고 귀엽기는 하잖아요."

여고생을 상대해야 한다는 사실을 알았을 때부터 이 정도 막말은 각오했다. 그래도 실제로 들으니 충격이 크다. 특히 등 뒤에 앉은 기타하라가 어떻게 들었을지 생각하면 괴롭다. 그래도 어쩌겠나, 레이코 역시 열일곱 무렵 서른 넘긴 여자는 모두 아줌마라고 생각하지 않았던가.

"그럼 두 사람과 그런 관계였다는 사실은 인정하는 거네?"

"그런 관계가 어떤 관계인데요?"

"원조 교제."

"하면 안 돼요?"

"당연히. 아이들은 집에서 얌전히 공부를 해야지."

"하지만 남자들은 아이들을 좋아해요. 특히 귀여운 여자아이를요. 잡아먹고 싶어 환장한다니까요."

"그래서 잡아먹혀 줬다?"

"글쎄요. 시체에다 물어보시죠?"

이런, 아주 맹랑한 꼬마일세.

"뭐, 안 했다고 거짓말하는 것보다는 낫네. 그거 하나는 칭찬해주지. 근데 조금은 솔직해지는 게 어때?"

미키는 천천히 턱을 들고서 살며시 입술을 벌렸다. 거울 앞에서 수도 없이 연습했을 유혹적인 표정이다. 누가 봐도 섹시해서 남자라면 10대부터 50대까지 모조리 홀릴 법했다. 하지만 아줌마를 상대로 그런 표정을 지어봐야 헛짓이다.

미키는 그 자세로 입을 열었다.

"저기요. 파는 사람이 나쁘네, 사는 사람이 나쁘네, 하고 떠드는 9시 뉴스 같은 얘기라면 지긋지긋하거든요."

"그런 얘기는 안 해. 당연히 둘 다 나쁘니까. 어쨌든 널 샀던 남자들이 다 죽었으니 물어볼 데는 팔았던 너밖에 없잖아?"

무엇 때문인지 미키는 얼굴을 일그러뜨리며 기분 나쁜 미소를 지었다.

"뭐가 당연히 나쁘죠?"

"몸을 파는 쪽도 사는 쪽도 다 나쁘다는 말이야."

"왜요?"

"어, 모르니? 그거 불법이야."

미키는 또 코웃음을 치며 의자 등받이에 몸을 기댔다.

"형사님도 생각보다 머리가 나쁘시네. 매춘이 불법이라는 건 초등학생도 다 알아요. 그런 말로만 설득하려 드니까 성 풍속이 문란해지고 검거율이 낮아지죠. 불상사가 끊이지 않으니 상황이 더 나빠지는 거 아니에요?"

사회 과목은 공부 좀 했나 보다.

"엄청 자신만만하네."

"뭐가요?"

"말씨름."

"뭐라고요?"

미키는 입이며 콧구멍을 헤벌리고서 되물었다. 창밖에서 미키의 어머니를 보았을 때는 나름대로 가정교육은 잘 받았으리라 생각했는데 별로 그렇지도 않은 모양이다. 대체 어디서 저런 표정을 배웠을까?

"원래 인류 역사상 가장 오래된 장사를 두고 이제 와서 좋고 나쁠 게 뭐 있어요?"

"나쁜 게 있어."

"불법이라서? 그런 소리라면 질리게 들었거든요. 전혀 설득력이 없어요. 그럼 왜 유흥업소는 괜찮아요? 하는 짓은 똑같은데. 증기탕도 마찬가지잖아요. 그건 매춘이 아니고 뭐예요? 목욕탕 들어가서 섹스하고 돈 받는 건 증기탕이든 마사지숍이든 콜걸이든 원조 교제든 다 마찬가지 아니에요?"

"전혀 달라."

"뭐가요? 말해보세요!"

도대체 말본새하고는, 당최 수사 1과 형사를 어떻게 보는 거야? 그런 이야기는 생활안전과 순경한테나 하라고. 그래도 기왕 시작한 일이니 달게 받자고 레이코는 생각했다.

"우선 그 사람들은 정당하게 세금을 내고 장사해."

"네?"

"영업허가를 받은 가게에서 종업원으로 등록하고, 서비스를 해준 대금으로 세금을 납부한다고. 그게 바로 사회에 나와서 일을 한다는 거야. 사회가 인정한다는 뜻이지. 그게 아니면 전부 불법이야. 콜걸이든 원조 교제든, 어부나 과자 가게 주인일지라도 사회가 인정하지 않는 일이라면 이 나라에서는 모두 불법이라고."

"사회, 사회. 들이댈 게 그것밖에 없어요?"

"네가 우습게 여길 만큼 사회는 만만하지 않아."

"만만하든 말든 나랑 무슨 상관이에요?"

미키가 대꾸하자 레이코는 다시 코웃음을 쳤다.

"아니, 상관있어. 하나 물어보자. 몸을 팔아서 넌 뭘 얻지?"

"난 팔았다고 말한 적 없거든요!"

"일반론이라고 해두자. 생전 처음 보는 중년 남자 앞에서 알몸으로 다리 벌리고 마음껏 핥게 하고 사정할 때까지 넣게 하고는 쾌감을 느끼는 척 연기해서 받는 게 뭐냔 말이야."

미키는 역겹다는 듯이 얼굴을 돌렸다.

"그야 돈이겠죠."

"잘 아네. 그래, 돈이야. 다시 말해서 통화란, 온갖 거래 행위를 원활하게 만들기 위해서 사회가 발명해낸 교환 수단이란 말이지. 그럼 그 돈을 어디다 쓸까?"

"어디라뇨, 여러 가지죠. 멍청한 질문 좀 그만하세요."

"맞아, 여러 가지를 해. 명품을 사거나 노래방에서 아침까지 신나게 놀기도 하지. 그런데 실은 그게 다 훌륭한 경제활동이거든. 다시 말하면 이 나라가 시장경제라는 시스템으로 돌아가는 덕분에 그게 다 가능한 거라고. 원조 교제로 아무리 돈을 많이 벌어도 사람이 전혀 살지 않는 아프리카 열대우림 같은 곳에서는 무의미하다 이거야."

미키가 '무슨 헛소리야! 바보 아냐?'라며 욕지거리를 뱉었다.

"아니, 바보는 너야. 너는 아직 사회가 어떤 곳인지 몰라. 자기 몸 팔아서 돈 버는 일 따위 무슨 상관이냐 싶겠지. 특별히 닳는 것도 아니고 섹스 따위는 잠깐만 참으면 금방 끝나니까. 애인이 생겨서 언젠가 결혼한다고 해도 그 사람에게는 입 다물면 그만이고. 안 그래?"

자기가 하려는 말을 가로채이자 미키는 분하다는 듯 입술을 삐죽거렸다.

"처음부터 평생 할 작정도 아니었다, 지금 잠깐만 하고 어른이 되기 전에 관두면 괜찮을 거다, 어차피 사회라는 건 구름처럼 먼 데 있는 거니까 나랑은 상관없다, 그런 식으로 생각했겠지. 하지만 그건 엄청난 착각이야. 너도 사회가 인정했기 때문에 여기에 존재하는 거니까."

미키는 레이코가 무슨 의도로 그런 말을 하는지 전혀 모르겠다는 표정이었다.

"시모사카 미키라는 네 이름도 생년월일도 심지어 국적, 본적, 주소도 모두 국가가 인정했기 때문에 지자체 관리 아래에 있는 거라고. 국적이 없으면 학교도 못 가고 결혼도 못 하지. 취직도 불가능해. 그러다가 조직폭력배나 악덕 포주에게 잡혀서 온종일 남자들의 더러운 타액과 정액에 뒤범벅되어 살아야 할지도 몰라."

기 싸움에서 레이코가 조금 우세해진 걸까. 미키의 반항적인 눈빛에 점점 분노가 차올랐다.

"네가 사회야 어떻든 상관없다면 시험해볼까? 방금 내 부하가 너희 집에 들러서 어머니 휴대전화 번호를 알아냈어. 당장 어머니께 전화할까? 댁의 따님 미키 양은 아무래도 회사원을 상대로 매춘을 해온 모양이라고 말이야."

"어떻게 그런!"

미키는 의자에서 벌떡 일어섰다.

"증거도 없으면서 그, 그랬다가 무사할 거 같아요?"

예상대로다. 건방을 떨면서도 부모에게 알린다니 무섭기는 한가 보다. 그러니 집에서 조사받기를 꺼리고 사쿠라다몬까지 순순히 따라왔겠지. 그 시점에 이미 레이코의 술수에 말려들었다는 사실을 미키는 아직도 눈치채지 못한 듯했다. 결국 제아무리 잘난 척해도 어린아이는 어린아이였다.

"어머, 매춘부라고 불려서 기분 상했니? 그렇다면 명예훼손으로 날 고발해도 상관없어. 그런데 어쩌니, 법원이라는 데가 사회성을 가장 많이 따지는 곳이거든. 불법 매춘부가 나설 자리가 아니란 말이지."

"당신, 혀, 형사면서 그렇게 말해도 돼?"

"네가 사회성을 부정하는데, 내가 사회적으로 어떤 사람이고 어떤 직종에 종사하든 무슨 상관이니?"

"말도 안 돼."

"그렇지? 말이 안 되지? 그럼 어디 한번 내 손으로 완전히 매장당하게 해줄까? 앞으로 네가 살아갈 사회를 엉망으로 만들어줘? 먼저 학교부터 시작해야겠다. 선생님과 학생 들은 물론 수위 아저씨까지 모르는 사람이 없게 교내 방송으로 알려주지. 시모사카 미키는 매춘부입니다, 돈만 주면 아무 남자에게나 다리를 벌린대요, 교장 선생님도 한번 하시죠, 이렇게 말이야. 물론 어머니나 아버지에게도, 부족하면 아버지네 회사에도 광고할까? '부장님, 지금이라면 시모사카 차장네 따님 싸게 드릴게요.'라고."

미키의 얼굴에 불편한 기색이 역력했다. 아버지의 회사 동료에게까지 몸을 판다니 역시 내키지 않는가 보다.

"세간의 관심이 가실 때까지 버티면 될 거라고 생각하지 마. 네가 시치미 떼고 어느 댁 도련님과 결혼이라도 하려는 날엔 신랑 될 남자에게도 반드시 알려줄 테니까. 취직을 하든지 아르바이트를 하든지 네가 일하는 곳이라면 어디든 쫓아가 주지. 그래도 넌 아무 상관 안 할 거잖아. 사회 따위야 있든 없든 너랑

오른손으로는 주먹을 날리지 말 것

은 무관하니까. 다들 저 하고픈 대로 살듯이 너도 네 멋대로 살면 그만이니까. 그래, 한평생 길가에서 다리나 벌리며 살아. 나이를 먹어도 어떻게든 되겠지. 요요기 공원 근처에 가서 배우면 되겠다. 좋은 본보기가 있거든. 노숙자에게 몸을 팔아 간신히 먹고사는 오타카라는 할머니가 있어."

"당신은 인간도 아니야!"

미키가 분노에 차서 뇌까렸다.

"어머, 실례를 했나? 난 어디까지나 사회를 무시하면 이렇게 된다는 일반론을 말했을 뿐인데. 물론 네가 조금이라도 사회에 공헌하고 싶다면 그건 대환영이야. 지금부터라도 전혀 늦지 않았어."

맥없이 고개를 수그린 미키의 정수리를 곧게 가로지르는 가르마에서 끔찍하다는 단어가 솟아오르는 듯했다.

"깨달은 점이 좀 있니?"

레이코는 지금 자기 얼굴에 얄궂은 미소가 번지고 있으리라 확신했다. 법의 파수꾼을 우습게 보면 안 되지. 불법 매춘으로 단물을 빨아먹는 주제에 겉으로는 요조숙녀인 척하며 살려고 하다니, 적당히 봐주는 데도 정도가 있다. 아무리 미성년이라도 사회의 일원으로 살려면 사회의 규칙을 지키란 말이다. 그러지 못하겠으면 사회에서 배척될 각오쯤은 해야 하지 않는가?

"당연한 일을 너무 우습게 여기지 마. 당연한 일은 그럴 만한 이유가 있어서 당연하게 된 거니까."

법이 다 옳다고 말하는 건 아니다. 그래도 정해진 법을 지키며 살아야 타당하다. 그렇게 법에 불만이 많으면 매춘 따위를 하기 전에 공부에 매진해서 도쿄 대학교 법대라도 졸업해라. 그런 뒤 자격에 합당한 관청에 들어가면 될 일 아닌가. 아니면 국회의원이 되어서 앞으로 어떤 형태의 매춘이든 합법화되고 자유화되도록 법 개정을 호소하든지. 그러지도 못한다면 기존 법률을 참고 따를밖에 다른 방도가 없다. 음식 못하는 홀아비가 날마다 맛없는 편의점 도시락으로 끼니를 때우는 것과 마찬가지 논리다. 뭐, 이 공주님이 그만한 그릇은 아닌 것 같으니 오늘은 그냥 넘어가자.

"나더러 어쩌라는 거죠?"

레이코는 한 번 크게 심호흡했다.

"네가 쓰나시마와 미사와, 그 두 사람과 어떤 관계였는지 알려줘."

미키가 눈썹을 찌푸리며 못마땅하다는 표정으로 한숨을 내쉬었다. 괴로워하는 미소녀도 제법 볼만했다.

"했어요."

"정확하게 말해줄래?"

"매춘했어요."

"매춘만?"

미키는 잠시 침묵했다. 생각하고 또 생각했다.

"약을 줬어요."

취조 내용을 기록하는 기타하라의 손놀림이 빨라졌다.

"어떤 약?"

오른손으로는 주먹을 날리지 말 것

"나도 몰라요. 기분 좋아지는 약이에요."

"무슨 약인지 네가 왜 몰라?"

"난 사용한 적 없으니까요. 무서워서 안 먹었어요."

그럴 때는 상식적인 판단이 섰나 보다. 뭐, 그 덕분에 살아서 지금 여기에 있는 거겠지만.

"어떻게 손에 넣었지?"

"누가 줬어요."

"누가?"

"손님요, 다른 손님."

"그걸 두 사람에게 돌려 팔았다는 뜻이야?"

미키는 미간을 찡그렸다.

"그냥 줬어요. 난 필요 없어서 그냥 줬다고요. 약 팔아서 돈을 벌 생각은 전혀 아니었어요."

매춘은 정당화하면서도 불법 약물 거래는 다른 문제라는 얘긴가? 참 알다가도 모를 윤리관이다.

"하나만 더 묻지. 그 약을 누가 줬니?"

"우다가와 고이치라는 의대생이었어요. 어느 대학인지는 나도 잘······."

아마도 한자는 '집'의 우(宇)에 '밭'의 다(田), '냇물'의 가와(川), '넓다'의 고(浩), '하나'의 이치(一)를 쓸 거라고 덧붙였다.

'아마'나 '어느'만 가지고는 난감하다.

뭘 좀 마시겠느냐고 묻자 미키는 생수를 달라고 했다. 단 음식은 절대 먹지 않는단다.

"요즘은 부르봉에서 나오는 알칼리 이온수가 유행일걸요."

단것도 안 먹고 불법 약물도 안 한다면서 매춘은 괜찮다니, 참으로 골치 아픈 나이다.

10분 정도 지나자 미키가 달라던 생수 세 병을 유다가 가져왔다. 보통 물과 어떻게 다른지는 모르지만 레이코도 그 물을 마시며 취조를 계속했다.

"쓰나시마와 미사와의 휴대전화에는 각각 다른 이름으로 등록되었던데, 가명으로 만났니?"

"당연하죠. 혹시라도 이상한 마음 먹고 귀찮게 달라붙으면 짜증 나잖아요."

"우다가와 고이치랑 만날 때는 어떤 이름을 썼니?"

미키는 잠시 기억을 더듬었다.

"아마도 마미였을 거예요."

이 부분은 반드시 확인할 사항이다.

"그래? 그런데 상대방 본명은 아는구나."

"처음 만날 때 신분증을 받거든요. 그 자리에서 휴대전화로 사진을 찍어 메일로 전송해요. 혹시라도 문제가 생길 경우 피 볼 사람은 당신이라는, 일종의 보험이죠."

원조 교제를 하는 여학생들도 나름대로 자기방어는 하는 모양이다.

"신분증은 주로 어떤 거지?"

"대부분 운전면허증이에요."

오른손으로는 주먹을 날리지 말 것

"우다가와 고이치는?"

"집에 가서 확인해야 알아요. 아마도 면허증이었을 거예요. 의대생이라고 말했지만 학생증은 본 기억이 없거든요."

미키는 물을 꿀꺽꿀꺽 마시고 매번 뚜껑을 닫았다.

"우다가와는 어떻게 알게 됐니?"

"채팅 사이트에서요. 올봄이었나? 촌스럽게 생겨서는 처음 만난 날 의대생이라면서 나중에 부자가 될 거라고 잘난 척했어요. 당장 인기도 없고 가난뱅이 주제란 건 생각도 안 하고 말이죠. 안 되겠다 싶었어요. 그래서 처음 만났을 때 당신이랑은 노래방까지가 끝이라고 말했죠. 그런데 엄청 끈질기더라고요. 나랑 한번 해보고 싶어서 안달이었어요. 결국 너무 귀찮아서 10만 엔 주면 한 번 자주겠다고 허락했어요."

"바가지를 되게 씌웠구나."

"당연하잖아요. 진짜 일본인 맞나 싶게 새까만 피부에다 촌스런 머리 모양, 60년대 옷이 아닐까 싶은 구닥다리 셔츠에 아저씨 양복바지 같은 걸 입었지 뭐예요. 나란히 걷기도 싫은 타입이었어요. 차라리 양복 입은 아저씨가 훨씬 낫겠더라고요."

"어쨌든 간에 잤지?"

"뭐, 그렇게 됐어요. 하지만 한 번뿐이었어요. 잘하지도 못했고 발기도 되지 않았어요. 어쩌다 서면 넣기 전에 늘어져 버리고. 간신히 넣을 정도로 서면 난 일찌감치 말라버려서 아프다고 했더니 관두더라고요. 그렇다고 핥지도 못했어요. 구역질을 해대서. 다른 남자들은 모두 목이 말라 수도꼭지에 달라붙은 사람

같았는데 말이죠. 정말 무례하지 않아요? 말이 돼요? 그런 자식이랑 또 하고 싶겠어요?"

맞장구칠 질문은 아니었다.

"한 번뿐이었다면서 약은 언제 받았어?"

"그건, 같이 자주지는 않겠지만 돈을 주면 만나는 주겠다고 했더니 연락이 와서 몇 번 같이 밥을 먹었어요. 몇 번째였더라, 좋은 거라며 약을 줬어요. 뭐냐고 물었더니 기분 좋아지는 약이라고 해서 그냥 받아뒀죠. 하지만 그렇잖아요, 무섭기도 하고. 친구 중에 약에 중독된 애도 있거든요. 그래서 갖고 싶어 하는 다른 손님한테 넘겼어요."

"몇 개나 받았니?"

"이만한 봉투로 다 해서 20개 정도요."

미키가 손짓으로 나타낸 봉투 크기는 대략 2그램이나 3그램 정도가 들어가는 작은 봉투였다. 가루인가? 그런 것을 20개 정도 받았다면 50그램 안팎이라는 뜻이다.

"알았어. 이제 집에 데려다줄 테니까 우다가와 고이치의 신분증을 찾아봐 주렴."

"귀찮게 구네."

미키는 예쁜 얼굴을 잔뜩 찡그리며 짜증을 담아 내뱉었다.

기쿠타가 운전하는 차 안에서 미키는 마구 지껄였다. 도대체 자기가 무슨 죄로 조사당했는지 모르겠다고 억울하다며 우겨댔고, 그러면서도 걱정인지 안절부절못했다.

오른손으로는 주먹을 날리지 말 것

"이건 어디까지나 우다가와 잘못이잖아요. 내가 원조 교제 한 거랑은 상관없지 않나요?"

"쓰나시마 미사와 건은 둘째치고 우다가와와 원조 교제 한 사실은 그냥 넘어가기 어려워."

"진짜 좀 봐줘요. 그럼 약은? 돈 받고 판 게 아니니까 죄가 아니죠?"

"천만의 말씀. 기분 좋아지는 약이라는 말을 들었으니 각성제나 마약이란 사실은 너도 알았잖아. 애초에 그런 약은 소지하는 것 자체가 범죄야."

"그럼 결국 어떻게 되죠? 소년원이라도 들어가나요?"

"소년원은 안 갈 거야. 간토 지역이니까, 고마에에 있는 아이코 여자 학원 같은 곳에 들어가야 할걸. 혹시라도 우리 수사에 적극 협조하고 법원에서 반성하는 태도를 보인다면 거기까지는 안 갈지도 모르지. 네가 앞으로 사회에 얼마나 공헌하느냐에 달렸어."

말은 그렇게 했지만 사실 매춘을 했다고 갱생시설까지 들어가는 일은 없다. 기껏해야 감찰보호소 같은 곳이겠지. 어차피 가정법원 판결에 레이코 같은 형사들이 관여할 여지는 없었다.

시모사카의 집에 도착해 부인에게는 나중에 사정을 설명하겠다고 말한 뒤 미키의 방으로 올라갔다. 그런 와중에도 부모에게 알리지 않고 넘어갈 방법이 있다고 생각했는지 미키는 별일 아니라며 어머니인 아키코에게 손을 흔들어 보였다. 아래층에는 만일을 위해 기쿠타 조를 남겨두었다.

'어머니, 큰일났어요! 댁의 따님이 매춘을 한 데다 약물까지 소지했다고요!'

레이코는 속으로 외쳤다.

미키의 방만이라도 주인과 다르게 깨끗하기를 바랐지만 그런 한가한 소리를 할 때가 아니었다. 벗어 던진 옷가지며 먹고 남겨둔 음식물로 방 안은 엉망진창이었다. 난장판 사이에서 피어오르는 악취를 탈취제로 적당히 가려왔는지 좋고 싫음을 판단하기 힘든 단내가 진동했다.

"잠깐 기다리세요."

미키는 컴퓨터 전원을 켜더니 침대 위를 대충 치우고 앉으라고 했다. 여기저기 옅은 갈색으로 얼룩덜룩한 이불은 그 위에 5분만 앉아 있어도 엉덩이가 근질거릴 것 같았다. 여고생도 성병에 걸린 경우가 많다고 하던데 남자들에게 옮았다기보다는 자기들이 관리를 잘못해서 걸리지 않았을까 싶은 생각마저 들었다.

"이건가?"

들여다보니 깔끔하게 정리해놓은 매춘 고객 자료였다. 능숙한 솜씨로 마우스와 키보드를 이용해 20개쯤 되는 자료 파일 속에서 하나를 찾아 클릭한다.

우다가와 고이치의 운전면허증이 떴다. 사진의 해상도는 별로 좋지 않았지만 성인이 될 때까지 공부만 한 티가 역력한 얼굴과 면허증 번호는 식별이 가능했다.

"엄마한테 말할 거예요?"

미키가 갑자기 눈썹을 찌푸리며 풀 죽은 목소리로 물었다. 남자였다면 틀림없이 그런 얼굴에 홀딱 반했을지 모르지만 같은 여자에게는 반감만 살 확률이 높다는 사실을 왜 모를까.

"그건 네 의지에 달렸어. 오늘 적당히 둘러대도 언젠가는 들통이 나고 말 거야. 우리가 있을 때 정직하게 말하는 게 낫지 않니? 아직은 우리도 네 협조가 필요하고, 지금이라면 널 도와줄게."

미키는 한숨을 쉬며 방을 둘러보았다. 너저분하기는 해도 오늘 아침까지 마음의 안식처였던 자기 방이 지금은 전혀 다른 공간으로 보였으리라.

어머니 아키코는 대성통곡했다. 그런 소란이 벌어졌을 때 마침 귀가한 시모사카 유이치로는 전후 사정을 듣자마자 주먹으로 미키를 치려고 했다. 물론 기쿠타가 말렸다.

"추잡한 것! 당장 나가!"

레이코는 침실로 들어가 버린 시모사카 유이치로를 쫓아가야 할지, 미키와 좀 더 대화해야 할지 망설였다. 아키코는 어찌할 바를 모른 채 그저 엉엉 울기만 했다. 레이코 일행은 11시가 넘어서야 시모사카의 집에서 나와 본청으로 돌아갔다.

다음 날 아침 5시. 3계 1반과 공조해서 신원을 알아낸 우다가와 고이치의 신병을 확보했다. 우다가와는 이런 날이 오리라고 이미 예측한 태도였지만 사망자가 시모사카 미키가 아니라 여태까지 한 번도 만난 적 없는 남자 두 명이라는 사실에 크게 동요했다.

우다가와는 기쿠타 조를 따라 조사실로 들어가 던지는 질문마다 솔직하게 대답했다.

"마미를 주, 죽여서 나만의 것으로 만들고 싶었어요."

그는 똑같은 대답만 반복했다. 레이코는 옆방에서 대화를 들었다.

"유감이지만 미키는 그 약을 티끌만큼도 사용하지 않았어. 전부 다른 손님에게 공짜로 줬던 모양이야. 아마 죽은 두 사람 말고 피해자가 더 있을 거야. 더 이상 사망자가 나오지 않게 수사에 협조해줬으면 좋겠어."

우다가와는 그 약이 실험용 쥐에게 간장병을 일으키게 특별히 조제된 것이라고 했다. 연구실에서 그 약을 훔쳐 신주쿠에서 구입한 각성제와 섞은 뒤 말려서 가루로 만들었다는 것이다.

"그 약을 사용한 사람은 곧장 대학병원에 가서 간 검사를 받아야 해요."

우다가와는 울먹이며 덧붙였다.

10시쯤 시모사카 미키가 부모와 함께 출두했다. 밤새도록 호되게 꾸중을 들었는지 맨얼굴에 두 눈은 퉁퉁 부어 미모가 엉망이었다.

미키를 취조실로 데려와 옆방에서 조사받던 우다가와의 얼굴을 확인하도록 했다.

"저 남자 맞니?"

"네, 맞아요."

미키는 마치 우다가와가 모든 사태의 원흉이라는 듯 노려보왔다.

"의사라고 잘난 척하더니 그냥 살인자잖아!"

레이코는 미키를 한 대 때려주고 싶은 욕구를 간신히 억눌렀다. 하지만 스스로에게 미키의 멱살을 잡는 정도는 허락했다.

"너, 방금 뭐라고 했어?"

레이코는 미키의 캐시미어로 짠 터틀넥 니트를 힘껏 움켜쥐었다. 미키가 컥컥대며 겁먹은 눈으로 레이코를 쳐다보았다.

"그냥 살인자라고? 그럼 너는 뭔데? 넌 살인자에 더러운 매춘부잖아!"

기타하라가 끼어드는 바람에 레이코는 마지못해 미키의 멱살을 풀어야 했다. 미키는 비틀거리다가 벽에 등을 기댔다.

"나, 난……."

"살인은 하지 않았다고? 아니, 너는 명백한 살인자야. 법으로 금지한 약물을 다른 사람에게 줬잖아. 알겠니? 넌 안 했는지 모르지만 호기심으로 약물에 손대는 얼간이들이 사방에 널렸다고. 그걸 알면서 건네준 짓은 약물중독으로 저세상 가라고 등 떠민 거나 마찬가지야. 설령 이번처럼 특수한 경우가 아니라도 말이지."

"그런 억지가……."

미키는 겁에 질려 얼굴이 새파래졌다.

"재판이 어떻게 굴러가든 내 알 바 아니야. 나는 지금 너와 인간 대 인간으로 말하는 거라고. 너 같은 애송이들은 미국에는 마리화나를 허용하는 주가 여럿이라는 둥, 취해서 위험하기는 술이나 마약이나 마찬가지라는 둥, 그럴싸하게 둘러대지만 일본에서 엄연한 불법행위라는 사실은 달라지지 않아. 흔히들 깊이 빠지지만 않으면 자기 의지로 언제든지 끊을 수 있다고 큰소리치지. 그런데 정작 끊는 사람은 한 명도 없어. 정해진 법률도 지키지 못하는 너절한 인간이 언제고 흐지부지되고 말 결심 따위를 지킬 리 없잖아?"

털썩 주저앉은 미키 앞에 레이코가 무릎을 꿇고 앉아 다시 멱살을 잡았다. 기다하라는 레이코의 호통에 압도당해 한 걸음 물러선 채 꼼짝하지 못했다.

"첫발을 잘못 디딘 인간은 한순간에 나락으로 떨어지는 법이야. 장담하는데 약은 못 끊어. 하루, 한 주, 한 달, 한 해, 손대지 않고 잘 참는다고 해도 바로 여기, 여기가 기억하거든."

레이코는 미키의 관자놀이를 손가락으로 세게 찔렀다.

"뇌는 죽을 때까지 쾌락을 기억해. 약을 하고 싶어 미치기도 하지. 강도질은 물론이고 살인을 저질러서라도 약에 취할 생각뿐이라고. 재산도 잃고 가족까지 잃으면 그제야 반성하고 자살을 결심하게 돼. 그런데 그 순간 기왕 죽을 거 딱 한 대만 빨고 죽자, 생각하게 만드는 게 바로 마약이라고!"

겁에 질려 눈물을 쏟던 미키가 뜻 모를 괴성을 지르며 고개를 저었다.

"뭐야? 너는 약을 하지 않았으니 죄가 없다고 말하고 싶어? 잠꼬대 같은 소리 하지 마. 자신은 약을 하지 않았더라도 다른 사람에게 뿌리고 다니는 게 얼마나 큰 죄인지 알기나 해?"

레이코는 주먹을 쥐고 옆구리에 바짝 붙였다가 힘껏 내질렀다. 덩어리진 분노가 공기를 가르고 미키의 귓가를 스쳐 뒷벽에 세게 부딪쳤다. 비명을 터뜨린 미키는 두 다리 사이로 청바지를 검게 적시면서 오줌을 흘리고 말았다.

"까불지 마!"

레이코는 난폭하게 문을 열고서 복도로 나갔다.

처음에는 천천히 걸었지만 점점 속도를 높여 발길을 재촉했다. 5층에 위치한 의무실에 도착하자마자 비명이 새어 나왔다.

의사가 부러졌겠는데요, 했을 때는 거의 울상이었다.

"아, 아야!"

손에 붕대를 감은 모습으로 미키 앞에 서기는 싫었다. 어떻게 하지? 치료를 받는 내내 레이코의 머릿속은 오로지 그 생각뿐이었다.

왼손으로 쳤어야 했는데.

이렇게 교훈을 얻는다. 아무리 화가 치밀어도 절대로 오른손으로는 주먹을 날리지 말 것.

시머트리

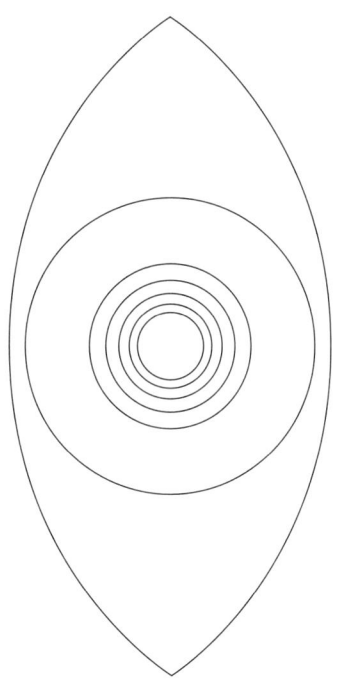

의자에서 일어나 파티션 너머로 옆자리를 보았다. 사토 요스케는 식사 중이었다. 오늘 저녁은 카레라이스다. 누가 봐도 그리 균형 잡힌 식사는 아니다.

똑똑 두드리자 그제야 헤드폰을 벗고 고개를 든다.

뿌연 안경. 땀범벅인 머리카락. 기름기가 번들거리는 하얀 피부. 빛바랜 프린트 티셔츠.

"아, 안녕하세요."

"오랜만이에요. 잘 지내셨죠?"

이어서 얼마 전 일에 대해 감사 인사를 전하자 사토는 "에이, 뭘요. 아무것도 아닙니다."라며 플라스틱 숟가락을 쥔 손을 내저었다.

모니터 위로 무언가가 튀었다. 카레가 묻은 밥알이다.

"오히려 제가 하룻밤 도움을 받았지요."

"그렇게 말씀하시니 더 고맙군요. 자, 그럼."

다시 고개 숙여 인사를 하고 부스에서 나왔다.

PC방 안을 쓱 둘러보았다. 오늘 밤은 자리가 80퍼센트 가까이 찼다. 한자 여덟 팔(八)과 숫자 8. 두 글자의 모양새에서 균형을 발견했다.

부스와 부스 사이를 지나간다. 코를 찌르는 익숙한 냄새. 담배, 컵라면, 커피, 잡다한 체취. 습도는 높고 산소는 희박하다. 온도는 낮고 조명은 어둡다. 마우스를 클릭하는 소리. 헤드폰에서 흘러나오는 애니메이션 소리. 가게 안에 흐르는 라디오방송. 울려 퍼지는 스래시 메탈(thrash metal).

"저, A8번 자리인데 잠깐 나갔다 올게요."

"아, 다녀오세요. 귀중품은 가져가시고요."

재떨이를 씻던 점원이 뒤를 돌아보며 말했다.

때가 탄 속옷, 셔츠, 바지, 휴대전화 충전기. 행여 누군가 탐을 내서 슬쩍해도 대수롭지 않은 물건뿐이다.

"다녀올게요."

PC방 유리문을 밀었다. 여러 회사가 모여 있는 복도. 푸른 형광등 빛. PC방 옆에 있는 여행사는 이미 불이 꺼졌다.

계단을 내려와 건물 밖으로 나오면 상점가다. 여름에서 가을로 바뀔 무렵의 냄새가 풍긴다. 코가 뻥 뚫리는 듯하다. 선술집과 게임 센터, 편의점을 제외하고는 다 영업이 끝났다. 햄버거 가게 앞에 잔뜩 쌓여 있는 쓰레기가 보인다.

전봇대 앞에서 한쪽 뒷다리를 들어 올리는 떠돌이 개. 휴대전화로 수다를 떠는 젊은 떠돌이 여자. 오토바이에 걸터앉아 친구와 웃고 떠드는 떠돌이 소년. 짧은 머리카락. 야밤에 선글라스. 어깨에는 강렬한 태양 문양의 문신. 떠돌이 뚱보.

큰길로 나갔다. 아직도 달리는 자동차가 많다. 헤드라이트가 다가온다.

그날 밤의 기억. 열차 전조등. 선로 위 그림자. 궁극의 균형. 생각만 해도 사정할 때와 비슷한 쾌감이 몸속에서 요동친다.

공기가 변한다. 배기가스를 머금은 밤바람. 상점가의 소음은 사라지고 엔진과 타이어 소리만 오른쪽 귀를 가득 채운다. 왼쪽 귀에는 바람 소리가 들린다.

한 발 한 발 내디딘다. 오로지 밤하늘을 향해 걷는다. 그래, 그리로 가자. 그녀가 기다리는 곳으로 가자.

큰길에서 왼쪽으로 돌아 어둑어둑한 비탈길로 내려간다. 완만하면서도 길게 뻗은 언덕이다. 모두 잠들어 조용해진 학교와 주택가, 국숫집. 처연히 빛나는 자동판매기. 사방을 돌아보지만 이곳에도 균형은 없다.

아무도 없는 공원을 가로질렀다. 금방이라도 녹아내릴 듯한 검은 수풀과 나무 그늘. 그 중심에 서 있는 전등. 춤을 추듯 불빛을 쫓아 날아다니는 나방. 자세히 살펴보면 기둥에도 몇 마리 앉아 있다. 나방의 눈알 무늬. 소소한 균형.

공원을 벗어나면 오르막길이다. 완만하게 쭉 뻗은 길은 잿빛 밤하늘에 닿는다.

2차선 도로. 금속으로 찍어낸 멋진 가드레일. 돌을 깐 인도. 까맣게 보이는 가로수. 한동안 차는 지나다니지 않을 듯하다.

차도로 나가 중앙선 위에 선다. 아름다운 균형을 기대하며 언덕을 올려다보았으나 우측 차선에서 헤드라이트가 번쩍이는 바람에 허사가 되었다. 포기하고 길을 건넌다. 가드레일을 넘어 건너편 인도로 왔다.

비탈길 꼭대기에는 육교가 있다. 그 아래에는 국철이 지나간다.

육교로 올라가서 중간쯤 갔을 때 걸음을 멈춘다. 철조망 너머로 아래를 내려다본다. 어둡지만 집중해서 보면 희미하게 빛나는 선로 두 줄이 눈에 들어온다. 상행선과 하행선 정중앙에 자신이 위치하게끔 자리를 잡는다.

그날 밤의 흥분을 어둠 속에서 찾는다.

전조등이 현장을 하얗게 물들이며 다가온다. 서서히 드러나는 검은 머리와 둥근 등, 굵은 팔다리. 귀청을 찢는 경적 소리. 배 속에서 흙탕물처럼 솟아오르는 웃음. 우습다. 참으로 우습다.

"역시 이곳에 계셨군요."

불쑥 누군가가 말을 걸어와 돌아보니 키 큰 여자 한 명이 서 있다. 언제부터 지켜보았을까. 혹시 내가 실제로 배를 부여잡고 깔깔대며 웃었던가. 그랬다면 그야말로 낭패다.

"아, 안녕하세요. 무슨 용건이라도?"

"네, 여쭤볼 게 있어서 왔어요. 조금 전 PC방에 갔더니 막 나가신 참이라고 하더군요. 그래서 여기로 오시지 않았을까 하고……."

 상행선 열차가 다가왔다. 강렬한 불빛. 고스란히 느껴지는 세찬 바람.

 여자의 하얀 얼굴이 드러난다. 온화한 미소. 어깨까지 내려오는 머리카락이 밤하늘에 흩날린다. 여자가 가방을 들지 않은 손으로 귓가를 누르자 머리카락이 이내 원래대로 가라앉았다.

 "내가 여기 올 줄 어떻게 아셨습니까?"

 열차가 지나가고 빛이 멀어지자 여자의 표정은 다시 사라졌다. 하지만 내 망막에는 선명하게 남았다. 모든 것을 꿰뚫어 보는 예언자 같은 눈빛. 짙은 립스틱을 바른 입술. 그 입술에서 흘러나오는 말. 말에서 느껴지는 신비로운 힘. 지적이라고 표현하기에는 좀 부족하지만 정확한 표현은 떠오르지 않는다.

 "저라면 그랬을 것 같아서요."

 내가 잠자코 있자 그녀는 난간으로 다가갔다. 추락 방지용 철조망을 양손으로 잡고 철컹 소리가 날 정도로 세게 흔든다. 손뿐 아니라 온몸의 힘을 실어 흔든다.

 "만약 제가 범인이었다면 이런 밤에는 현장을 보고 싶어서 몸이 근질근질하겠다는 생각이 들었거든요."

 목이 바싹바싹 탄다. 숨을 쉬기만 해도 기도가 막히는 느낌이다. 쪼그라들 것 같다.

 제발, 누가 좀 살려줘!

 매일 아침 만나지만 이름은 모른다. 흔한 일이다.

"안녕하세요."

나는 나만의 신념을 가지고 말을 건넨다. 자동 개찰 시스템이 완전히 정착되었다. 기한이 지난 정기권을 사용하는 손님이나 부정 승차, 무임승차를 하는 사람도 현격히 줄었다. 개찰구를 통과하지 못하는 손님을 응대하는 일이 내 주요 업무이다. 그조차 100명에 한 명꼴로 있을까 말까다.

할 일이 없어진 역무원은 자연히 사람들에게 말을 건네게 되었다. 출근하는 회사원, 등교하는 학생 등 하루를 시작하는 사람들에게 조금이라도 힘을 보태고 싶다는 등의 거창한 의도는 아니다. 그보다 역무원도 어디까지나 서비스업이라는 자각에서 나온 결과다. 지루한 업무지만 일을 하는 보람을 찾고 싶다는 이유도 한몫했을지 모르겠다.

인사를 해서 대답이 돌아올 확률은 채 1퍼센트도 못 된다. 그러나 헛수고라는 생각은 들지 않는다. 어쩌다 한 번씩 고개를 드는 사람이 있는 정도면 만족한다. 인사하듯 가볍게 눈짓을 하는 사람도 있다. 그것으로 충분했다.

"안녕하세요."

그녀도 개찰구를 통과하면서 눈빛으로 답해주는 손님 중 하나였다. 시내에 위치한 사립 여자고등학교 학생이었다. 체구가 작은 그녀는 장난감 같은 물빛 안경테가 잘 어울렸다. 그녀도 사랑에 빠지면 콘택트렌즈를 낄까. 그런 상상은 비밀스러운 즐거움이었다.

그러던 어느 날 저녁, 그녀가 금방이라도 울음을 터뜨릴 듯한 표정으로 역무실에 찾아왔다.

"정기권을 잃어버렸어요. 산 지 얼마 안 된 건데……."

그 사건을 통해 이름을 알았다. 오가와 미하루. 미하루(実春)는 열매(実)를 맺는 봄(春)이라는 뜻이다. 참 예쁜 이름이다. 그때 잃어버린 정기권은 끝내 찾지 못했다.

인간관계란 사소한 계기로 변하기 마련이다. 그 후로 그녀는 내게 큰 소리로 인사했다.

"안녕하세요!"

"아, 안녕하세요."

다시 발급받은 정기권을 보여주며 생긋 웃는다. 요즘 청소년들은 통 못쓰겠다며 고개를 젓는 어른이 많다. 나는 그런 말이나 하는 어른은 되기 싫다. 상상력은 사라지고 과거나 미화하면서 자신을 정당화하는 사람이고 싶지 않다.

저녁 무렵 역 안을 정리하다가 간혹 집에 가는 그녀와 마주치기도 했다.

"집에 가는 길인가 보구나."

"아, 안녕하세요."

어쩐지 얼굴에 힘이 없다.

"무슨 일 있어? 몸이 안 좋니?"

하지만 아무 일도 아니라는 듯이 고개를 가로젓는다.

"동아리에서 다친 데를 방금 저기 문 옆에 있는 통로 난간에 또 퍽 부딪쳤어요."

"무슨 동아리인데?"

"탁구부요. 탁구대 모서리에 팔꿈치를 탁 부딪쳤거든요."

얌전한 여학생이라고 생각했는데 탁구부라니 뜻밖이었다. 하지만 '퍽'이라든가 '탁'이라는 말을 할 때는 조금 날이 선 표정과 목소리여서 고등학생다운 예민함을 엿본 기분이다.

"난간에 부딪쳐서 늑골이 부러진 사람도 있으니까 조심하렴."

"늑골요?"

"여기 부근 말이야. 울퉁불퉁한 뼈. 출퇴근 시간에 사람들한테 밀리면서 손을 들다가 자칫 부딪치기도 하거든."

"아, 그렇군요. 조심할게요."

미하루는 인사를 하고 출구 쪽으로 걸어갔다. 또각또각 계단을 내려가서 개찰구를 통과했다. 눈으로 뒷모습을 좇았다. 결코 사랑은 아니었다. 그저 지켜주고 싶은 마음이 컸다.

화창한 겨울 아침이었다.

"안녕하세요."

날씨가 추워지자 사람들은 한층 더 무뚝뚝해졌다. 계절에 따른 변화를 묵묵히 지켜볼 뿐이다. 하지만 지금도 생생하게 떠오른다. 짙은 감색 더플코트에 연보라색 목도리를 매고 하얀 입김을 후후 불던 그녀는 그날 아침 여느 때보다도 활기차게 인사를 했다.

"안녕하세요!"

뭔가 좋은 일이라도 생겼나. 학교에서 즐거운 행사를 하나. 그렇지 않으면 통학 전철 안에서 멋진 남학생이라도 만났을까.

"잘 다녀오렴."

무슨 일이 있든 나는 그저 배웅만 할 뿐이다. 오늘 하루도 아무 탈 없이 즐겁게 지내기를.

그녀를 태운 열차가 천천히 플랫폼을 떠나간다. 조금씩 속도를 낸다.

그날 아침은 열차도 제시간에 맞춰 도착했고, 모든 일은 평소대로 흘러갔다. 이제 와서 생각해보면 지나치게 순조로운 아침이었다.

별안간 급브레이크를 잡는 굉음과 땅이 울리는 소리가 났다.

"뭐지?"

플랫폼이 소란스러워지더니 모든 사람이 방금 출발한 전철 쪽으로 시선을 돌렸다.

무슨 일인지 묻기도 전에 몸이 먼저 반응했다. 상행 열차가 향한 방향으로 다리가 제멋대로 움직였다. 전속력으로 달렸다.

다음 열차를 기다리는 손님을 헤치고 플랫폼의 맨 앞으로 가자 선로 저 멀리 열차 끝머리와 그 앞쪽에서 피어오르는 연기가 보였다. 힘껏 뛰어내려 선로를 내달렸다.

별일 아니겠지. 아무 일도 없다고 믿고 싶었다. 하지만 기대는 빗나갔다. 몇 번째 차량인지는 모르겠지만 선로를 벗어난 열차가 눈에 들어왔다. 하행 선로까지 침범해 갈 지(之) 자로 멈춰서 있었다.

휴대전화로 역무실에 연락했다. 이런 사고가 발생하면 자동으로 앞뒤 열차는 운행이 중단되지만 만일을 위해 상하행 열차

전면 운행 정지를 확인해달라고 요청했다. 자세한 상황은 아직 모르겠다고 덧붙인 뒤 전화를 끊었다.

가까스로 맨 끝에 있는 차량에 도착했다. 창문을 통해 안을 들여다보았다. 급브레이크를 밟은 충격으로 다친 사람도 있는 듯했지만 끝 차량은 탈선하지 않은 덕분인지 그리 혼란스럽지 않았다. 침착한 승객이 수동으로 문을 열고 탈출해야 한다고 소리쳤다.

좀 더 앞으로 가니 네 번째 차량이 탈선해 있었다. 총 열 량 중 앞에서 네 번째 차량이었다. 열차는 상하행선 양쪽 노선에 비스듬히 걸친 상태로 멈춰 있었다. 양쪽에는 콘크리트 벽이 있고 조금 더 앞으로 가면 육교가 있다. 선로는 주변 땅에 비해 한참 낮았다. 도랑 같은 곳을 지나게 만들어졌다. 그런데 탈선한 네 번째 차량이 그 도랑을 막고 있었다. 그런 상황이라 이쪽에서는 앞쪽 차량이 어떤 상태인지 보이지 않았다. 차라리 저 육교에 올라가는 편이 잘 보이지 않을까.

심지어 네 번째 차량은 45도가량 기울어졌다. 비스듬하게 기울어진 차량의 무게를 지탱하는 것은 오른쪽 콘크리트 벽의 마름모꼴 돌기였다. 그 위로 차량의 오른쪽 모서리가 걸려 간신히 버티고 있었다.

그때였다. 콘크리트가 깨지더니 철판이 삐걱거리는 소리가 났다. 그와 동시에 차량이 조금 더 기울었다.

열차 안의 불빛이 사라졌다. 승객들이 떠밀려 창문에 눌렸다. 낮은 신음과 비명, 울음소리가 여기저기서 터져 나왔다. 차량

중간 부분의 깨진 창에는 비어져 나온 상반신이 보였다. 짙은 감색 더플코트와 연보라색 목도리?

"미하루!"

무의식중에 뛰어가서 차량 아래로 기어들어 그녀에게 다가갔다. 하반신은 차량 안에 있고 상반신만 앞으로 고꾸라져 차량 밖으로 튀어나왔다.

정신을 잃은 듯했다.

"미하루! 정신 차려!"

주변 사람들은 어떻게 생각했을까. 역무원이 여고생의 이름을 부르며 구하려 하다니! 그렇다고 급히 도와야 할 다른 사람을 내버려 두고 미하루를 도운 건 아니었다고 지금도 확신한다. 그 상황에서 제일 먼저 구출해야 할 사람이 미하루였다.

고등학생이라고는 해도 기절한 사람을 움직이기란 그리 쉽지 않았다. 더군다나 하반신이 무언가에 걸렸는지 아무리 잡아당겨도 더플코트만 벗겨지려 할 뿐 미하루는 밖으로 나오지 않았다.

오히려 그녀를 잡아당길 때마다 차량이 조금씩 내 쪽으로 기우는 느낌이었다. 그만두라고 소리를 지르는 승객도 있었다. 하지만 그만둘 수 없었다. 만약 그만두었다가 차량이 완전히 이쪽으로 넘어지면 그녀는 살아남지 못한다.

그 순간은 예상보다 빨리 닥쳤다.

차량을 지탱하던 콘크리트 돌기 부분이 부서지면서 차량의 오른쪽 모서리가 금속이 끊어지는 소리를 내며 벽면을 할퀴듯 움직이기 시작했다.

　얼른 도망치라고 말해준 사람도 있다. 그렇지만 포기할 수 없었다.

　"위험해!"

　뒤에서 누군가가 내 겨드랑이 밑으로 손을 넣어 부둥켜안고 뒤로 끌어당겼다. 나는 마지막까지 오른손으로 잡았던 그녀의 왼손을 놓지 않았다.

　"미하루!"

　몇 초 후 차량 지붕이 눈앞을 덮었다.

　오른쪽 팔꿈치 주위에 충격을 받았다. 팔이 부러졌을까. 아니다. 그보다는 방망이 같은 걸로 얻어맞은 듯한 통증이었다.

　팔이 불에 타는 것처럼 뜨거웠다.

　밑에 깔린 사람의 몸이 사방으로 튕기면서 나온 열기가 얼굴을 뒤덮었다. 당시에는 그게 더 큰 충격이었다.

　사나흘은 멍하니 병원 천장만 바라보며 지냈다. 일주일 정도 지났을 무렵 신문을 읽고 사고가 일어난 원인을 알았다.

　이달 21일, 도쿄 도 기타 구 JR ○○선이 승용차와 충돌하여 탈선, 전복된 사고로 중태였던 회사원 요코야마 유키(29세) 씨가 27일 사망했다. 이로써 승무원을 포함한 사망자는 102명으로 늘었다. 부상자는 중경상을 포함해서 425명.

　경시청 오지 경찰서가 조사한 바에 따르면, 용의자 요네다 야스시

(39세)는 사고 당일 새벽 5시까지 기타 구 아카바네에 위치한 친구 집에서 위스키 두 병을 마시는 등 다량의 알코올을 섭취하고 세 시간 정도 눈을 붙인 뒤, 자동차를 몰고 자택으로 돌아가던 중 사고를 낸 것으로 밝혀졌다. 요네다는 '차단기가 내려진 것을 몰랐다.'고 진술했으나 건널목 앞에서 잠깐 정지했다가 선로로 들어갔다는 목격자의 증언이 있다.

경시청과 운수성 사고 조사 위원회는 JR 히가시니혼의 안전 관리에 문제가 없었는지 조사한 다음 용의자 요네다를 업무상 과실치사 혐의로 입건할 예정이라고 밝혔다.

요네다 야스시!
신문을 든 왼손이 부들부들 떨리더니 곧이어 온몸이 요동쳤다.
소리를 지르자 간호사가 달려왔다. 재차 비명을 지르자 담당 의사가 사색이 되어 달려왔다.
하얀 천장에 붉은 소용돌이가 일었다. 그 가운데에서 검은 액체가 흘러나와 온몸을 적신다. 머리부터 발끝까지 온몸이 검은 물로 흠뻑 젖는다. 짙은 피비린내. *끈끈한 액체*. 아무리 닦고 닦아도 얼굴에 물든 검붉은 피는 씻겨 나가지 않는다.

몸은 회복됐지만 정신적으로 불안한 탓에 입원이 길어졌다.
요네다 야스시라는 이름을 떠올리기만 해도 온몸이 땀으로 흠뻑 젖었다.
진술을 했다는 말은 놈이 아직 살아 있다는 뜻이다. 100명이 넘는 사람의 목숨을 빼앗고 400명이 넘는 부상자를 냈으면서 고작 업무상 과실치사로 끝날 모양이다.

당시만 해도 위험운전치사상해죄가 없었다. 이는 요네다가 복역하고 몇 년이 지나서야 제정되었다.

퇴원을 하고 JR에 퇴사하겠다고 전했다. 회사 측은 몸이 불편해도 가능한 업무가 많다며 달랬지만 받아들이지 않았다. 만류는 고마웠으나 매일 선로를 보며 일할 용기가 도저히 나지 않았다.

그 대신 보험금과 보상금, 퇴직금 등 제법 많은 돈을 받고 퇴사했다.

한동안은 아무 일도 하지 않고 저금해둔 돈을 야금야금 까먹으며 지낼 작정이었다. 요네다의 재판 결과를 지켜보며 그저 목숨이나 이어가야겠다고 생각했다.

그해 겨울 마지막 재판이 열렸다. 요네다는 업무상 과실치사로는 가장 무거운 벌인 징역 5년형을 받았다. 그래봤자 고작 5년이다. 100명 넘게 죽이고 기껏 5년이라니.

검찰 측은 기차전복치사죄로 입건하려 했으나 피고의 고의를 입증하지 못한 데다 사고 발생 후 음주 측정을 했을 때는 알코올 농도도 기준치를 밑돌았던지라 업무상 과실치사 혐의로밖에 싸울 길이 없었던 모양이다. 요네다의 변호인도 업무상 과실치사 정도면 감지덕지했으리라. 공판에서는 검찰 측과 변호인 측이 거의 싸우지도 않았다.

징역 5년 실형 판결. 구형으로 보면 최고 형량이지만 피해자를 비롯한 유족은 결코 만족하지 않았다.

그때까지도 과실에 의한 사망 사고는 형량이 너무 약하다고 지적하는 소리가 많았지만 설마 그것이 나와 직접적인 연관이 있으리라고는 전혀 생각하지 못했다. 이것이 바로 업무상 과실 치사라는 악법의 폐해인가.

오가와 미하루의 집에도 여러 번 찾아갔다. 마지막까지 미하루를 돕기 위해 애써주신 역무원이냐는 물음에 '네.'라고 대답하기는 난감해서 슬며리 고개만 끄덕였다. 미하루는 외동딸이었다. 부모의 낙담은 말로 표현하지 못할 정도였다. 굳이 말하자면 혼이 나가 있었다. '삶'이나 '죽음'을 넘어서 껍데기만 간신히 남은 듯 보였다.

그러나 그 마음속에도 증오만큼은 강하게 느껴졌다.

"죽여버리고 싶어요. 이 손으로……."

도대체 피해자 한 사람당 몇 명씩이나 이런 증오를 품은 유족이 존재할까. 부모 두 명, 형제자매가 있다면 세 명 이상, 조부모가 살아 있다면 다섯 명은 족히 넘을 것이다. 처자식이 있는 피해자도 있으리라. 100명 이상이 죽었다. 어림잡아도 유족은 300명, 500명에 다다른다. 거기에 친구까지 포함하면 천 명 이상이다.

그 많은 사람이 요네다 야스시의 죽음을 진심으로 바란다. 제 손으로 죽여버리겠다고, 반드시 죽이겠다고 다짐한 사람들이 있다.

재판을 두 번 방청했다. 직접 본 요네다는 호감이라고는 눈곱

만큼도 느껴지지 않는 남자였다. 졸음이 가득 담긴 눈의 쌍꺼풀은 능글맞아 보였고 몹시 뚱뚱했다. 그 몸으로 위스키 두 병을 마시고 선로로 달려들다니. 차라리 차를 타지 않고 걸어 들어가 기차에 치여 너덜너덜하게 찢겨 죽었다면 좋았을 텐데. JR이 청구한 억 단위의 손해배상금에 괴로워하다가 요네다의 가족이 전부 목이라도 매면 좋겠다는 생각마저 든다.

요네다의 자동차는 뒷부분이 첫 번째 차량에 깔려 찌그러졌을 뿐이다. 앞부분은 50센티미터 정도 끌려가기만 했다. 요네다는 가슴과 머리가 골절되었으나 생명에는 지장이 없었다. 재판이 시작될 무렵에는 다 회복되었다.

사람이 100명도 넘게 죽었다고 하지 않았나.

미하루는 이제 두 번 다시 돌아오지 못한다.

내 오른팔은 팔꿈치 아래가 사라졌다.

퇴직과 동시에 JR 기숙사를 나온 나는 거주지 불명 상태가 되었다. 불구자라서 나를 고용하려는 곳도 좀처럼 없었다. 적금을 헐어 생활을 꾸렸다.

이런 몸으로 그나마 이 세상에 붙어 지낸 것은 요네다를 향한 증오심 때문이다. 가장 큰 힘이다. 녀석을 죽이고 싶다는 생각만이 희망이었다고 해도 과언이 아니다.

그러나 구체적으로 무엇을 하면 좋을지 몰랐다.

우선 정보를 수집하기 위해 PC방에 틀어박혔다. 역무원 시절에는 컴퓨터를 다뤄본 적이 거의 없었는데 막상 해보니 의외로 재미있었다. 정보를 수집하는 데 얼마나 편리한지는 차치하고 시간 때우기에 그만이어서 시간 가는 줄 모르고 컴퓨터에 빠져들었다.

정해놓은 시간이 지났는지도 모르고 있다가 초과 요금을 내는 일이 많아졌다. 오래지 않아 장시간 코스를 이용하게 되었고 나중에는 거의 살다시피 하는 지경에 이르렀다. 자랑은 아니지만 요즘 유행하는 'PC방 폐인'의 시초 격이 아니었을까.

인터넷에는 다양한 정보가 흘러넘쳤다. 요네다에 관한 자료도 결코 적지 않았다. 요네다의 과거부터 현재 복역 중인 교도소까지 클릭 한 번이면 다 나왔다.

그에 따르면 요네다는 10대 때 폭주족의 일원이었다. 열아홉 살 때 선배에게 권유를 받아 한 우익 단체에 들어갔다. 그 단체를 따라 도쿄에서 가장 큰 규모인 조직폭력단 야마토회에 흡수되었으나 20대 중반에 조직에서 파문당했다. 그 뒤 사채업자 밑에서 허드렛일을 하다가 돈을 벌어 술집인지 옷 가게인지를 차리기도 했다. 무엇이 진실이고 무엇이 거짓인지는 모를 일이다.

재판 이후 행적은 대체로 믿을 만했다. 내가 공판 날 보고 들은 것과 비슷한 내용이 적혀 있고, 나아가 당일 요네다가 입은 옷까지 자세하고 정확하게 기록한 글 등이 올라왔다.

작성자는 아마도 피해자나 유족일 것이다.

실제로 재판에 참석한 피해자나 유족이 언론에서 밝히지 않은 부분까지 인터넷에 상세히 올려, 그 사건이 지나간 과거사로 치부되지 않게 노력한다는 느낌을 받았다.

요네다의 변호사와 친구라는 사람이 올린 글도 있었다.

요네다는 역겹고 구제불능의 성격파탄자인 데다 피해자나 유족에게 사과할 마음이 없어 보인다고 했다. 그뿐 아니라 그 사건이 위험운전치사죄 시행 전에 발생해서 다행이라며 5년만 있으면 출소하니 자신은 행운아라고 떠벌리고 다닌다고 했다.

또 다른 페이지에는 복역 중인 교도소 이름이 나와 있었다. 안에서 어떻게 지내고 가석방이 언제쯤일지 쓰여 있었다. 하나같이 분노를 자극하는 내용뿐이다.

사고가 난 지 3년이 지난 어느 겨울이었다.

발길 닿는 대로 가다 보니 요네다가 복역 중이라는 교도소까지 찾아가게 되었다. 놀랍게도 그 앞에 미하루의 아버지가 있었다.

"오가와 씨!"

뒤를 돌아본 그도 놀란 얼굴이었다.

"아, 당신은······."

아무래도 기억이 나는 모양이었다.

"오랜만에 뵙습니다."

"오랜만입니다. 그동안 어떻게 지내셨습니까? '피해자와 유족 모임'에서 몇 번이나 선생님께 연락을 드리려 했지만 연락처를 알 길이 없더군요."

그 일에 대해서는 짧게 사과를 했다. 그는 대화를 더 나누고 싶은 모양이었다. 역 근처에서 따뜻한 차라도 마시지 않겠느냐는 말에 잠시 망설이다가 승낙했다.

나와 그는 역까지 걸어갔다. 시내에서는 좀처럼 보기 드문 촌스러운 찻집으로 들어가 창가에 자리를 잡았다. 커피 두 잔을 주문하고 재차 안부를 물었다. 조금 쑥스러웠다.

"요네다의 재판이 끝나고 처음 뵙는군요."

이 말을 시작으로 서로 근황을 털어놓았다.

"미하루가 떠나고 한동안은 아무 일도 할 마음이 생기지 않았습니다. 다행히 회사에서 여유를 두고 기다려준 덕분에 복직하긴 했지만 여전히 예전처럼 지내기는 어렵군요. 어떻게 지내셨어요?"

일을 하지 않는 이른바 'PC방 폐인'이라고 농담처럼 말을 꺼냈으나 그는 웃지 않았다. 만약 괜찮다면 일자리를 찾아봐주겠다고 했다. 나는 정중히 거절했다. 그럴 생각이 있었다면 처음부터 역무원을 그만두지 않았을 것이다.

"아무 일도 못하겠습니다. 모든 게 다 무서워서……."

"무슨 말씀이신지?"

"전철이 무섭습니다. 아예 못 타겠어요. 오늘도 버스만 타고 힘들게 여기까지 왔습니다. 버스를 타는 일도 쉽지만은 않습니다. 그리고 선로가, 아예 못 건너는 정도는 아니지만 무섭습니다. 좁은 곳도 무섭고요. 양쪽이 콘크리트로 만들어진 그 현장 같은 곳은 겁이 납니다. 그래서 골목길이 싫어요. 아주 작은 경비소조차 두렵습니다. 갑자기 쓰러지지 않을까 하는 불안감이 몰려들거든요."

오른팔을 잃어서 공포가 생긴 것은 아니다. 곁에서 지키고 싶었던 존재 때문이다. 그 존재가 한낱 작은 열기로 변해 사라진 일을 떠올리는 것은 여전히 두렵기만 했다.

그런데도 한번 떠올리기 시작하면 멈추지 않는다. 여기저기 붉은 소용돌이가 일기 시작하고 그 중심에서 검은 것이 용솟음친다. 콜타르처럼 무겁고 끈끈한 것이 사지에 엉겨 붙어 옴짝달싹하지 못한다. 그때는 사라진 오른팔도 돌아와 있다. 그러나 움직이지는 않는다. 억지로 잡아당기면 떨어져버린다. 무엇이? 떨어져나온 것은 미하루의 팔이다. 있을 리 없는 오른손으로 미하루의 한쪽 팔을 쥐고 선로를 걸어간다. 굉음, 지축이 흔들리는 듯한 소리가 이어지고 열차가 옆으로 쓰러진다. 그 아래에서 또 검은 것이 흘러나온다. 검은 것이 지면을 덮는다. 그 앞에 누군가가 서 있다.

화려한 셔츠를 입은 뚱보 요네다.

죽여버리겠어! 소리 지르며 뛰어가는 듯한 기분이 든다. 실제로 다리가 움직이고 거리도 좁혀진다. 잘려나갔던 오른손에는 부엌칼이 들려 있다. 조금만 더 가까이 가야, 더 가까이 가야 그를 죽인다. 하지만 아무리 달려가도 거리가 좁혀지지 않는다. 늘 아슬아슬하다.

발이 미끄러져 엉덩방아를 찧는다. 일어나려고 해도 바닥을 짚은 손이 자꾸 미끄러진다. 온몸이 새까매진다. 뜨겁다. 뜨거워. 뜨겁다고! 몸이 화끈화끈하다.

"괜찮으세요?"

그 한마디에 퍼뜩 정신이 들었다.

"아, 네. 괜찮습니다."

방금 내가 무슨 행동을 했고 무슨 말을 했는지 물었다.

"별건 아니에요. 그냥 뜨거워, 뜨거워, 하고 중얼거리셔서."

소리를 지르지 않아서 다행이다.

오가와 씨는 걱정스러운 눈빛으로 나를 바라보았다. 남은 시간이 많지 않다. 그에게서 되도록 쓸모 있는 정보를 얻어야 한다.

먼저 요네다가 정말로 저 교도소에 있는지 물었다. 오가와 씨는 있다고 단언했다.

"피해자와 유족 모임은 요네다에 대해 여러 정보를 입수했습니다. 출소 후에 신세를 질 부모나 친척, 친구, 지낼 장소, 들를 만한 가게까지도 알아냈지요. 물론 언제 출소하는지에 대해서도 주시하고 있습니다. 혹시 들으셨나요? 요네다는 민사 소송에서도 패소한 처지라 출소하면 배상금이나 위로금을 포함해 약 8억 6천만 엔을 물어야 합니다."

그 순간 사다리를 오르다 발이 미끄러진 것처럼 공중에 붕 뜬 느낌을 받았다. 피해자와 유족 모임은 요네다가 가능한 한 오래 살아서 한 푼이라도 더 내놓기를 바랄까. 요네다의 배상금이나 위로금에 의지해서 치료나 생활을 해야 하는 사람은 몇 명이나 될까.

하지만 꼭 그렇지도 않은 모양이었다.

"차라리 병이나 사고로 죽어버리면 좋겠습니다. 그러면 놈이 들어놓은 생명보험이 놈의 부모를 통해 모임에 들어옵니다. 뭐,

저야 아무래도 상관없지만요. 한 집안의 가장을 잃은 가정이나 일을 못할 만큼 중상을 입은 분도 많으니까요. 그런 분들에게는 죽음으로 용서를 빌어야 마땅하다고 생각하지만 뭐, 자살은 안 되겠죠."

나는 지나가는 말로 물었다.

"누군가가 그를 죽이면 어떻게 될까요?"

오가와 씨는 대답 대신 쓴웃음을 지었다.

유족이나 사건과 직접적으로 관련된 사람이 요네다를 살해하면 보험금은 타기 어렵지 않겠느냐고 덧붙였다.

나는 그날 이후 마치 신들린 사람처럼 요네다를 죽일 생각만 하며 지냈다.

요네다가 언제 출소하는지는 오가와 씨를 통해 알아냈다. 오가와 씨라면 출소 후 머물 곳의 주소도 알고 있으리라. 무엇보다 다행인 점은 내가 주소나 신원이 명확하지 않은 몸이라는 사실이다. 현행범으로 체포되지만 않으면 이 어정쩡한 신분이 방패막이 된다. 나는 처음으로 이를 위해 이런 생활을 계속해온 것인가 싶었다.

구체적인 살해 방법을 궁리하는 동안 세상의 겉과 속, 사회의 양지와 음지를 자유자재로 오가는 기분이 들었다.

드디어 요네다가 출소했다. 형기가 끝날 때까지 가석방은 받지 못했다. 그가 5년을 꽉 채우고 나오기를 기다렸다. 교도소를 나온 그는 이바라키 현에 거주했고 한 달에 한 번 도쿄에서 열리는 피해자와 유족 모임에 출석해달라는 요구를 받았다. 위자료와 배상금 지불에 대한 합의 때문이었으나 요네다는 이 요구에 응하지 않았다. 당연히 모임은 요네다의 태도에 몹시 불쾌해했다.

  모임은 요네다의 직장에 전화를 걸고 집으로 찾아갔다. 아무리 회사를 옮기고 이사를 해도 기어코 요네다의 위치를 알아냈다. 그리고 전화와 방문을 되풀이했다. 틀림없이 요네다도 모임에서 보이는 집념에 질렸으리라. 요네다는 출소 후 반년 만에 처음으로 모임에 얼굴을 드러냈다. 하지만 적반하장도 유분수지 못 갚겠다는 식으로 나왔다.

  모임에 참석하지 않으면 전화가 끊이지 않는 탓에 요네다는 마지못해 매번 얼굴만은 비추었다. 뻣뻣한 태도는 나아질 기미가 없었다. 모임의 분노는 날이 갈수록 커졌다.

  요네다가 모임에 참석했다가 빠져나온 뒤 보이는 행동은 늘 같았다.

  자동차는 없고 운전면허는 취소된 데다 여윳돈도 없는 요네다는 가장 가까운 역에서 전철을 탄다. 과거 미하루를 포함한 많은 피해자가 이용했고, 내 근무지였기도 했던 그 역에서 가증스럽게도 자신이 전복시킨 JR 전철을 탔다. 다행히 요네다가 가버린 후에도 모임을 계속하는 유족들은 이 사실을 모른다.

  그놈을 노리려면 이 역이 적격이라고 생각했다.

  요네다가 네 번째로 모임에 참석한 날짜에 맞춰 알리바이를 만들고 그가 돌아가는 길에 숨어 기다렸다. 전철역 근처에서 요네다의 휴대전화로 전화를 걸었다. 아키하바라에서 구입한, 일명 대포폰이라 불리는 명의자 불명의 전화기를 이용했다.

요네다에게 피해자와 유족 모임 회원인 오가와 씨의 비밀을 안다고 운을 떼었다. 이 비밀을 알면 앞으로 모임의 귀찮은 출석 요구에 응하지 않아도 된다고 귀띔했다. 요네다는 의심스러운 목소리로 무슨 의도냐고 물었다. 돈이라면 없다고 덧붙였다.

내 목적은 돈이 아니다. 그저 당신이 조금만 도와줬으면 하는 일이 있어서 그러니 만나서 이야기하자고 했다.

요네다는 제안에 순순히 응했다. 그리고 내 지시대로 선로를 따라 그 사고가 일어난 건널목을 향해 걷기 시작했다.

그다음은 쉬웠다.

말을 건네는 시늉을 하며 그놈과 마주 섰다. 주위에 다른 사람이 없다는 사실을 확인한 뒤, 준비해온 넓적한 식칼로 심장을 단숨에 찔렀다. 죽었는지 확인한 후 칼을 빼고 성인용 일회용 기저귀와 접착테이프로 상처 부분을 지혈했다. 등에 업고 선로 안으로 들어가 육교 밑까지 옮겼다. 오른팔이 없는 나에게는 최적의 방법이었다.

시체를 상행선 안쪽 선로 위에 세로 방향으로 걸쳐놓았다. 열차가 오면 머리부터 가랑이까지 두 동강 날 위치였다.

내려놓고 도망치면 된다. 열차 운행 시간표는 확실히 머릿속에 들어 있다. 다음 열차가 오기까지 아직 2분 정도 남았다.

건널목으로 돌아와 육교로 이어지는 비탈길을 올랐다. 몸 전체가 하나의 커다란 심장이 된 것 같다. 심장이 두근거릴 때마다 온몸이 확장과 수축을 반복한다. 망막까지 피가 몰렸다가 사라진다. 붉은빛. 근처에 경찰차가 있는 게 아닐까 하는 착각이 들었다.

육교에 도착하자 흥분은 극에 달했다.

머리 위에 뜬 보름달. 곧게 뻗은 선로 두 줄. 완전한 균형. 요네다의 위치가 중심에서 약간 오른쪽으로 치우쳤으나 지금은 그대로 놔둘 수밖에 없다. 잘려 나간 내 오른팔 대신 목숨을 받았으니 됐다.

저 멀리서 빛이 보인다. 상행 열차 전조등이다. 소리도 들린다. 아무것도 모른 채 차체를 흔들며 선로를 덜컹거리며 들어온다.

이윽고 열차가 내뿜는 둥그런 빛이 현장에 쏟아진다. 모든 것을 하얗게 물들이며 거침없는 속도로 다가온다.

빛의 한가운데에 놓인 요네다의 검은 머리와 둥근 어깨, 등, 굵은 팔다리. 때마침 경적이 울린다. 귀청이 떨어질 만큼 거친 소리다.

이제 끝이다. 더 이상 되돌리지 못한다. 와라, 그대로 치어버려! 그 튼튼한 열차 바퀴로, 어마어마한 차량의 무게로, 저 추한 비계 덩어리 자식을 깔아뭉개!

선로 인명 사고를 실제로 본 적은 없지만 이야기는 지겹게 들었다.

열차의 바퀴와 선로 사이에 끼인 부분은 사람의 살도 뼈도 거의 남지 않는다고 한다. 그러니까 그 칼에 찔린 상처 부위에 바퀴가 지나가면 직접적인 사인은 밝혀지지 않는다는 뜻이다. 바퀴에 눌리지 않은 부위에서는 과다 출혈이 발생한다. 그런 까닭에 전문가조차 열차에 의한 절단이 생전에 생겼는지 사후에 생겼는지 판별하기 어렵다고 한다.

머지않아 요네다의 시체는 배를 갈라 말린 전갱이 꼴이 될 터이다. 몸의 중심이 10센티미터 정도 높이로 납작해지겠지. 좌우 대칭으로 두 동강이 나겠지.

이제는 멈추지 못한다. 열차는 금세 요네다의 시체가 놓인 곳까지 다가왔다.

둥근 빛이 현장을 집어삼켰다.

거무죽죽한 요네다의 그림자가 빛을 받아서 뿌옇게 보인다.

경적이 귀와 뇌 속을 가득 채운다. 어느새 나는 웃고 있었다. 큰 소리를 내며 배꼽이 빠져라 웃었다. 그렇지만 눈은 철로에서 떼지 않았다. 결정적인 장면을 절대 놓치지 않기 위해서다.

열차는 속도를 거의 줄이지 못한 채 요네다의 머리를 밟고 지나갔다. 그때 사지가 조금 흔들린 듯 보였지만 곧바로 차량에 깔려서 보이지 않았다.

더 이상 육교에서는 아무것도 보이지 않았다.

새어 나오는 웃음을 참으며 언덕 중간에 위치한 월 정액제 유료 주차장으로 향했다. 풀숲과 철조망 너머로 현장을 엿보았다. 그때는 열차도 정지했다. 묘하게도 요네다의 시체 위에 선 것은 네 번째 차량이었다.

회중전등을 든 운전사가 부리나케 달려간다. 뜻밖에도 그는 침착했다. 빛을 비추며 두 동강이 난 요네다를 보고 끔찍하군, 하는 정도의 반응밖에 보이지 않았다.

  그 자리에 계속 있다가 체포되기라도 하면 모든 일은 허사가 된다. 더 지켜보고 싶은 마음이 굴뚝같았지만 꾹 참고 자리를 떠났다.

  다음 날 아침 유쾌한 기분으로 조간신문을 읽었다.

  ― ○○선 전복 사고를 일으킨 요네다 야스시, 동일 장소에서 열차에 치여 사망
  ― 탈선 사고범 복역 후 자살인가?
  ― 사고 현장에서 열차에 치여 사망. 보상받지 못하는 유족

더욱 신명 나는 내용이 이어졌다.

  ― 16일 오후 11시 30분경. 도쿄 도 기타 구에서, JR ○○선 선로에 쓰러져 있던 남성이 열차에 치여 사망했다. 사망자는 요네다 야스시(47세), 요네다는 7년 전 같은 장소에서 열차 전복 사고를 일으켜 징역 5년의 실형 판결을 받고 복역, 열 달 전 출소했다. 두 동강 난 시체는 심하게 손상되어 경시청과 관할 서는 자살과 타살 두 측면으로 조사할 방침이다.

그 뒤 신문에 크게 보도되지는 않았지만 일부 주간지는 피해자와 유족 모임을 의심하는 듯한 기사를 내보냈다. 하지만 경찰의 조사로 모임에 참석하는 전원에게 알리바이가 있다고 판명되었다. 추측 기사를 내보냈던 주간지는 일제히 사과문을 실었다.

보름 정도 기다렸다가 오가와 씨에게 연락해서 사건에 대한 이야기를 들었다. 요네다 사망에 대해 유족들은 저마다 다른 반응을 보였다고 한다. 속이 시원하다는 사람도 있고, 경찰이 의심하는 탓에 귀찮아 죽겠다며 역정을 내는 이도 있다고 했다. 반반 정도인 듯하다.

"어쨌든 놈이 죽어서 다행이에요. 그것만은 확실해요. 살아 있기를 바랐던 사람은 아무도 없어요. 요네다의 부모조차 그가 죽는 편이 세상을 위한 일이라고 말했으니까요. 그 덕분에 보험금이 지급될 실마리가 생겼고요. 뭐, 경찰이 사건을 어떻게 결론짓느냐에 달렸지만요."

나는 경찰 수사가 어떻게 진행되고 있는지 물었다.

"상당히 어려운 모양이에요. 목격자가 없으니까요. 아시겠지만 우리는 모임이 끝나고 나서 다 함께 한잔하러 갔지요. 가게에서 알리바이를 증언해줬어요. 경찰은 우리가 서로 감싸준다고 생각할지 모르지만 상관없어요. 우스울 정도로 혐의는 쉽게 풀렸습니다. 타이밍이 좋았지요. 이게 만약 타살이라면 범인에게 감사 인사라도 드려야 할 판입니다."

그 말을 듣는 것만으로 충분히 만족했다. 그럼 또 뵙겠습니다, 하며 전화를 끊었다.

일주일 정도 지난 무렵이었다.

늘 머무는 PC방의 내 지정석을 누군가가 노크했다. 뒤돌아보니 칸막이 위로 여자 얼굴이 보였다. 뒤꿈치를 들었는지 키가 크다.

"도쿠야마 가즈타카 씨죠?"

그렇다고 하자 얼굴 옆으로 카드 지갑 같은 물건을 들어 올렸다. 경찰수첩이었다.

"괜찮으시면 잠시 이야기를 나누고 싶은데요."

어떻게 여기를 알았는지는 의문이지만 구태여 물을 이유는 없었다.

수긍하고 일어서자 여자는 부스 앞에서 비켜섰다. 까치발이 아니라 실제로 키가 컸다. 구두 굽 높이를 빼더라도 170센티미터는 되어 보였다.

앞장서서 PC방을 나왔다. 밖에 나와서야 새삼 아직 해가 저물지 않았다는 사실을 깨달았다. 건너편 회전초밥집 안에 걸린 시계를 보니 4시다. 올해는 늦더위가 기승을 부려 가만히 서 있기만 해도 땀이 줄줄 흘러내린다.

"저기 있는 카페로 갈까요?"

여자의 표정은 차가웠다.

"그러죠."

들어간 곳은 대형 커피 체인점이다.

창가 자리에 앉아 있으니 주문한 아이스커피 두 잔이 나왔다. 그녀가 커피 잔 옆에 명함을 놓았다.

"히메카와 레이코입니다."

경시청 형사부 수사 1과 주임이라고 적혀 있다. 계급은 경위다. 어려 보이는데 직급이 의외로 높다. 고등고시 출신인가.

단아한 생김새다. 특히 좌우 눈 크기가 놀랍도록 완벽한 대칭이다. 얼굴의 윤곽도 크게 어긋난 곳이 없다. 귀는 어떻게 생겼을까? 궁금했지만 아쉽게도 어깨까지 내려오는 머리카락에 가려 보이지 않았다.

"제 얼굴에 뭐가 묻었나요?"

그녀는 자신이 미인이라 내가 첫눈에 반했다고 착각했을지도 모른다. 그렇게 생각해도 별 상관은 없다.

"아뇨, 아무것도."

"그러세요? 그럼 우선…… 7년 전 일어난 열차 전복 사건의 가해자 요네다 야스시가 살해당했습니다. 그때 당신은 어디에 있었습니까? 뭘 했죠? 그것을 증명해줄 사람이 있나요?"

그녀는 단도직입적으로 물었다.

나는 PC방에 있었다고 대답했다. 점원에게 장부를 보여달라고 해서 확인해보면 알 거라고 말했다. 회원 번호는 1462라고 가르쳐주었다.

"그나저나 정말로 요네다가 살해당했나요?"

그렇게 묻자 그녀는 고개를 갸웃하며 짙은 립스틱을 바른 입술로 부드럽게 미소 지었다.

"아, 제가 살해당했다고 말했나요?"

"네, 그렇게 말씀하셨습니다."

"죄송합니다. 저도 모르게 그런 말을 했군요."

그러나 자살과 타살 두 측면에서 조사한다는 말은 하지 않는다. 음료수에 빨대를 꽂고 천천히 한 모금 들이킨다.

고개를 끄덕이듯이 음료수 한 모금을 넘긴다. 얇은 피부 너머로 출렁거림이 보인다.

"무슨 생각을 하셨나요? 요네다가 죽었다는 사실을 아셨을 때 말입니다."

"그냥 죽었구나, 생각했습니다."

"속이 시원하셨나요?"

그렇다고 말해도 괜찮을까. 행여 실수하는 것은 아닐까.

"네, 뭐, 이런 몸을 만든 장본인이니까요."

훤히 드러난 둥그런 오른쪽 팔꿈치를 보여주었다.

"그렇겠군요. 게다가 100명이 넘는 사람이 그 사고로 죽었으니까요. 요네다에 관한 나쁜 소문은 익히 들었습니다. 참 비참하게 죽었다고 생각했지만 어쩌겠어요. 솔직히 천벌을 받았다는 생각도 들던데요."

나는 조용히 고개를 끄덕였다.

"홀가분해지셨나요?"

아까는 속이 시원해졌느냐고 물었다. 다른 의미일까.

"네, 그렇죠."

"같은 장소에서 더구나 열차에 깔려 죽었으니 피해자 입장에

시머트리 157

서 보면 이보다 속 시원한 죽음은 없겠어요."

"무슨 말씀을 하고 싶으신 겁니까?"

"마음은 편해지셨나요?"

"무슨 뜻입니까?"

오른손을 바로 세우고는 바닥에 놓은 왼쪽 손등을 잘라내는 시늉을 한다. 손목에서 손가락 끝으로 마치 절단을 의미하는 것처럼 보인다.

"이런 식으로 죽었죠."

"어떤 식으로 죽든 상관없습니다."

"아니죠. 수면제를 먹고 고통스럽지 않게 죽거나 아무도 모르는 산속에 들어가 목을 매 죽지 않고, 바로 그 사고 장소에서 그런 방법으로 죽었다는 데에는 역시 의미가 있지 않겠어요?"

계속해서 양손으로 절단 사고를 의미하는 행동을 한다.

여기서 너무 거부 반응을 보이면 오히려 의심받을지 모른다. 적당히 넘어가는 편이 자연스러울 것이다.

"그야 배 가른 전쟁이처럼 납작하게 눌려 죽었으니 웃긴다고 해야 할지 꼴사납긴 하더군요. 솔직히 죽어줘서 다행이라는 생각은 했습니다."

"그렇군요."

그녀는 남은 아이스커피를 단숨에 들이켰다.

육교에서 소리를 지른 건 다음 날 밤이었다.

어떻게 내가 이곳에 있을지 알았느냐고 묻자 그녀는 난간의 철조망을 세차게 흔들며 대답했다.

"만약 제가 범인이라면 이런 밤에는 현장을 보고 싶어서 몸이 근질근질하겠다는 생각이 들었거든요."

심장이 고동칠 때마다 한 박자 한 박자가 폭발음처럼 몸속에 울려 퍼졌다.

내가 범인이라면 이런 밤에는 현장을 보고 싶어서 몸이 근질근질할 거라니. 그 말은, 이곳을 보러 온 나를 범인이라고 생각한다는 뜻일까?

"그건 무슨 뜻입니까?"

철조망을 잡은 채 나를 흘낏 쳐다본다.

"뭐라고 변명을 해서도 요네다를 살해한 범인은 도쿠야마 가즈타카 씨 바로 당신이라는 뜻이에요."

오른팔의 팔꿈치 아래를 몽땅 잃었을 때처럼 양쪽 무릎의 아래가 잘려나가는 듯한 환각에 사로잡혔다.

"말도 안 되는……. 무슨 근거로 그런 말을 하시는 겁니까?"

"근거요? 애초에 당신에게는 알리바이가 없는걸요."

거짓말이다. 그날 밤에는 사토 씨에게 내 회원증을 가지고 내 대신 PC방에 들어가 있으라고 확실하게 부탁했다. 그는 줄곧 거기 앉아 있었을 거다. 어차피 점원은 손님의 얼굴과 회원 번호가 맞는지 확인하지 않는다.

"대역을 시킨 건 방범 카메라 영상으로 확인했습니다. 그날 밤 당신 회원증으로 PC방에 머물렀던 사람은 당신이 아니라 사토 요스케 씨였죠."

"무슨 그런 터무니없는 말을……. 그 가게에는 방범 카메라가 없잖아요."

"확실히 그 가게에는 없죠. 하지만 바로 옆에 있는 여행사 방범 카메라에 정확히 찍혔어요. 사토 씨가 당신 회원증으로 PC방에 들어간 저녁 9시 7분. 그 시각 전후로 약 30분 정도를 돌려봤지만 복도를 지난 사람은 단 한 명이었어요. 사토 요스케 씨. 아까 본인에게도 확인했습니다. 나중에 한턱내겠다는 약속을 받고 부탁을 들어주었다고 하더군요."

하지만 어떻게?

"그게 내가 요네다를 죽였다는 근거는 되지 못합니다."

"그렇죠. 알리바이와 살해는 별개의 문제니까요. 하지만 당신은 어제 제게 말했죠. 요네다는 배 가른 전갱이처럼 납작하게 죽었다고……. 그 모습을 어디에서 보셨죠?"

말이 의도하는 바를 모르겠다.

"어, 어디라니, 신문에서……."

"신문에 사진은 실리지 않았어요."

"아니, 문장으로, 기사에서 그런 식으로."

"어머! 그거참, 이상하군요. 그 말씀을 듣고 어제 다시 한 번 사건 후에 발행된 신문이며 잡지에서 요네다 살인에 대해 언급한 기사를 전부 다시 확인했어요. 하지만 전부 '두 동강'이라고 했을 뿐 어디에도 세로로 배를 갈라 말린 전갱이처럼 '좌우대칭으로 절단'되었다고는 쓰여 있지 않았어요."

거짓말이다. 그럴 리가!

"아니, 읽었어요. 읽었어요. 분명, 주간지인가 어딘가에서."

"안타깝게 그런 기사는 어디에도 나와 있지 않습니다. 머리에서 가랑이까지 좌우대칭으로 두 동강 났다는 사실은 경찰이 언론에 전혀 발표하지 않았기 때문이에요. 그걸 지시한 사람이 바로 저거든요."

말도 안 돼!

"절단된 시체를 봤을 때 생각했어요. 이건 좌우대칭, 즉 시머트리(symmetry)에 굉장히 집착하는 인물이 저지른 범행이 아닐까 하고요. 죄송하지만 어제 팔을 보여주실 때 확신했지요. 범인은 바로 당신이라고."

땅바닥이 가까워진다. 저절로 주저앉는 몸을 도저히 제어하지 못하겠다. 간신히 왼손으로 땅을 짚고서 윗몸을 지탱했다.

여자의 구두. 검은색으로 보이지만 갈색 구두다. 굽은 별로 높지 않다.

"사실은 요네다가 그런 인간이다 보니 모르는 척하고 싶기도 했어요. 하지만 당신이 무심코 흘린 '전갱이'를 들으니 내가 여기서 모른 척하고 넘어가도 금방 다른 형사가 틀림없이 체포하겠구나 싶더라고요. 형사들이 바보는 아니니까요. 만일 그렇게 되면 제가 곤란해지거든요. 이야기를 다 들어놓고도 범인을 놓쳤다고 말이에요. 아마 욕을 바가지로 먹을 테죠. 그래서 죄송하지만 제가 악역을 맡겠습니다. 당신을 체포합니다."

무릎을 꿇었다. 부드러운 향기가 난다. 왼팔에 수갑이 채워졌다.

그제야 비로소 깨달았다. 주위에 형사인 듯한 남자들 몇 명이 몰려왔다. 육교 저편에서도 다가왔다. 전부 열 명쯤 되어 보였다.

이제 수긍이 갔다.

"여기서 만난 건 우연이 아니군요. 가게에서부터 쭉 나를 따라왔던 거였어요."

여자는 혀를 날름 내밀었다.

"헤헤, 들켰나요? 맞아요. 내가 범인이라면 이런 밤에는 현장을 보고 싶었을 거라는 말은 거짓말이에요. 미안합니다. 허세 좀 부려봤어요."

이상하게도 화는 안 난다.

나도 따라 웃어보았다.

그러자 왠지 마음이 점점 편해졌다.

왼쪽만 보았을 경우

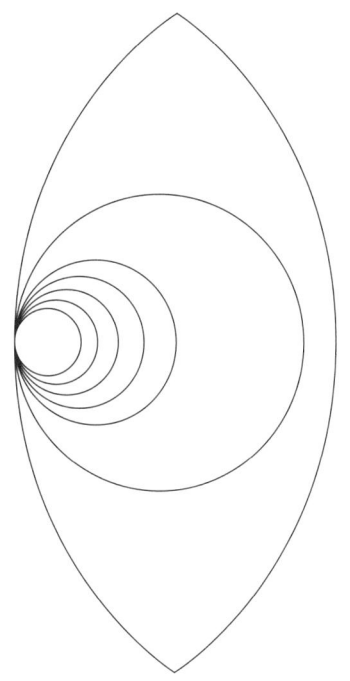

와타나베 시게루는 대체 누구일까.

피해자 요시와라 슈이치가 가지고 있던 휴대전화 전화번호부에 와타나베라는 성으로 등록된 사람은 단 한 명뿐이었다. 그러나 지금은 당사자에게 직접 전화를 걸 상황이 아니다. 범죄 혐의가 있는 탓이다. 범인일지도 모르는 사람에게 대뜸 접근하는 것은 결코 좋은 수사법이 아니다.

히메카와 레이코는 관할 서에 속한 젊은 형사를 대동하고 전화번호부에 등록된 명단을 차례대로 조사했다.

처음으로 히라가나 '아' 행의 첫 번째 인물인 아오키 신스케를 만나기로 했다. 약속 장소는 스이도바시의 마권 장외 발매소인 윈즈 고라쿠엔 가는 길에 있는 패밀리 레스토랑이다.

레이코가 가게 안으로 들어가며 요시와라 슈이치의 휴대전화에 등록된 번호로 전화를 걸자 대기석 어딘가에서 벨 소리가 울렸다.

"앗, 어어."

바로 옆에 있던 남자가 허둥지둥 주머니를 뒤지기 시작했다. 메탈 블루 용무늬 점퍼에 검은 선글라스를 꼈고 머리카락은 포마드인지 뭔지로 찰싹 붙여 빗어 올렸다. 나이는 쉰이 조금 안 되어 보였다. 레이코가 몹시 싫어하는 유형의 남자다. 레이코는 전화를 끊고 남자 앞에 섰다.

"아오키 신스케 씨인가요?"

남자는 선글라스를 벗고 벨 소리가 멈춘 휴대전화와 레이코를 번갈아 보았다.

"아, 맞습니다. 저예요. 제가 아오시 신스케입니다."

거리낌 없는 시선으로 레이코를 훑어본다. 발끝부터 허리, 가슴 부근에서 잠깐 멈추더니 어깨, 머리카락 전체를 핥듯이 훑어보고 마지막으로 얼굴을 응시했다. 그는 시선을 레이코의 입술에 고정한 채 다시 입을 열었다.

"흠, 목소리만 예쁜 줄 알았더니 이거야 원, 두 손 두 발 다 들어야겠는걸. 형사 중에도 당신 같은 미인이 있긴 하나 보군."

이런 늙은 건달 같은 남자에게 칭찬을 받아봐야 하나도 기쁘지 않았지만 레이코는 이야기를 해달라고 부탁할 입장이라 매몰차게 대하기도 어려웠다.

"칭찬 고맙습니다. 아오키 씨, 담배 피우세요?"

역시 담배를 피운다고 하여 종업원에게 흡연석을 부탁했다.

잠시 기다리니 안쪽 벽 옆자리로 안내해주었다. 자리에 마주 앉아 다시 정식으로 인사를 나누었다.

"처음 뵙겠습니다. 저는 경시청 수사 1과의 히메카와 레이코라고 합니다."

"전 다카시마다이라 서 사가라 야스에입니다."

참고로 사가라 야스에 경장은 레이코보다 다섯 살 어리다. 지난달에 스물다섯 번째 생일을 맞았다고 한다.

"아, 예. 반갑습니다. 아오키 신스케요."

명함을 굳이 건네지는 않았다. 경찰수첩의 신분증을 슬쩍 보여주면 그만이다.

종업원이 물을 가져다주었다.

"아오키 씨, 음료는 어떤 걸로?"

"난 커피, 따뜻한 걸로."

레이코는 커피를 세 잔 주문하고 이야기를 시작했다.

"그럼 곧장 본론으로 들어가죠. 요시와라 슈이치라는 사람을 아시죠?"

"으음? 요시와라 슈이치?"

아오키가 어리둥절한 표정을 짓자 레이코는 피해자의 얼굴이 찍힌 사진을 꺼냈다. 머리카락이 듬성듬성하고 인상이 좋아 보이는 동그란 얼굴이다. 주위에 흔히 있는 중년 남자다.

"아! 슈 씨 말이군. 응, 압니다. 알아. 이야, 옛날 생각나네. 건강하게 잘 지내려나."

형사가 어떤 인물에 대해 '아느냐'고 물었다. 건강하게 잘 지낼 리가 없지 않은가.

"안타깝게도 요시와라 슈이치 씨는 돌아가셨습니다."

"뭐요? 아니, 왜?"

아오키의 표정과 목소리는 전혀 연기처럼 보이지 않았다. 무혐의로 봐도 좋겠다는 판단이 든다.

"대단히 죄송하지만 저희는 지금 살인 사건을 조사하는 중이라 뭐라고 말씀드리기는 어렵습니다. 이해해주세요."

건달의 태도가 진지해졌다.

"아, 그렇군요. 거참, 안됐구먼."

주문한 커피가 나왔다. 아오키는 설탕 두 스푼과 우유를 조금 넣고 두세 번 저은 뒤 한 모금 마셨다.

"슈 씨가 살해당하다니."

"네."

"어쩌다가 그리됐답니까?"

"저희도 지금 조사 중입니다."

"그래, 그렇겠군. 그런데 언제 그런 일이 있었답니까?"

"2월 15일 그저께 저녁입니다."

아오키는 또 그렇군, 하고 한숨 섞어 말하며 시선을 깔았다.

"실례지만 그날 저녁에는 어디서 무엇을 하셨나요?"

아오키는 순간 놀란 표정을 지었지만 금세 고개를 끄덕였다. 지금까지 살아오면서 경찰에게 의심을 사본 경험이 적어도 한 번은 있을 것이다. 알리바이에 대한 질문임을 알면서도 동요하는 기색이 없다.

"그저께 저녁은, 음…… 하쿠산도리 대로 건너편에 있는 모리모리주주라는 스테이크 가게에 있었습니다. 내가 거기 요리사거든요. 주방에서 일하고 있었지요. 가게 주인이나 홀에 있던 사람 아무나 붙잡고 물어봐요. 난 상관없으니까. 그런 일쯤은 워낙 익숙해서. 일이 끝난 뒤 몇 명이 모여 함께 술을 마시러 갔어요. 가게를 그만두는 녀석이 있어서 송별회를 했지요."

레이코는 이 남자가 하는 말이 거짓이 아니라고 느꼈다. 이유는 없다. 단지 직감이다.

그 때문인지 남자의 이야기를 좀 더 듣고 싶었다.

"요시와라 씨와는 어떤 사이셨나요?"

"어떤 사이라…… 말입니다, 말. 저쪽에 있는 경마장에서 슈 씨가 나한테 빨간 펜을 빌려달라고 했었어요. 그러다 알게 된 사이입니다."

"그게 언제쯤 일인가요?"

"음, 2년쯤 전이었나. 나이가 비슷하다 보니 몇 번 얼굴을 마주치면서 이야기도 나누고 전화번호도 교환했습니다. 경마장에서 만나지 않은 날이라도 큰돈을 따면 불러내서 같이 술을 마셨지요. 붙임성 있는 친구기도 했고요."

레이코는 살아 있을 때의 요시와라 슈이치가 어떤 사람이었는지 모른다. 다만 사진 속의 그는 확실히 붙임성 있어 보였다.

"요시와라 씨의 직업이 무엇이었는지 아시나요?"

"아, 초능력자죠."

잘못 알고 있다. 더군다나 초능력자는 직업이 아니다.

"아니요, 요시와라 씨는 마술사, 즉 매지션이에요."

"아니, 그건 마술처럼 보여도 초능력이에요."

남자는 감쪽같이 속은 듯했다.

"실력이 굉장히 좋았나 보죠?"

"아, 그야 두말하면 잔소리죠. 내가 장난삼아 펜을 한번 공중에 뜨게 해보라고 줬더니 정말로 탁자 위에 떠올랐지 뭐요. 거참, 대단하대. 이 얘기 진짭니다. 뭐, 프로니까 당연하다면 당연할지도 모르지만."

요시와라 슈이치는 프로 마술사였다. 그쪽 방면의 프로덕션에도 정식으로 소속되어 있었다. 레이코는 직감으로 범인을 짚어내곤 하지만, 그렇다고 초능력이나 신은커녕 외계인이나 유령도 믿지 않는다.

"요시와라 씨의 공연을 본 적이 있나요?"

"공연은 본 적 없습니다."

"그렇다면 요시와라 씨와는 경마장에서 만났고, 가끔 식사 정도 하는 사이였다는 말씀이로군요."

"그렇게 뭉뚱그리자니 좀 서운하지만 맞는 말이군요. 맞습니다. 그런 사이였습니다."

두 사람의 관계는 대충 파악했다.

레이코는 가방에서 종이 한 장을 꺼내 펼쳤다.

"잠시 이것 좀 봐주시겠어요?"

요시와라의 휴대전화에 저장된 사람들의 명단이다. 전화번호 부분은 검게 지웠다.

"여기에 적힌 이름 중에 혹시 아는 분 있나요?"

아오키는 미간을 찌푸리며 종이를 응시했다.

자기 이름이 맨 위에 적혀 있으니 무엇을 나타내는 명단인지는 바로 알았으리라. 시선이 점점 아래로 내려간다.

"음."

그는 도중에 한 번 멈칫했지만 아는 이가 아니었는지 눈동자를 다시 움직였다.

그리고 맨 밑에 적힌 '와타나베 시게루'까지 보고 나서 고개를 저었다.

"없군요. 다 모르겠어요."

포기하지 못한 레이코는 마지막 줄을 손가락으로 가리켰다.

"혹시 와타나베 시게루라는 분 모르시나요?"

아오키는 재차 고개를 저었다.

"모르는 사람이오. 애초에 나랑 슈 씨가 같이 알던 사람은 없었거든요. 아! 가게 친구랑 있을 때 슈 씨도 껴서 술을 마신 적이 있긴 합니다. 히로시라는 제 후배와 같이 있을 때였죠. 하지만 슈 씨와 그 녀석은 그때 잠깐 만났을 뿐이었소. 여기 적혀 있지도 않고요. 마스야마 히로시라는 이름은 없죠?"

마스야마 히로시는 없다.

아무래도 아오키 신스케를 만난 일은 헛수고로 끝날 모양이다.

요시와라 슈이치 살인 사건은 도쿄 이타바시 구 다카시마다이라 서 관할 지역에서 일어났다. 레이코가 이끄는 경시청 형사부 수사 1과 살인범 수사 10계의 속칭 '히메카와 반' 멤버 다섯 명이 다카시마다이라 서에 도착했을 때 관할 서 수사관은 모두 탐문을 나가고 없었다.

4층에 있는 강당에 들어가니 그 안에는 이미 회의용 탁자가 놓여 있고 상석에는 간부들이 모여 있었다.

경시청 수사 1과 관리관인 하시즈메 경정과 수사 1과 살인범 수사 10계장인 이마이즈미 하루오 경감. 그리고 그 옆에 있는 두 사람은 아마 이곳 다카시마다이라 서의 부서장과 조직범죄대책과장이리라.

이마이즈미가 레이코를 가리키며 말을 걸었다.

"앉아봐. 바로 사건 설명에 들어가자고."

"네."

다른 수사관들은 없었으므로 레이코 일행은 맨 앞줄에 앉았다.

이마이즈미가 화이트보드 앞에 섰다.

"어제 2월 15일 화요일 밤 10시 30분경 이타바시 구 도쿠마루 1가 23-×번지, 미야지마 아파트 2층 6호에서, 해당 아파트 임차인 48세의 요시와라 슈이치가 죽은 채로 발견되었다. 최초 목격자는 옆집 5호에 사는 회사원 42세 다야마 아쓰시. 퇴근하고 집에 돌아온 다야마가 옆집 문이 열려 있는 걸 이상하게 여기고 들여다보았다가 시체를 발견했다. 사망 추정 시각은 21시 전후. 참고로 피해자의 직업은 마술사였는데 관련 사항은 나중에 알려주겠다."

"특이한 직업이네."

누군가 뒤에서 중얼거렸다.

"사인은 흉부와 복부 등 총 아홉 군데를 찔린 외상성 쇼크사다. 그중 하나는 심장을 관통했는데 이게 치명상이었다고 봐도 좋겠지. 범행 현장은 이렇다."

이마이즈미는 미리 화이트보드에 그려놓은 그림을 가리켰다.

"방은 약 10제곱미터 크기이고 벽장이 1.6제곱미터를 차지한다. 부엌이 3.3제곱미터보다 조금 더 넓고 화장실 겸 욕실이 있다. 피해자는 현관 근처에 쓰러져 있었다. 피가 튄 위치로 보아 피해자는 현관에 서 있던 범인에게 배를 세 차례, 가슴을 한 차례 찔렸다. 도망치려고 뒤로 돌다가 앞으로 쓰러졌고, 그 위로 범인이 올라타서 다시 등을 다섯 차례 찌른 걸로 보인다."

꽤 잔인해 보이지만 흉악범이라고 단정 짓기는 어렵다. 오히려 겁이 많아 제대로 죽었는지 확신하지 못한 탓에 여러 번 찔렀을 가능성이 높다. 그렇게 생각하는 편이 실제 범인의 모습과 가까울 듯하다.

"부엌 바닥과 현관의 콘크리트 바닥, 바깥 복도와 계단에서 범인의 신발 자국으로 보이는 흔적을 채취했다. 또 현관 신발장에서 피해자나 목격자 다야마가 아닌 다른 사람의 지문을 세 종류 발견했다. 지문은 현재 분석 중이다."

지금까지 들은 내용을 종합해보면 범인의 수법에서 어설픈 초보 냄새가 진동한다. 그 말은 세 종류의 지문 중 하나가 범인의 것일 가능성도 결코 적지 않다는 뜻이다.

"그리고…… 여기."

이마이즈미는 다시 그림을 가리켰다. 피해자가 쓰러진 위치를 보여주는 선 근처에 작은 사각형이 그려져 있다. 정확하게는 부엌과 10제곱미터짜리 방 사이의 경계선이다.

"여기에 피해자의 휴대전화가 떨어져 있었다. 휴대전화에는 045-666이라고 입력돼 있었지. 이것은 주로 가나가와 현 요코하마 시 나카 구에서 쓰는 번호다."

레이코는 이마이즈미가 돌아보기를 기다렸다가 손을 들었다.

"뭔가?"

"그 휴대전화는 어떤 모양인가요?"

이마이즈미는 자신이 들고 있던 자료 파일을 레이코에게 직접 보여주었다.

"이거다."

자료 파일 속에는 비닐봉지에 든 증거물을 찍은 사진이 붙어 있었다. 흔히 사용하는 은색 폴더형 휴대전화로 한물간 기종이었다.

"그게 열린 상태로 떨어져 있었나요?"

"맞아. 열려 있었어."

"그럼 요코하마 시 나카 구로 걸려던 번호는 언제 입력했을까요?"

"언제라니?"

"찔리기 전인지 후인지 말입니다."

"그건……."

이마이즈미는 레이코 앞에서 자료를 넘겨보았다.

"잘 모르겠군. 정 신경이 쓰인다면 나중에 감식과에 알아보겠네만."

"꼭 부탁드립니다. 그리고 휴대번호에 저장된 전화번호 중에 요코하마 시 나카 구 번호는 없었나요?"

"그건……."

이마이즈미는 다시 자료를 넘겼다.

"없군. 뭐, 저장해놓았다면 보통은 연락처 목록에서 찾아 걸겠지."

"아, 그렇죠."

요컨대 요시와라 슈이치는 요코하마 시 나카 구에 사는 누군가에게 번호를 직접 입력해서 전화를 걸려다가 급습당했고, 칼에 찔려 쓰러지는 바람에 휴대전화를 떨어뜨렸다 이건가? 아니면 칼에 찔린 뒤 도움을 청하려고……. 아니, 도움을 청하려면 보통은 구급차를 부른다. 따져보면 도쿄에서 가나가와 현까지는 거리가 멀기도 하거니와 다카시마다이라에서 찔린 사람이 요코하마 시 나카 구에 사는 지인에게 도움을 청하는 것도 현실성이 떨어진다. 그렇다면 번호는 역시 찔리기 전에 입력했다고 봐야 할까?

저녁 6시에는 근처 경찰서에서 수사 지원 팀이 모였고, 다카시마다이라 서 수사관들이 돌아온 7시부터 첫 수사 회의를 시작했다. 참가자는 40명이 조금 넘었다.

레이코는 회의에서 나온 내용 중 두 가지 점에 관심이 쏠렸다.

하나는 목격자의 증언이다.

개를 데리고 산책 중이던 근처 주민이 범행 현장과 가까운 공원 화장실 세면대에서 체구가 작은 중년 남성이 옷 같은 물건을 빠는 모습을 봤다고 했다. 밤 11시경이었다. 머리카락이 짧고 흰머리가 섞여 있었으나 머리가 벗겨지지는 않았다고 한다. 옆얼굴과 팔은 햇볕에 그을려 거무스름했지만 러닝셔츠 아래로 드러난 어깨는 의외로 하얬다고 기억했다. 얼굴은 길고 주걱턱이었으며 주먹코였던 것 같다는 말도 덧붙였다.

추위가 채 가시지 않은 2월 한밤중에 러닝셔츠 차림으로 그런 행동을 하고 있었으니 기억에 선명히 남을 것이다. 그러므로 믿을 만한 진술로 봐도 좋겠다. 해당 공원 화장실에는 이튿날 감식과를 투입하기로 했다.

또 하나는 피해자가 속해 있던 프로덕션 노무라 기획에서 떠도는 소문이다. 소문은 제법 그럴싸했는데, 피해자 요시와라 슈이치가 진짜 초능력자라는 이야기였다.

그가 부리는 재주는 언뜻 보면 마술처럼 보인다. 엎어놓은 유리컵 안에서 500엔짜리 동전이 떠다니고 밧줄을 허공에 던지면 풀리거나 묶여서 툭 떨어진다.

많은 동료 마술사가 그의 재주에 의문을 품고 수군거렸다.

'그 녀석 마술에는 속임수가 없다.'

'그 마술은 물리적으로나 과학적으로 불가능하다.'

'어떻게 한 거지?'

'어떻게 해야 저렇게 되는 거야?'

'수상하기 짝이 없군!'

물론 그가 엄청난 아이디어맨이어서 마술의 새로운 시대를 열 천재일 가능성도 있다. 그런데 그는 카드 마술이나 줄 마술, 동전 마술 같은 기본적인 마술은 거의 할 줄 몰랐다. 단지 창작 마술만은 보는 이의 눈이 휘둥그레질 만큼 완벽했다. 게다가 동료들조차 그 속임수를 간파하지 못했다.

그리하여 어느 사이엔가 '요시와라는 진짜 초능력자다.'라는 소문이 돌기 시작했다.

레이코에게는 허무맹랑한 이야기로밖에 들리지 않았다.

이튿날 아침 회의에서 향후의 수사 방침과 팀 편성이 발표되었다.

수사는 범행 현장 주변 탐문 수사 팀, 피해자 주변인 탐문 수사 팀, 증거물품을 찾기 위한 장물 수사 팀, 증거 보강을 담당한 특명 팀까지 총 네 팀으로 나뉘었다.

레이코는 피해자 주변인 탐문 팀에 배치되었다. 주로 사적인 대인관계를 조사한다. 구체적으로는 휴대전화 연락처 목록에 저장된 사람을 조사하는 일이다. 거꾸로 말하면 단서가 그 정도밖에 없다는 뜻이기도 하다.

함께 수사를 맡은 형사는 다카시마다이라 서 조직범죄 대책과 강력계 형사인 사가라 야스에 경장이다. 땅딸막한 체구에 합기도보다는 유도가 어울리고 예쁘다기보다는 귀엽게 생긴 여성이다.

"사가라 야스에입니다. 잘 부탁드립니다."

"히메카와 레이코예요. 잘 부탁해요."

레이코는 곧장 사가라를 데리고 본부 자료 운영 팀으로 갔다. 수사본부 지휘석 오른쪽 구석에 전화나 팩스 등 정보 기기가 잔뜩 설치되어 있는 곳이다. 담당 직원에게 아침에 받은 휴대전화의 연락처 목록을 보여주었다.

"저기, 이 목록의 원본이 어딘가에 있을 텐데 그걸 이 메모리 카드에 복사 좀 해주시겠어요?"

레이코의 휴대전화와 호환이 되는 소형 메모리 카드다.

"네, 바로 해드리겠습니다."

그는 잠시 헤매는 듯했으나 금세 설치된 컴퓨터에서 원본 자료를 찾아내 레이코가 준 메모리 카드에 복사해주었다.

"고마워요."

레이코는 메모리 카드를 받자마자 자신의 휴대전화에 꽂았다. 이렇게 하면 일일이 종이를 보며 번호를 누르는 번거로운 작업을 하지 않고도 원하는 상대방과 쉽게 통화할 수 있다. 옆에서 보던 사가라가 '오, 그런 방법도 있군요!' 하고 감탄했다.

레이코는 인쇄된 종이를 보면서 맨 위에 저장된 이름이 잘 나오는지 확인했다. 아오키 신스케를 누르니 정확하게 나온다. 다행이다. 전화번호는 제대로 표시되었다. 만약을 위해 한 번 더 확인하기로 했다. 이번에는 맨 밑에 있는 사람으로 해볼까.

와타나베 시게루를 눌렀다. 준비는 끝났다.

요시와라 슈이치라는 남자는 인간관계가 참 좁았다.

소속 프로덕션에도 사적으로 친한 동료가 없었다. 게다가 휴대전화 연락처 목록에 이름이 저장되어 있던 사람들은 대부분 요시와라가 어떻게 지내는지조차 알지 못했다.

등록된 전화번호는 전부 53개. 경찰이 일일이 수사할 사람들이라고 생각하면 꽤 많은 숫자이지만 휴대전화 연락처 목록에 저장된 사람이 이게 전부라면 적은 편이다.

레이코 일행은 연락처에 저장된 인물 조사를 하루에 네댓 건씩 처리했다. 그중에서도 히라가나의 '아' 행으로 시작하는 이름이 많아서 아 자로 시작하는 이름을 가진 사람만 조사하는 데 사흘이나 걸렸다.

아베 준지, 안도 쇼코, 이케다 히로시, 이시카와 가즈키, 이시구로 고지 등.

지방에 거주하거나 전화번호가 바뀌어 만나기 쉽지 않은 사람도 있었다. 일단 그런 사람은 제외했다. 수사에 진전이 없으면 일일이 다 찾아가야겠지만 일단은 보류다. 연락이 닿은 지방 거주자에게는 최근에 피해자와 연락을 한 적이 있는지, 와타나베 시게루라는 사람을 아는지에 대해서만 물어보았다.

이럭저럭 아 행과 가 행을 모두 끝냈다. 수사 개시 닷새째에는 사 행으로 시작하는 이름을 가진 사람들을 수사했다.

첫 번째 인물은 사이토 하루히코, 사이타마 현에 사는 피해자의 큰아버지다. 휴대전화가 아니라 집 전화번호였다. 직접 사이타마까지 가서 이야기를 나누었지만 최근에는 통 연락을 하지 않았다는 말만 들었다. 또 허탕을 친 셈이다. 그나마 수확이라면 피해자는 어릴 때부터 손재주가 좋아서 마술 실력이 뛰어났다는 말 정도일까.

사로 시작하는 두 번째 인물이 드디어 사건의 실마리를 풀 단서를 주었다.

레이코는 도쿄 기타 구에 거주하는 52세 건설업자 사토 다케오와 통화를 하던 중 기쁨에 겨워 하늘을 날아갈 것 같았다. 더구나 사토 다케오는 요시와라 슈이치를 친근하게 이름으로만 불렀다.

"잘 압니다. 10년쯤 전에는 현장에서 종종 함께 일했거든요. 얼마 전 슈이치가 하는 공연을 우연히 보고 깜짝 놀라서 제가 말을 걸었습니다. 옛날 생각이 난다며 이런저런 대화를 나누었지요."

레이코는 즉시 사토 다케오와 만날 약속을 잡았다. 22일 화요일 오후 8시, 신오쿠보에 있는 선술집에서 보기로 했다.

당일 사토는 약속 시간보다 10분 늦게 나타났는데 피부가 검붉게 탔고, 누가 보아도 힘쓰는 일이 제격인 체형을 가진 남자였다. 머리카락은 스포츠형으로 짧게 잘랐다. 건설 현장에서 물만 뒤집어쓰면 샴푸고 뭐고 필요 없을 듯했다.

"늦어서 미안합니다. 사토 다케오입니다."

"아니에요. 저희야말로 갑자기 나오시라고 해서 죄송합니다. 일단 앉으세요."

레이코와 사가라는 우롱차를 주문해두었다. 사토에게는 사양하지 말고 내키는 대로 시켜도 좋다고 권했다.

"그럼 생맥주로 하지요."

사토는 겸연쩍어하며 머리를 긁적였다.

"바로 본론으로 들어갈게요. 요시와라 슈이치 씨와는 구체적으로 어떤 사이셨나요? 전화로 10년쯤 전에 같은 현장에서 일했다고 하셨는데요."

"그 전에 먼저 묻고 싶은데요, 슈이치한테 무슨 일이 생겼나요?"

사토는 등을 펴고 진지한 표정으로 레이코 일행의 얼굴을 바라보았다.

경찰이 지인에 대해 무엇인가를 물었을 때는 으레 그 사람을 걱정하게 마련이다.

"네, 말씀드리기 대단히 송구하지만, 요시와라 슈이치 씨는 이타바시 구에 있는 자택에서 누군가에게 흉기에 찔려 사망했습니다. 저희는 이번 일을 살인 사건으로 보고 조사하는 중입니다."

사토는 어느 정도 예상했던 모양인지 별로 놀라는 기색을 보이지 않았다. 그저 손에 들고 있던 물수건을 돌돌 말며 입을 열었다.

"그렇군요. 그런 일이라면 당연히 협조를…… 으음, 어디서부터 말해야 좋을까요. 그나저나 형사님은 슈이치가 예전에 목수였다는 사실을 아십니까?"

레이코는 고개를 저었다.

"아니요, 처음 듣는데요."

"그렇군요. 슈이치와는 예전에 같은 건설 회사에서 일했습니다. 그렇다고는 해도 목수라는 게 원래 한 마리 늑대처럼 사는 사람들이라 친분이 있는 동료한테 부탁받으면 이 현장에 가서 일하다가 금세 또 누가 도와달라고 하면 저 현장으로 가기도 하지요. 마누라 건너 아는 사람이 집 좀 지어달라고 하면 직접 나서서 현장을 관리하고 동료들 모아다가 일을 하죠. 그런 식으로 상부상조하는 세계거든요."

생맥주가 나왔다. 사가라에게 요리를 몇 가지 주문하라고 한 뒤 레이코는 이야기를 마저 들었다.

"그러니까 그게 몇 년 전이더라. 소비세가 3퍼센트에서 5퍼센트로 올랐던 게……."

레이코도 자신 있게 대답하지 못했다.

"한 10년 전 쯤 아닌가요?"

"맞아요. 그러니까 그보다 조금 더 전이었습니다. 소비세가 인상된다고 하면 그 직전에 수요가 급격히 늘어나곤 하잖아요. 그때도 마찬가지였습니다. 집을 산다는 건 일생에 한 번일지도 모르는 큰 구매잖습니까. 게다가 소비세가 2퍼센트나 올라간다니 다들 서둘렀죠. 세금이 오르기 전에 갑자기 수요가 늘어나는 현상은 저희 같은 동네 목수들이나 대기업 종합 건설 회사에도 똑같이 찾아왔습니다. 소비세 인상을 앞두고 갑자기 경기가 끓어올랐죠."

꽤나 긍정정인 이야기처럼 들렸으나 이야기를 하는 사토의 표정에는 그늘이 드리워졌다.

"그때는 저나 슈이치도 각자 신축 건설 현장을 맡아서 동료들을 모아다가 어깨에 힘 좀 주면서 일할 때였습니다. 저희 같은 목수들한테는 도쿄 시내에서 신축 건설 현장을 맡아 일한다는 게 한없이 자랑스러운 일이거든요. 건물 터를 잡고 고사를 지내고 기초공사를 하고 성대하게 상량식(上梁式)을 하고 시공주에게 1만 엔씩 축의금을 받았습니다. 정말 좋은 시절이었어요. 요즘에는 새로 건물을 짓는다는 소식도 드물잖아요. 그뿐입니까. 재건축까지 대폭 줄었죠. 좋은 사장 밑에서 일하지 않고는 먹고살기도 참 힘들어졌어요."

사토는 커다란 맥주잔을 들고 단숨에 반을 들이켰다. 레이코는 호쾌하게 들이켜는 모습이 결코 싫지 않았지만 그런 사토의 표정에서 진한 슬픔이 배어 나와 어쩐지 보는 사람까지 가슴이 아렸다.

사토는 한숨을 푹 내쉬고 둥근 어깨를 축 늘어뜨렸다.

"그런데 말이죠. 공사 자재 구매 능력이라고 해야 할까요? 뭐, 우리는 기업이라고 불릴 정도로 크지는 않았지만 그런 일을 할 때는 흔히 기초 체력이라고 하죠, 이른바 경쟁력이 있어야 합니다. 소비세 인상 기한이 다가올수록 동네 건설 현장에는 재료를 들여오기가 점점 어려워졌어요."

이 남자가 대관절 무슨 이야기를 하려는지 전혀 예측할 수 없었지만 레이코는 한 마디도 놓쳐서는 안 될 듯한 긴장감을 느꼈다.

"상대는 대기업 종합 건설 회사였습니다. 놈들은 아파트나 고층 빌딩을 짓는 대규모 건설 현장을 헤아리기도 힘들 만큼 많이 가졌더란 말이죠. 만약 그런 대기업이 기한 내에 건물을 짓지 못하면 어떻게 되겠습니까?"

글쎄, 어떻게 될까.

"의뢰인에게 음…… 아! 위약금을 줘야겠군요."

사토는 입을 삐죽 내밀며 고개를 끄덕였다.

"맞습니다. 게다가 그런 종합 건설 회사의 고객은 대부분 대기업이니 어마어마한 위약금을 요구할 게 뻔하잖아요. 그게 아니라도 소비세 때문에 이래저래 힘들게 예산을 당겨쓰며 작업하는데 기한이 지나서 일부 인상된 소비세를 지불하게 되면 서두른 의미가 없어지잖습니까. 그런 면에서는 상대방도 난처하겠지요."

사토는 맥주로 마른 목을 축였다.

"당연히 대기업은 각 부서에 기한 엄수와 납기 엄수를 하라고 압력을 넣었습니다. 특히 자재 제조 업체에 엄격하게 굴었죠. 공사 자재가 떨어지면 건설 현장은 돌아가지 않으니까요. 마루 자재, 천장재, 벽재 등 뭐든 마찬가지였습니다. 당연히 제조 업체는 대기업 주문을 우선시했어요. 그로 인한 불이익은 고스란히 중소 건설 회사가 떠안았습니다."

마침 사가라가 주문한 모둠 꼬치구이가 나왔다. 사토는 음식이 담긴 그릇을 물끄러미 바라보며 이야기를 이어갔다.

"형사님, 석고보드라고 아십니까?"

꼬치구이를 하나 집으며 사토가 레이코에게 물었다. 곧 몇 가지 요리도 더 나왔다.

"죄송해요. 잘 모르겠는데요."

"아, 몰라도 괜찮습니다. 이름 그대로 석고를 판형으로 굳혀서 종이를 바른 자재예요. 석고보드는 석고로 만들다 보니 무겁지만 깨지기가 쉽죠. 우리가 쓰는 건 서브 록이라고 해서 가로 91센티미터에 세로 182센티미터짜리 판인데 솔직히 말하면 한 장에 500엔도 안 하는 싸구려예요. 그런데 현행 건축법을 통과하려면 그 석고보드를 모든 벽과 천장에 붙여야 합니다. 그러지 않으면 건축법 위반에 걸리거든요. 건물 하나 지으려면 그 무거운 석고보드가 수백 장씩 필요합니다."

앞으로 이어질 말이 무엇일지 짐작이 갔다.

"그러니까 그것도 대기업이?"

"네, 특히 석고보드는 제조 업체 수가 아주 적거든요. 독점금지법을 간신히 피해 갈 수준이지요. 대기업 한 군데와 중소기업 두 군데가 있습니다. 고작 세 업체가 국내의 모든 석고보드 수요를 감당하는 겁니다. 다른 건축 자재처럼 비슷한 상품을 만드는 업체가 열 군데쯤 있다면야 급한 대로 다른 상품을 써도 괜찮지만 석고보드만큼은 그러지 못합니다. 다 떨어지면 진짜 없는 거예요. 다음에 언제 들어올지 도매상도 기약을 못하지요. 그런 상황이 한 달 두 달 이어졌습니다."

대기업은 웃고 중소기업은 운다. 일본 경제에서 보이는 모순 구조의 축소판이 여기에도 나타난다.

"보통은 누구 밑에서 일하다가 가끔 경기가 좋을 때 신축 건설을 맡는 우리 같은 목수들은 자재를 확보할 경로가 없었어요. 가장 먼저 석고보드가 부족해진 쪽은 저나 슈이치처럼 개인이 운영하는 건설 회사였습니다. 그때는 작은 트럭을 타고 간선도로를 따라 달리면서 눈에 띄는 자재상이 있으면 닥치는 대로 들어갔습니다. '석고보드 파세요. 다섯 장이든 열 장이든 좋으니까 부탁드립니다. 저희한테도 좀 넘겨주세요'라며 가게 앞에서 무릎을 꿇은 적도 있었어요."

사토는 쓴웃음을 지으며 두툼한 손으로 감자튀김을 하나 집었다.

"하지만 우리한테 파는 곳은 아무 데도 없었습니다. 바로 옆에 쌓아두고도 말이에요. 한 장 두께가 9.5~12.5밀리미터 되는 석고보드를 창고 안에 수백 장씩 쌓아놓은 게 빤히 보이는데도 단 한 장도 팔지 않았습니다. 하지만 별도리가 없었어요. 납득할 만한 일이긴 해요. 그 가게에도 먼저 챙겨야 할 귀중한 단골이 있을 테니까요. 창고에 쌓인 석고보드는 그런 단골에게 팔려고 사들였을 겁니다. 이미 팔릴 데가 정해져 있는 재고품이었던 거죠. 우리처럼 어디서 굴러먹다 왔는지도 모르는 사람에게는 팔지 않는 게 당연했어요."

사토는 맥주잔을 비웠다. 사가라가 더 마시겠느냐고 묻자 그는 쑥스러워하며 그럼 같은 걸로, 하고 대답했다.

"자, 드세요."

세 사람은 잠시 동안 안주를 먹었다. 사토는 이제껏 누군가에게 털어놓고 싶은 이야기였는지 재촉하지도 않았는데 이야기를 다시 시작했다.

"사람이란 궁지에 몰리면 무슨 짓을 할지 모르겠더라고요.

막다른 곳에 몰리자 결국 남의 건설 현장에서 석고보드를 훔치는 놈들이 생기기 시작했습니다. 우리 회사는 물론이거니와 슈이치네 회사도 당했어요. 전날 저녁 간신히 구해온 고작 열 장, 20장 정도의 석고보드가 이튿날 아침이면 감쪽같이 없어지는 겁니다. 그저 눈물만 나더군요. 이젠 끝이구나 싶었습니다."

볶음우동을 후루룩 먹는 사토의 다부진 턱이 보인다. 그는 눈물겹게 괴로웠던 과거를 잊어버리려는 듯 젓가락을 부지런히 움직였다.

"저는 그나마 나은 편이었습니다. 납품 기일은 연기되었어도 그럭저럭 공사는 마무리했거든요. 좀 깎이긴 했지만 공사 대금도 받았고요. 안쓰러운 쪽은 슈이치였습니다. 기한 내에 공사를 못 끝냈거든요. 발주자는 딸네 가족이 그날 들어올 예정이었는데 아직도 못 끝내면 어떻게 하느냐고 노발대발해댔습니다. 공사 대금은 3분의 1 정도 깎고 발주자 딸네 이사 비용에다가 공사가 지연된 동안의 아파트 월세까지 몽땅 물게 되었습니다. 그래도 슈이치 녀석, 워낙 사람이 좋아서 네, 네 하며 그 조건을 다 들어주었습니다. 그런 처지면서도 함께 일한 동료들 품삯은 확실하게 챙겨줬어요. 늦어져서 너무 미안하다면서요. 참으로 보기가 딱했습니다."

레이코는 사진으로만 보았던 요시와라 슈이치의 얼굴을 떠올렸다. 이런 이야기를 듣고 보니 여리고 상냥한 얼굴이었다는 느낌이 든다.

"반짝 호황으로 한몫 벌기는커녕 빚더미에 앉는 신세가 되고 말았죠. 결국 어디론가 훌쩍 사라져버렸어요. 뭐, 마누라도 자식도 없으니 혼자 자취를 감추기에는 단출해서 좋았겠지만……."

요시와라 슈이치가 결혼이나 이혼을 한 적이 없다는 사실은 이미 수사본부에서 확인했다.

"그러다가요, 바로 작년이었습니다. 제가 지금 적을 둔 곳이 오무라 건설이라고 제법 큰 회사인데 거기에서 주최하는 송년 파티에 마술사를 불렀더라고요. 그런데……."

그렇게 된 일이었군.

"그 마술사가?"

"맞습니다. 슈이치였어요. 마술 쇼가 끝나자마자 분장실로 달려갔어요. 분장실이라기보다는 작은 대기실이었습니다. 슈이치도 금세 저를 알아보더군요. 이야, 옛날 생각나는군. 그동안 어떻게 지냈어? 하고 어깨를 도닥이며 끌어안았죠. 슈이치는 뭐, 이런저런 우여곡절을 겪었다고 하더군요. 알코올중독으로 입원했다가 퇴원하기를 밥 먹듯이 하고 술에 취해 공사 현장에 들어갔다가 원형 톱에 손가락을 잘리기도 했더라고요. 그 바람에 목수 일이라면 아주 신물이 난다고 했습니다. 자살도 생각했다고 하고요. 살아봐야 뭐 하나 싶어서요. 그런데 라멘 가게였나, 어딘가에서 텔레비전을 보다가 마술을 하는 장면을 보고 '아, 나도 저걸 할 수 있지!' 하는 마음이 들었답니다. 그래서 마술로 먹고살자는 결심을 하고 지금 기획사에 들어갔다더군요."

사토는 맥주를 두 잔째 비우고 잠시 입을 다물었다.

무언가 생각할 게 있나 보다 싶어서 레이코는 잠자코 사토의 다음 이야기를 기다렸다.

사가라가 다시 뭘 더 마시겠느냐고 물었다.

"같은 걸로요."

대답을 한 사토는 필터가 하얗고 긴 담배를 입에 물었다. 라이터는 크롬으로 도금한 지포 브랜드다. 사토는 라이터의 흔들리는 불꽃 끝에 담배를 대고 세게 빨아들였다. 그가 내뱉은 하얀 연기에서는 진하고 달콤한 냄새가 났다.

갑자기 사토가 레이코의 눈을 뚫어지게 바라보았다.

"저기, 이건…… 음, 동료들 사이에서 돌던 안 좋은 소문이긴 한데 말이죠. 아니, 사실은 이런 식으로 할 말도 아니고 더더군다나 경찰분께 할 말은 아닐지도 모르겠는데요."

이런 망설이는 듯한 말투는 레이코가 지금까지 몇 차례나 경험했던 일이다. 중대한 진실을 털어놓을 징조다.

"뭐죠?"

부드럽게 고개를 기울이고 상대가 하는 말에 귀를 기울였다. 물 위에 생긴 얇디얇은 막을 떠내듯 천천히 부드럽게.

마침내 사토는 결단을 내렸는지 고개를 끄덕였다.

"그때 벌어졌던 석고보드 절도 사건 말입니다. 저는 사실 그 사건에 대해 잘 모르고 누가 체포되었다는 이야기도 듣지 못했는데요. 그 뒤에 좀 이상한 소문이 돌았습니다."

재촉하면 안 된다. 이쪽에서는 그저 상대방이 이야기하기만을 가만히 기다려야 한다.

"우리가 주로 자재를 들여오던 자재상이 기타 구 다키노가와에 있었어요. 그 가게와는 대략 열 개쯤 되는 건설사가 거래를 했는데 다들 동료 같은 사이라서 그곳에서 만나면 지금 어느 건설사에서 일하는지, 무슨 공사를 하는지 서서 수다를 떨곤 했습니다. 썩 괜찮은 정보 교환의 장이기도 했거든요."

레이코는 사토의 눈을 지그시 바라보며 고개를 끄덕였다.

사토의 짧은 침묵을 레이코는 '나는 당신의 말을 진지하게 듣는 중입니다.' 하는 자세로 응했다.

"거기서 만난 동료들 사이에서 돌던 소문인데 말이죠. 그 자재상 이름이 다카요시 목재소였어요. 당시 거기 단골 대부분이 석고보드를 도둑맞았거든요. 슈이치를 포함해서 저나 다른 건설사도요. 저마다 도난당한 양은 다르지만 많든 적든 피해는 봤죠. 딱 한 군데만 제외하고요."

드디어 엄청난 진실이 굴러 들어올 예감이 들었다.

"그 한 군데가?"

"그게……."

온다, 틀림없이 온다!

"와타나베 건설 회사라는 곳이었습니다."

왔다!

레이코는 몸을 앞으로 기울이고 사토의 눈을 뚫어지게 쳐다보았다.

"그 회사 사장이 혹시 와타나베 시게루 씨 아닌가요?"

사토는 눈을 크게 뜨고 침을 꿀꺽 삼키고서 얼어붙었다.

사가라는 무릎에 올려놓은 손으로 물수건을 꽉 움켜쥐고는 곁눈질로 레이코의 눈치를 힐끗 살폈다.

 레이코는 탁자 위로 몸을 내밀고 사토의 대답을 기다렸다. 잠시 후 사토는 이마에 땀을 흥건하게 흘리며 끄덕였다.

 "형사님, 알고 계셨습니까?"

 아니요. 전혀 몰랐어요, 하고 속으로만 생각했다.

 다카시마다이라 서로 돌아가는 길에 사가라는 레이코에게 끈질기게 물었다.

 "주임님, 어떻게 아셨어요? 가르쳐주세요."

 싫다. 절대로 안 가르쳐줄 테다.

 "주임님, 어떻게 절도범이 와타나베 시게루라는 사실을 아셨어요? 도대체 왜 주임님은 계속 와타나베 시게루를 범인으로 지목하신 거예요?"

 지하철을 타서도 역 통로를 걷는 동안에도 건널목을 건널 때도, 밤길을 걸으면서도 사가라는 집요하게 물었다.

 "감이야, 그냥 감."

 "그럴 리가 없잖아요."

 "아무리 가르쳐달라고 해도 나한테는 설명할 재주가 없다니까. 그거 말고 뭐가 더 있다는 거야."

 "모르니까 여쭤보죠."

 안 가르쳐줄 테다. 절대로 안 가르쳐줘.

 "아무렴 어때. 알아냈으면 됐지."

"그런……."

사토 다케오는 요시와라 슈이치와 대기실에서 재회했을 때 어리석게도 그 이야기를 해버렸다는 말을 마지막으로 덧붙였다.

석고보드 도둑 사건은 이미 동료들 사이에서는 와타나베가 꾸민 짓으로 심증이 굳어져 있었다. 심지어는 와타나베가 훔친 석고보드를 조금 멀리 떨어진 네리마 구에 있던 건설 회사에 팔았다고 의심하는 사람들마저 있었다. 그것도 정상가의 두 배 이상인 터무니없는 가격으로 말이다.

사토는 이야기를 다 들은 요시와라의 표정을 평생 못 잊을 것이라고 덧붙였다.

분노나 슬픔을 초월한 사람처럼 얼굴을 일그러뜨리며 웃었다고 한다.

요시와라 슈이치는 사토 앞에서 허허 웃었다.

눈의 초점도 맞지 않고 소리도 내지 않으면서 입을 크게 벌린 채 어깨를 떨며 허탈하게 웃기만 했다고 한다.

정신적인 충격을 받은 요시와라는 무슨 생각을 했을까. 무엇을 했을까. 대충 짐작이 간다.

"있잖아요, 주임님은 초능력을 믿으세요?"

이번에는 갑자기 웬 초능력 타령이래.

"당연히 안 믿지."

멍청하기는, 하도 시시해서 짜증이 난다.

"아니, 그게 왜 당연해요?"

"왜냐고? 너도 생각해 봐. 그런 초능력이 실제로 존재한다면 형사는 무용지물 아니겠어?"

"혹시 드라마에 나오는 것처럼 초능력자가 범죄 수사를 맡으면 될 일이다, 이 말씀이세요? 아니죠, 그건! 노력만 하면 누구나 경찰관이 되고, 잘 가르치기만 하면 형사는 계속 배출된다고요. 하지만 초능력자는 그런 방식으로 늘릴 수 없거든요."

애당초 존재하지도 않는 사람을 늘릴 수 있네 없네 하는 건 도대체 무슨 논리람.

"알았어. 좀 전에 했던 말은 없던 걸로 치자고. 초능력자가 있든 없든 나는 계속 형사일 테니까. 그렇지만 잘 생각해 봐. 만약 초능력이라는 게 실제로 존재한다고 치자. 그걸 인정한다면 현존하는 범죄 입증 방법은 뿌리부터 모조리 뜯어고쳐야 하지 않겠어? 만약 손대지 않고 누군가가 상대방의 몸속에 있는 심장 동맥을 움켜쥐어서 심부전을 일으켜 죽게 한다면 그건 타살일까 병사일까? 설령 살의가 인정되었다 하더라도 우리는 어떻게 그 범죄 행위를 입증해야 할까? 외상도 없고 지문도 못 찾았지만 피의자는 분명히 초능력으로 피해자의 심장 동맥을 막았습니다, 하는 말을 멀쩡한 얼굴로 할 수 있겠어?"

불가능하다. 그런 말을 어떻게 태연하게 하겠는가.

사토 다케오의 말은 그야말로 흥미를 자극하는 이야기였다.
요시와라 슈이치와 와타나베 시게루 사이에 있었던 인과관계.
요시와라에게는 와타나베를 미워할 이유가 충분하다. 요시와라는 자신에게서 목수라는 직업을 빼앗고 제 인생을 엉망진창으로 만든 석고보드 도둑 와타나베 시게루를 마음속 깊이 증오했으리라.

그 증오는 어딘가에서 홱 뒤집어져 거꾸로 요시와라가 살해당하는 결과를 낳았다. 이런 추리는 지금 단계에서도 별 무리 없이 성립한다. 하지만 그렇다고 해서 와타나베의 면전에 대고 '당신이 죽였죠?'라고 추궁하지는 못한다. 사토의 말마따나 와타나베 시게루가 석고보드 도둑이었다는 사실은 그저 소문일 뿐이다. 얄궂게도 정황 증거 수준밖에 되지 않는다. 심문을 한다 해도 소문이 틀렸다고 오리발을 내밀면 그것으로 끝이다.

레이코는 이마이즈미에게 와타나베의 신변을 조사하고 싶다고 말했다. 이마이즈미는 별다른 질문 없이 몇 명이 필요한지 물었다.

"네 명이면 됩니다."

다음 날부터 기쿠타와 이시쿠라가 레이코 일행에 합류했다.

유한회사 와타나베 건설 대표이사, 와타나베 시게루.

이것만 알아도 회사 소재지나 대표 전화번호를 알아내기란 식은 죽 먹기다. 인터넷만 검색해도 나오고, 기업 신용 조회 회사에서 발행하는 회사 연감을 뒤적여 봐도 된다.

와타나베 건설은 도시마 구 니시스가모 4가에 위치한 그리 크지 않은 건설 회사였다. 직원은 사장을 포함해 12명이다. 100평쯤 되는 부지에 건설 자재 야적장을 겸한 주차장과 3층짜리 사옥이 있다. 1층은 사무실이고 2층과 3층은 사장 자택이다.

와타나베 시게루는 장남인 쓰토무와 장녀 세이코, 차녀 아야코와 산다. 부인은 일찍이 세상을 떠났다. 아들인 쓰토무는 와타나베 건설사 전무이사고 딸들은 아직 학생인 듯했다.

우선 와타나베 시게루의 사진을 확보해 목격자에게 확인을 받았다. 목격자는 범행 당일 밤 살해 현장 근처 공원 화장실에서 옷을 빠는 남자를 보았던 사람이다. 목격자는 사진의 인물과 그때 그 남자가 상당히 닮았다고 진술했다. 긴 얼굴, 주걱턱, 주먹코, 벗겨지지는 않았지만 새치가 섞인 머리 모양도 확실하다고 했다.

이 정도면 충분하다. 레이코 일행은 다음 단계로 넘어갔다.

와타나베의 평소 행동을 감시하다가 기회를 봐 몰래 지문을 채취해야 한다. 재판에서 쓸 만한 증거는 아니더라도 연행해서 심문하는 데 이용할 단서로는 가치가 있다. 현장에서 채취한 지문과 일치한다면 간부들을 설득할 수 있다.

와타나베는 종종 소형 화물차를 타고 건설 현장과 단골 거래처를 돌았다. 오후 3시 무렵에는 신축 주택 건설 현장에서 휴식 시간에 제공하는 캔 커피를 마셨다. 빈 캔을 손에 넣기를 간절히 바랐지만 쉬운 일이 아니었다. 건설 현장 앞 도로에서 건물을 올려다보며 피우던 담배꽁초를 길에 버리지는 않을까 기다려도 보았지만, 아쉽게도 꽁초는 휴대용 재떨이 안으로 들어갔다.

그러다가 생각지도 못한 장소에서 지문을 채취하는 데 성공했다.

자동판매기였다.

와타나베는 5시쯤 분쿄 구 주택가에 있는 담배 자판기에서 캐스터 마일드 두 갑을 뽑았다.

레이코 일행은 와타나베가 확실히 떠났는지 확인한 후 자판기로 향했다. 쭉 지켜보았으니 틀림없다. 와타나베가 이용한 다음 자동판매기에 손을 댄 사람은 없다.

"기쿠타, 정말 잘할 수 있겠어?"

"네, 맡겨만 주십쇼."

기쿠타는 다카시마다이라 서 감식과에서 빌려 온 전용 도구로 자판기에서 지문을 채취하기 시작했다. 알루미늄 가루를 뿌려서 지문이 묻지 않은 다른 부분은 붓으로 털어내고 채취용 테이프를 붙였다 떼면 된다. 지폐 투입구와 상품 선택 버튼, 상품이 나오는 출구, 총 세 곳에서 똑같은 작업을 반복했다.

"보세요. 완벽하죠?"

"그래. 제법인데!"

채취한 지문을 가지고 경찰서로 돌아와 확인하니 살해 현장에서 발견한 세 명의 지문 중 하나와 영락없이 일치했다.

간부의 승인을 받은 레이코 일행은 드디어 와타나베 시게루에게 임의 동행을 요구하러 출동했다.

이튿날 새벽 5시부터 와타나베 건설 회사 앞에서 대기했다.

6시가 되니 이 방 저 방에서 불이 켜졌다. 7시쯤에는 장녀가 나오고, 5분쯤 지나자 차녀가 밖으로 나왔다. 7시 20분쯤 목수를 비롯한 사무직원들이 출근하기 시작했다. 8시가 채 되기 전에 목수들은 대부분 경트럭을 타고 회사 밖으로 나갔다.

직원들을 내보내고 사무실로 들어가려는 사장에게 말을 걸었다.

"와타나베 시게루 씨, 맞으시죠? 경시청 수사 1과에서 나왔습니다."

여러 가지 가능성을 고려해 주변에 20명의 수사관을 배치했다. 혹여 흥분해 날뛰거나 뒤로 내뺄지도 모르는 데다 건물 안으로 도망쳐 틀어박히더라도 대응하는 데 지장이 없게끔 했다. 뜻밖에도 와타나베는 바닥에 털썩 주저앉았다. 고개를 떨어뜨리고 어깨를 축 늘어뜨렸다.

"요시와라 슈이치 씨 살해 사건에 대해 여쭤볼 것이 있는데 다카시마다이라 서까지 동행해주시겠습니까?"

와타나베는 고개를 끄덕였다.

주위를 둘러보니 수사관들 모두 맥 빠진 표정이다.

임의동행 때와 마찬가지로 와타나베는 지문 채취에도 고분고분 따랐다. 현장에서 발견한 지문과 대조해보니 일치했다. 그 결과를 말해주자 와타나베는 요시와라 슈이치를 살해했다는 사실을 순순히 자백했다.

하지만 그때부터 변명을 멈추지 않았다.

"협박당했어요. 요시와라 그 자식은 나한테 돈을 억 단위로 요구했다고요. 나쁜 놈은 내가 아닙니다."

무엇을 빌미로 협박했느냐고 묻자 와타나베는 갑자기 말을 더듬었다. 그러다가 얼굴을 찌푸리더니 입을 다물었다. 아무래도 거기까지 생각하고 한 말은 아닌 듯했다.

끝내 10여 년 전 석고보드를 훔친 사건 때문에 요시와라에게 원한을 사지 않았느냐고 레이코가 먼저 이야기를 꺼내자, 처음에는 인정하더니 또다시 변명을 늘어놓았다.

"어쩔 수 없었어요. 우리도 기한 내에 공사를 끝내지 못하면 막대한 위약금을 물어야 할 판이었다고요. 그때 집사람 병이 악화되는 바람에, 지금 생각해보면 집사람은 약물 부작용 간염*이었어요. 그래요, 우리 가족은 나라와 복지보건국이 변변치 못한 탓에…… 그러니까 일단의 피해자라고요."

약물 부작용 사건과 이 사건은 명백히 다른 문제다. 가족이 약물 부작용으로 간염에 걸렸다고 해서 도둑질을 해도 되냐고 반문하자 와타나베는 변명을 늘어놓기에 급급했다.

"정부가 난데없이 소비세를 강제로 인상하겠다고 하니 그런 일이 벌어진 겁니다. 대기업 건설 회사가 자재를 독점하고 우리 같은 조무래기 건설 회사를 압박했다고요. 원인을 따지자면 전부 나라 잘못이잖아요. 사회가 잘못된 거 아닙니까!"

뭐, 이런 식으로 나오면 더 이상 대꾸할 말이 없다.

최근 들어 이런 식으로 무슨 일이든 남 탓으로 돌리는 사람이 늘어난 것 같다. 막연하게 그런 생각이 든다. 그런 사람일수록 자신이 얼마나 사회에 해를 끼치는지는 조금도 생각하지 않는

---

* 약물 부작용 간염: 일본 정부가 부작용 경고를 받은 비가열 혈액제제 수입을 허가하고, 제약 회사에서 유통하도록 해 약물 부작용으로 인해 생긴 간염.

다. 사회가 나쁘다면서 자신이 사회를 나쁘게 만든다는 사실은 전혀 신경 쓰지 않는다.

"어쨌든 와타나베 씨가 요시와라 슈이치 씨를 살해한 건 사실이죠. 조금 전 와타나베 씨 댁에서 압수한 구두와 현장에 남은 신발 자국이 일치한다고 밝혀졌습니다. 내일 와타나베 씨를 검찰에 송치할 예정이니 그런 줄 알고 계세요."

헛수고한 듯 허무한 기분이 몰려올 때가 바로 이런 때다. 도대체 앞으로 얼마나 더 이런 녀석들을 체포해야 할까. 지금 하고 있는 일이 정말 사회에 보탬이 되는 걸까.

그런 생각을 하다 보면 몸에서 힘이 쭉 빠져버린다. 경찰이 제아무리 발 벗고 열심히 뛰어도 사회에서 범죄는 사라지지 않는다.

이런 고민을 시원하게 해결해준 사람이 있다.

바로 레이코의 상사 살인범 수사 10계장 이마이즈미 하루오 경감이다.

"농사꾼은 작물을 열심히 키우면 뭐 하나, 사람들이 다 먹어치우는데 또 농사를 지어야 하나, 이런 한탄은 하지 않잖아. 마찬가지야. 사람 사는 일이란 게 다 그런 거다. 결말이 나지 않으니 헛수고라는 건 잘못된 생각이야. 되풀이하고 순환하면서 유지해나가는 일이야말로 의미 있는 일이라고. 경찰도 마찬가지지. 범죄는 절대로 없어지지 않지만 조금이라도 줄여보려고 노력하는 거고, 그게 사회질서를 유지하는 일로 이어지는 거고. 그걸로 충분하잖아."

참으로 지당하신 말씀이다.

검찰로 송치하기 전 마지막 조사가 끝나고 저녁 회의까지 시간이 좀 남았다. 레이코는 사가라를 데리고 근처 카페로 갔다. 그동안 얼버무려왔던 와타나베 시게루에게 주목한 이유를 슬슬 가르쳐줘도 괜찮지 않을까 하는 마음이 들어서였다.

그런데 자리에 앉자마자 사가라가 입을 열었다.

"주임님은 정말 초능력을 안 믿으세요?"

은근히 거슬리는 녀석이다.

"안 믿어. 전에도 말했잖아?"

"하지만 이걸 보면 틀림없이 믿게 되실 거예요."

사가라가 가방에서 보고서로 보이는 종이를 꺼냈다. 서명을 보니 경시청 형사부 감식과 현장 지문계라고 씌어 있었다.

"아까 이마이즈미 경감님께서 주임님께 전해주라고 하신 자료인데요. 아! 죄송합니다. 딱 한 장 읽어봤는데 정말 이상하더라고요. 보세요. 읽어보면 아시겠지만 실제로 피해자가 휴대전화에 번호를 어떻게 눌렀는지 의문인가 봐요."

"뭐?"

레이코는 무심결에 사가라의 손에 들려 있던 보고서를 빼앗았다. 허겁지겁 보고서를 읽어보니 실제로 그런 내용이 적혀 있었다.

"그렇죠? 이상하죠? 요시와라 씨가 마지막으로 만진 건 폴더형 휴대전화 뚜껑 부분이에요. 장문(掌紋)이 난 모양으로 추측

해보면 사건 당시 요시와라 씨의 휴대전화 뚜껑은 닫혀 있었어요. 확실해요. 게다가 휴대전화 안쪽을 조사했을 때 가장 뚜렷하게 지문이 남은 곳은 종료 버튼이었어요. 그렇다면 상식적으로 생각했을 때 종료 버튼을 눌렀으니 그 전에 눌렀던 전화번호는 지워졌어야 해요. 실제로는 그렇지 않았어요. 물론 지문이 남지 않게 눌렀다면 이야기가 달라지지만 그 상황에서 요시와라 씨가 지문을 남기지 않고 버튼을 누를 리 없잖아요. 게다가 처음부터 휴대전화는 열린 상태로 발견되었고요. 그런데 그런 식으로 휴대전화를 열 때 생겨야 할 위치에 지문과 장문은 없고……."

장문이란, 손바닥에 난 손금을 뜻한다. 지문과 마찬가지로 평생 변하지 않아서 결정적 증거가 되기도 한다.

"말하자면 요시와라 씨는 죽기 직전 젖 먹던 힘까지 끌어 올려서 초능력으로 휴대전화 폴더를 열고 045-666이라는 번호를 누른 게 아닐까요? 그런데 045-666은 도대체 누구 번호였을까요? 요시와라 씨 집에도 그런 번호가 적힌 메모는 전혀 없었고요. 정말이지 오리무중이에요."

땡! 처음부터 045-666은 전화번호가 아니었다.

버튼의 숫자 부분만 보아서는 진실을 놓치기 쉽다. 이번 사건을 푸는 열쇠는 버튼의 글자 부분이었다.

연락처 검색을 할 때 글자 입력 모드로 바꾸고 045666을 입력하면 단번에 드러난다. 그 번호를 눌렀을 때 표시되는 글자는 '와타나후'다. 하지만 그런 이름은 없다.

요시와라의 연락처 목록이 자기 휴대전화에서 제대로 읽히는지를 확인하던 순간, 레이코의 머릿속을 스치고 간 생각이 있었다. 연락처 목록 마지막에 나오는 '와타나베'를 불러내기 위해 누른 버튼은 왼쪽 숫자 부분만 보면 '045666*'이다.

그것을 깨달은 순간 온몸에 전율이 흘렀다.

그렇군. 요시와라는 마지막에 '와타나베'를 누르려고 했지만 입력 모드가 번호 모드로 되어 있어서 액정 화면에는 045666이라는 숫자만 남았다. 숨이 끊어지면서 마지막 *를 누르지 못했겠지. 한마디로 이 번호는 와타나베가 범인임을 알리는 다잉 메시지였다.

실제로도 연락처 목록에 등록된 이름 중 유일하게 와타나베라는 성을 가진 와타나베 시게루가 범인이었다. 그 번호가 요시와라가 남긴 다잉 메시지라는 사실은 더 이상 의심할 필요가 없었다.

그런데 요시와라가 지문이나 장문을 남기지 않고 휴대전화의 버튼을 눌렀다는 말은 도대체 무엇을 의미할까.

나 역시 초능력이 존재한다고 인정해야만 한다는 말인가.

젠장, 말도 안 돼!

나쁜 열매

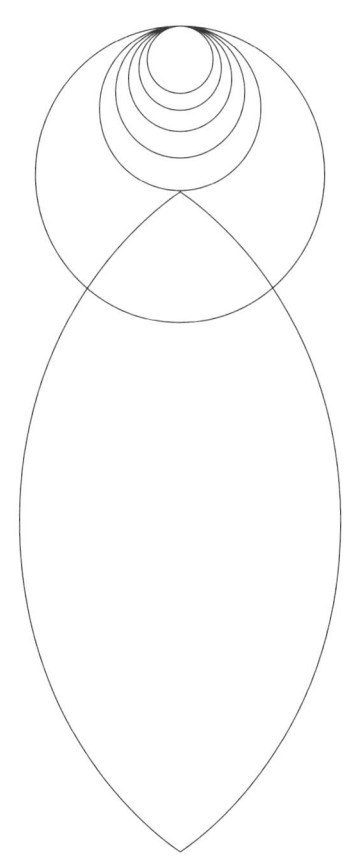

문득 주위가 어두워진 느낌이다.

시계를 확인하니 오후 4시 17분, 11월 하순이지만 해가 지기에는 아직 이른 시간이다. 하늘을 올려다보았다. 먼지 뭉치 같은 잿빛 구름이 잔뜩 끼었다. 당장이라도 비가 쏟아질 것 같다.

갑작스레 찾아드는 불안에 히메카와 레이코는 잽싸게 상점가 아케이드 밑으로 들어갔다. 뒤따라오는 네 사람의 발소리가 들린다. 레이코는 뒤도 안 돌아보고 그들에게 명령했다.

"기쿠타는 하야마와 함께 전철역 주변을 맡아줘. 이시쿠라는 유다와 현장 주변을 맡아. 나는 여기를 조사할게. 관할 경찰에게 추월당하지 않도록 잘 부탁해."

"네!"

레이코 일행처럼 경시청에서 나온 형사는 으레 사건 현장을 관할하는 해당 구역 경찰관과 짝을 이뤄 수사해야 한다. 그러나 이번 사건만큼은 예외라서 통례를 따르지 않는다. 사실대로 털어놓자면 레이코 일행의 출동이 늦었다. 관할 서 수사관들은 일찌감치 수사를 하러 흩어져서 레이코가 관리하지 못한 것이다.

'어쨌든 지금은 하루카와 미쓰요를 찾는 게 급선무야!'

기타 구 아카바네 2가에 위치한 앨리스 아카바네 이스트 아파트 502호에서 한 남자가 죽었다. 하루카와 미쓰요는 경찰서에 전화를 걸어 신고만 하고 자취를 감추었다.

사진을 보고 얼굴을 머릿속에 확실하게 새겼다. 가게에서 손님과 장난을 치며 찍은 사진이다. 레이코는 옆얼굴과 표정까지 생생하게 떠올렸다. 길에서 마주치더라도 절대 놓치지 않을 자신이 있다.

'나타난다. 하루카와 미쓰요는 반드시 내 앞에 나타난다.'

마음속 외침은 주문에 가까웠다.

남자의 사인은 아직 밝혀지지 않았다. 자살인지 타살인지도 판명나지 않았다. 그런 상황에서 레이코 일행은 내몰리듯 현장을 살피러 아카바네로 나왔다. 신고를 하고 사라진 최초 목격자만이라도 이 손으로 잡고 싶다는 마음이 간절했다.

'와라. 제발 내가 있는 쪽으로 와라, 미쓰요.'

주변을 둘러보았다. 파친코 업소의 네온사인, 불 꺼진 게임센터 안에서 무엇인가가 반짝반짝 빛을 낸다. 반면 건너편에는 훤하게 불이 켜진 서점과 패스트푸드점, 슈퍼마켓이 있다. 거리는 쇼핑을 갔다가 돌아오는 주부와 더 놀고 싶어 하는 초등학생과 중학생, 방과 후 활동에 참여하지 않는 고등학생들로 붐볐다. 조금 떨어진 곳에는 차를 세우고 손수레로 집하와 배송을 하며 돌아다니는 중년의 택배 기사가 보인다.

'아!'

왜 그 여자에게 시선이 갔을까. 설명하기 어려웠다. 다만 저마다 내키는 대로 즐거운 시간을 보내는 사람들 사이에서 그녀 홀로 삶을 포기한 사람처럼 슬퍼 보였다.

여자는 담배 자판기에 기대 자신이 뿜은 담배 연기가 아케이드 처마 위로 흐르듯 빠져나가는 모습을 부러운 눈빛으로 좇았다. 우울함이 묻어나는 작은 눈, 아래로 축 늘어진 뺨, 두툼한 입술, 굵은 웨이브에 천박해 보일 만큼 밝게 염색한 머리카락, 5년 전에나 유행했을 듯한 디자인의 코트, 그 안에는 칙칙한 빨간색 원피스. 레이코는 머리 모양이나 복장은 사진에서 보았던 모습과 다르지만 하루카와 미쓰요임에 틀림없다고 확신했다.

"저, 죄송한데 하루카와 미쓰요 씨 맞죠?"

여자는 레이코를 보고 고개를 끄덕였다.

그녀는 마치 약속 시간에 늦은 상대를 용서하는 사람처럼 부드러운 미소를 지었다.

도쿄 지요다 구 가스미가세키 경시청 본부 청사 6층.

그날 오후 레이코는 100여 개의 책상이 놓여 있는 수사 1과에서 출동 대기 근무 중이었다.

"이야, 주임님이 또 이겼어요. 진짜 강하다니까."

출동 대기 시간을 보내는 방법은 저마다 다르다. 책이나 신문을 읽거나 진급 시험을 준비하는 성실한 무리가 있는가 하면, 바둑이나 장기를 두며 시간을 때우는 오락파도 있다. 늘 그렇지는 않지만 지금 눈에 띄는 히메카와 반은 철저한 오락파였다.

"연습 좀 더 하고 와. 모서리를 차지할 생각만 하다가는 평생 나를 못 이길걸."

요즘 레이코가 속한 부서에서는 오셀로 게임이 유행이다. 레이코는 부하 네 사람 중 기쿠타 가즈오 경사, 유다 고헤이 경장, 하야마 노리유키 경장, 세 명을 상대로 보란 듯이 연전연승 기록을 갈아치우는 중이다.

기쿠타가 팔짱을 끼고 보드를 노려봤다.

"중간까지는 내가 훨씬 유리했는데……."

"잘 봐. 지금 말을 놓을 자리는 네 군데뿐이야. 여기에 놓으면 두 개가 뒤집히고 여기는 세 개, 여기는 다섯 개야. 어디에 둘래? 빨리 정해. 남자답게!"

베테랑 형사인 이시쿠라 다모쓰 경사는 아사쿠사에 다녀오겠다며 점심시간쯤 나갔다. 단골 가게를 돌며 세상살이 이야기를 나누는 일을 형사들은 흔히 '밭을 간다'고 표현한다. 밭이란 형사의 정보망이다. 밭이 얼마나 비옥한가에 따라 손에 들어오는 수확물의 양도 달라진다. 이시쿠라는 그러한 인간관계를 소중히 여기는 '좋았던 옛 시절의 형사'다.

"여기로 할게요."

한참을 궁리한 끝에 기쿠타는 세 개가 뒤집히는 장소에 검정

말을 두었다.

"그럼 난 여기다 놓겠어."

레이코는 이렇게 해 아홉 개의 말을 뒤집었다.

"아아, 이런!"

그 뒤는 더 고민할 여지조차 없는지 기쿠타는 졌습니다, 하며 고개를 숙이고 남은 칸을 메웠다. 레이코는 이번 게임으로 23승을 기록했다. 이쯤 되니 오셀로를 하는 데도 싫증이 난다.

"이제 그만하자. 나는 커피 마시러 갈래."

"좋아요. 저도 같이 가요."

따라나선 사람은 기쿠타뿐이다. 어린 축에 속하는 유다와 하야마는 시험공부를 하겠다며 자기 자리로 돌아갔다. 뭐, 그래도 상관없다.

"열심히들 해."

레이코는 스물여섯 살에 경사 승진 시험에 합격했다. 이듬해에는 경위 시험에도 합격해 경사스럽게도 경시청 형사부 수사 1과 살인범 수사 10계의 주임으로 임명받았다. 그로부터 벌써 3년이 지났다.

"잠깐, 주임님도 같이 좀 치우시죠."

"진 사람이 해야지."

"뭡니까, 어른스럽지 못하게……."

기쿠타는 분명히 스물여덟 살에 경사 시험에 합격했다고 들었던 기억이 난다. 나이는 레이코보다 세 살 위니까, 이제 서른세 살이다. 형사 노릇도 이래저래 벌써 5년 차인 셈이다. 그러나 경위 시험을 칠 생각은 조금도 없는 듯 보였다. 레이코는 지금까지 기쿠타가 공부하는 모습을 단 한 번도 본 적이 없다. 요컨대 앞으로도 쭉 내 부하로 있고 싶다는 뜻이겠지.

레이코는 일어나서 오셀로 판을 다 정리할 때까지 기다리다가 문득 살인범 수사 10계장인 이마이즈미 경감과 눈이 마주쳤다. 이마이즈미의 옆에는 관리관 하시즈메 경정이 앉아 있었다.

"레이코, 어디 나가려고?"

"네, 잠깐 요 근처에요."

출동 대기일이라고 해서 반드시 본부 청사 안에만 있어야 하는 것은 아니다. 이따금씩 외출도 하는데 종종 본청보다 사건 현장에서 가까운 곳에 가 있기도 한다.

"무슨 일 있나요?"

"괜찮으면 조금 기다려주지 않겠나?"

"예, 그러죠."

기쿠타를 쳐다보자 그도 고개를 끄덕이며 동의를 나타냈다.

이마이즈미와 하시즈메가 나누는 대화에 귀를 기울였다.

"……그렇지만 자살이라면서요?"

"아니야. 감찰의가 아직 단정하기 어렵다고 했어. 지금 오쓰카로 옮기는 중인가 봐."

대화의 흐름으로 보아 '오쓰카'는 감찰의무원을 의미하는 듯하다.

"단정하기 어렵다고 말한 사람이 누구입니까?"

"담당이…… 아, 구니오쿠 사다노스케 선생인가 보군."

하시즈메는 말을 끝내자마자 이마이즈미와 나란히 레이코 쪽으로 시선을 돌려 뚫어지게 쳐다보았다. 감찰의 구니오쿠 사다노스케는 레이코와 사이가 돈독한 술친구다. 정년이 임박한 나이면서도 한참 어린 레이코를 이성 친구로 여기는 독특한 노인네다.

그래서 어쩌라는 거지?

예상대로 이마이즈미가 '어이!' 하고 레이코를 불렀다.

"레이코, 좀 다녀와야겠어."

"왜요?"

구니오쿠와는 친하다. 하지만 자살일지도 모를 사건을 조사하러 여기저기 돌아다니다가 나중에 부검해보니 자살이었습니다, 하고 결론이 나면 그야말로 헛수고만 하는 꼴이다. 살인범 수사반의 전문 분야는 설명할 필요도 없이 '살인'과 '타살'이다.

"어째서 10계가 가야 하죠? 순서로 봐도 2계나 4계가 먼저 아닌가요?"

목소리가 조금 컸는지 아까부터 저쪽에 있던 2계와 4계의 사람들이 레이코가 있는 쪽을 돌아보았다. 그런 것까지 일일이 신경 쓸 여유는 없다.

"자네가 구니오쿠 선생하고 친하니까."

"누가 들으면 오해하겠어요. 그거랑 이건 다른 문제잖아요."

가급적 보람 있는 일을 하고 싶다. 누구나 같은 생각을 할 것이다. 살인범 수사반에 속한 형사에게 보람된 일이란 두말할 나위 없이 '멋진 살인 사건'이다. 속 보이는 말이지만 멋진 살인 사건이란, 언론에서 요란하게 떠들어대고 증거도 확실해서 범인을 잡기 쉬운 사건을 말한다.

그런데 '자살일지도 모르는 사건'을 맡으라니!

짜증 나는 상상이 꼬리에 꼬리를 물었다.

만약 지금 외출해서 잠깐 조사하는 사이에 자살이라는 부검 결과가 나오면 어떡하지. 살인범 수사반 형사는 할 일이 없어지고 하릴없이 본청에 돌아가는 딱한 처지가 되고 만다. 그러다가 마침 우리가 맡아야 할 사건을 다른 부서에서 가로채기라도 하면 어떻게 하지. 심지어 언론이 그 사건을 크게 보도해서 화려한 체포극으로 이어진다면?

'싫다. 생각만 해도 끔찍해!'

그러나 조직은 '개인'에게 비정하다. 하시즈메는 강당을 휙 둘러보더니 다시 레이코에게 말했다.

"레이코 자네가 다녀와. 경찰 일이 어차피 다 그런 거지, 뭐. 다른 반을 보내려면 팀을 반으로 쪼개야 하잖아. 그런 면에서 너희 반이 딱 적당하다고. 어차피 항상 반씩 나눠서 수사하니까 마침 잘됐잖아?"

살인범 수사를 맡은 팀은 한 팀당 열 명 정도이다. 팀을 둘로 나눈 것이 '반'인데 10계를 예로 들면 '히메카와 반'과 '구사카 반'이 여기에 해당한다.

히메카와 반과 구사카 반은 벌써 열 달 이상 수사를 함께하지 않았다. 그 이유는 타이밍이 맞지 않아서라기보다는 이왕 나뉘었으니 따로따로 수사를 하는 편이 편하지 않겠느냐며 일부러 각자 행동했기 때문이다.

히메카와 반과 구사카 반은 견원지간이다. 만나기만 하면 으르렁대니 웬만해서는 수사할 때 손을 잡고 싶지 않았다. 그 점을 꼬집으면 레이코도 반론할 말이 없다.

"알겠습니다. 저희가 갈게요."

이마이즈미는 마음을 놓았다는 듯 미소를 지었다.

"그래, 자네가 가주면 고맙겠어. 시체가 발견된 현장은 기타구 아카바네 2가야. 관할은 아카바네 서. 잘 부탁해."

오셀로 게임의 말을 정리하던 기쿠타가 피식 웃어 레이코는 그의 옆구리를 힘껏 꼬집었다. 수사 1과에 비명이 울려 퍼졌다.

지하철에서 JR로 갈아타고 오후 3시가 조금 지나 아카바네역 개찰구를 나섰다. 아카바네 서까지 걸어가는 데는 20분 정도 걸려서 택시를 타기로 했다. 경찰서 앞에 도착해 택시에서 내리는데 마침 건물 안으로 들어가는 이시쿠라의 뒷모습이 보였다.

"이시쿠라 경사님!"

땅딸막한 이시쿠라가 몸을 틀면서 뒤돌아보았다.

"아, 주임님. 빨리 오셨군요."

이로써 히메카와 반 형사 다섯 명이 모두 모였다.

레이코가 팀원을 이끌고 다시 아카바네 서 입구로 들어갔다. 문 옆에는 '아카바네 역전 편의점 강도 살인 사건 특별 수사본부' 등 본부 간판이 몇 개 걸려 있다.

곧바로 경무과로 가서 신분증을 제시했다. 아카바네 2가에서 발견한 변사체 건으로 왔다고 말하자 2층 형사과 강력계로 가라고 했다. 히메카와 반은 2층으로 올라가 형사과 강력계 앞에서 큰 소리로 신분을 밝혔다.

"경시청 수사 1과 살인범 수사 10계 히메카와 레이코 경위입니다!"

"아, 수고하십니다."

입구에서 기다리던 강력범 수사계장인 40대 중반의 후나코시 경위는 뜻밖에도 매우 겸손한 남자였다.

"자, 자, 이쪽으로 오시죠."

형사과 옆의 작은 회의실이 이번 사건의 수사본부인 듯했다.

"실례합니다."

벽 옆에 놓인 회의용 탁자 위에는 현장에서 압수한 물품이 몇 개 놓여 있었다. 수사관은 아무도 없고 실내에는 압수품 목록을 정리하는 감식반원 한 사람만 앉아 있었다. 물어보니 구니오쿠도 시신을 이송하는 사람들과 함께 오쓰카로 돌아갔다고 한다.

"오늘 오후 1시 반쯤 신고가 들어왔습니다. 여자 목소리였는데, 남자가 죽었으니 와달라고 해서······."

후나코시가 설명한 사건의 개요는 참으로 기묘했다.

신고를 받고 출동한 곳은 기타 구 아카바네 2가에 위치한 앨리스 아카바네라는 임대 아파트 502호였다. 출동한 지역 경찰관 두 명이 초인종을 눌렀지만 아무 대답도 없었다. 혹시나 해서 손잡이를 돌리자 문이 열려 쉽게 안으로 들어갔다고 한다.

신고자는 그 자리에 없었지만 정말로 시체가 있었다. 안쪽 침실 침대 위에 속옷만 입은 채 반듯이 누워 있는 남자를 발견했다. 목에는 밧줄이 감긴 상태였다. 아마도 그 밧줄에 목을 졸려 질식사한 듯했다.

현장을 흐트러뜨리지 않고 두 경찰관은 서에 연락했다. 곧바로 감식반원과 강력계 형사가 달려왔지만 타살인지 자살인지 구별하기 어려웠다. 그래서 감찰의무원에 부검을 의뢰했다는 이야기다.

"감찰 쪽 말로는 시신의 목을 한 바퀴 감고 앞쪽에서 매듭이 지어진 밧줄 모양으로 봤을 때 당사자가 하려고 마음만 먹는다면 가능한 방식이기는 하답니다. 다른 사람이 묶었을 가능성도 배제하지는 못하고요. 자세한 건 부검을 해서 피부 속 출혈 상태를 봐야 알겠다고 하더군요."

보통은 부검 결과를 기다렸다가 타살 여부가 명확해지면 관할 서가 본청에 요청해서 수사 1과 살인범 수사반이 출동하는 것이 순서다. 하지만 이번 사건에서 신고를 한 최초 목격자가 경찰이 도착하기 전 모습을 감추었다. 그런 연유로 타살이라는 심증이 굳어지면서 본청에 연락을 취했다고 후나코시가 설명했다.

"현재 수사관들은 무얼 하고 있나요?"

레이코는 오른손에만 장갑을 끼고 압수품을 들어 보면서 물었다.

"네. 되도록 수사 경험이 많은 경찰관을 모아서 탐문 수사를 맡겼습니다. 그런데 아직 신고자는 찾아내지 못했습니다."

"신고자가 누구인지는 알아내셨나요?"

"네, 집 전화로 신고한 거라 아파트 임차인인 하루카와 미쓰요가 아닐까 추측합니다. 참고로 관리인 증언에 따르면 사망자는 같은 집에 동거하던 남성인 것 같다더군요. 이름은 아직 밝혀지지 않았습니다. 하루카와 미쓰요는 호적상 독신으로 확인됐습니다."

집주인 여성이 동거 중인 남성의 사망을 신고한 직후 행방불명되었다.

'잘하면 멋진 살인 사건이 될 가능성도 있겠는걸.'

레이코는 갑자기 사건에 흥미가 일었다.

"하루카와 미쓰요 씨의 사진은 입수했나요?"

"네, 입수했습니다."

"동거 남성은요?"

"그게, 유감스럽게도 시체 사진 말고는……."

후나코시는 미리 복사해둔 하루카와 미쓰요의 사진을 레이코 일행에게 나누어주었다.

"직업은 뭐죠?"

"호스티스입니다. 아파트에서 도보로 5분 거리에 있는 가에데라는 술집에서 일한다더군요. 이 일대에서는 가장 고급 술집입니다."

"당연히 거기에……."

"수사관을 보냈지만 아직 가게가 문을 열지 않았다는 보고가 들어왔습니다."

"알겠습니다."

시계를 보니 곧 4시였다.

"그럼 수사관들에게는 6시 회의에 참석하라고 지시해주세요. 그때까지는 저희도 탐문 수사 다녀오겠습니다. 수사가 다소 겹치는 점은 너그럽게 봐주세요. 6시 반부터 수사 회의를 열고 수사 구역을 다시 나누겠습니다. 괜찮으시겠습니까?"

"네, 알겠습니다."

레이코는 무턱대고 뻐기는 상대도 고역이지만 후나코시 경위처럼 같은 직급이면서 지나치게 저자세로 나오는 사람도 대하기가 어려웠다.

레이코는 하루카와 미쓰요의 신병을 확보했다.

먼저 기쿠타에게 연락해서 역으로 갔던 부하들을 돌아오게 한 뒤 아카바네 서에 연락하도록 지시하고서 미쓰요의 상태를 살피는 데 전념했다.

키가 170센티미터인 레이코와 비교했을 때 상당히 작은 편이다. 160센티미터, 어쩌면 그보다 더 작을지도 모른다. 체형은 꽤 통통했다. 근거는 없지만 이런 유형을 좋아하는 남자들도 제법 있겠지.

"춥지 않으세요?"

미쓰요는 고개를 저으며 주머니에 손을 넣었다. 주머니에서 흉기를 꺼내지는 않을까 해서 주의를 기울였으나 담배와 라이터를 꺼내더니 입에 한 대 물고 불을 붙일 뿐이었다.

얼마 지나지 않아 아카바네 서에서 보낸 순찰차가 도착했다. 미쓰요는 임의동행을 승낙하고 순찰차에 탔다. 경찰서로 가는 짧은 시간 동안 그녀는 거의 말을 하지 않았다. 아예 소통을 하지 않은 것은 아니었다. 레이코가 질문을 하면 고개를 젓거나 끄덕이며 예, 아니오 하고 짤막하게 대답했다.

경찰서에 도착한 후 레이코는 기쿠타에게 미쓰요를 일단 2층 조사실로 올려 보내라고 지시했다.

레이코는 형사과에 가서 후나코시에게 상황을 보고했다.

"하루카와 미쓰요를 찾았습니다. 바로 사정 청취를 하려는데 괜찮죠?"

"네, 잘 부탁드립니다."

"혹시 조사실에 같이 들어가실 분 계신가요?"

후나코시는 잠시 생각하더니 고개를 저었다.

"아니요, 없습니다. 저, 별다른 지장이 없다면 본청에서 전부 맡아주셨으면 좋겠는데요."

기록까지 본청 형사가 맡아달라는 말인가.

"죄송하지만, 지금 강당에 편의점 살인강도 수사본부가 설치돼서 이쪽 인원 대부분이 그 사건에 매달리는 바람에……."

어쩐지 후나코시가 이상하리만큼 저자세였던 이유가 있었다.

아카바네 서 형사는 거의 강당 수사본부에 투입된 상태다. 당장 자살인지 타살인지도 모를 사건에 수사 인원을 투입할 여력이 없다. 그렇다고 최초 목격자가 어디로 갔는지도 모른 채 수수방관하다가 나중에 큰 화를 당하면 더 곤란해진다. 처음부터 본청의 지원을 받아서 자기네 인력은 모두 강도 살인 사건에 투입할 꿍꿍이였으리라.

"강당 수사본부에는 본청의 어느 팀이 나와서 수사 중인가요?"

"살인범 수사 5계와 6계입니다."

5계라면 가쓰마타 경위가 이끄는 팀이다. 레이코는 가쓰마타와 껄끄러운 사이였다. 괜히 긁어 부스럼을 만들 필요는 없다.

"알겠습니다. 그럼 저희가 알아서 수사하겠습니다. 그렇지만 확인수사를 할 때는 몇 명쯤 지원해주셔야 합니다. 이 자리에서 확실히 약속해주시죠. 이번 수사에 몇 명이나 지원해주시겠습니까?"

후나코시는 눈썹을 찌푸리며 진지하게 생각에 잠겼다.

"셋…… 아니, 네 명 정도."

아마도 탐문 수사를 나간 인원이 그 정도인 모양이다. 그러니 미쓰요를 찾기 어려웠던 게 당연하다.

"후나코시 경위님을 포함하면 다섯 명인가요?"

"아니요, 저를 포함해서 네 명……."

아무렴 어떠랴. 애초에 별 기대도 하지 않았다.

"알겠습니다. 세 명만 뽑아서 저희 대원들과 같이 대기하게 해주세요."

레이코는 기쿠타가 기다리는 조사실로 발길을 돌렸다.

레이코는 자리에 앉아 간단히 자기소개를 했다. 상대가 피의자라면 묵비권을 비롯한 각종 권리부터 설명해야 하지만, 미쓰요는 그저 최초 목격자에 불과하므로 생략했다.

"신고하신 분은 하루카와 미쓰요 씨가 맞으신가요?"

미쓰요는 조용히 고개를 끄덕였다.

"그런데 왜 경찰관이 도착할 때까지 기다리지 않으셨죠? 위험하게 문도 안 잠그고 어딜 가셨나요?"

레이코의 물음에 미쓰요는 아무 대답도 하지 않았다.

"왜 나가셨습니까?"

"무슨 볼일이라도 생겼나요?"

"돌아가신 분이 하루카와 씨와 동거했던 분이라고 관리인에게 들었습니다. 동거자의 성함을 가르쳐주시겠습니까?"

연달아 이런저런 질문을 했지만 미쓰요는 아무 반응을 보이지 않았다.

잠시 뒤 낯선 경관이 레이코를 불렀다. 구니오쿠에게서 부검 결과를 알리는 전화가 왔다고 했다. 일반적인 조사 중이었다면 다른 사람을 시켜 전화를 받도록 하겠지만 지금은 그저 사정 청취에 불과하니 예민하게 굴 필요는 없었다.

"잠깐 실례하겠습니다."

레이코는 후나코시의 자리로 가서 전화를 받았다.

"히메카와 레이코입니다."

"오오, 레이코! 오랜만이야."

"인사는 됐고요, 용건이나 말씀해주세요."

쳇 하고 혀 차는 소리가 수화기 너머로 들렸다.

"쌀쌀맞은 말투는 여전하구먼."

아직 정년 전이니 50대가 분명 맞지만, 구니오쿠는 겉모습이나 말투가 영락없이 70대 노인네였다. 그런 점이 개성인지도 모르겠다.

"그래서 결과는 자살이에요, 타살이에요?"

"거 오늘따라 재촉이 심하네. 뭐, 그리 대단한 결과가 나오진 않았어."

"그럼 얼른 가르쳐주세요."

레이코가 서두르자 구니오쿠는 일부러 그러는 듯 헛기침을 하며 여유를 부렸다.

"미안하지만 밝혀내지 못했어. 타살인지 자살인지 단정 짓기가 어렵더라고."

레이코는 진심으로 수화기를 내동댕이치고 싶은 욕구가 솟구쳤다. 그런 분위기를 감지했는지 구니오쿠가 다급한 말투로 그런데 말이야, 하고 할 말이 남아 있음을 호소했다.

"시체에서 이상한 부분이 발견됐어. 사망 추정 시각은 어젯밤 새벽 1시 전후인데 왜 그런지 시체의 오른쪽만 사후경직이 풀리는 게 아주 느리더라고."

레이코는 옆에 있던 후나코시에게 발견 당시의 시체 사진을 보여달라고 부탁했다. 발아래에서 위로 찍은 사진을 보니 확실히 시체가 침대의 약간 오른쪽으로 치우쳐서 누워 있었다.

"고마워요. 참고가 되었어요."

레이코가 전화를 끊으려고 하자 구니오쿠는 계속해서 말을 이었다.

"레이코가 좋아하는 도빈무시를 맛있게 하는 가게를 발견했거든. 며칠 있다가 한번 갈까, 어때?"

레이코는 사건 해결하면요, 하고 말한 뒤 수화기를 내려놓았다.

조사실로 돌아가니 미쓰요가 담배를 태우는 중이었다. 책상 위에는 마일드세븐 멘톨 담뱃갑과 라이터, 재떨이가 놓여 있었다.

"부검 결과가 나왔습니다."

레이코는 사실을 있는 그대로 미쓰요에게 전해도 될지 망설였다. 만일의 경우 그녀가 살해했다면 부검 결과 사망 원인이 불명확하다는 사실을 알렸다가 도리어 빠져나갈 구멍만 만들어주는 것이 아닐까 싶었다. 당연히 자살이죠, 하고 말하면 반박하기도 어렵다.

그렇다고 해서 미쓰요가 죽였다는 의심이 든 것은 아니다.

구니오쿠가 지적했던 시체의 오른쪽만 사후경직이 풀리는 속도가 느리다는 말은 시체가 어딘가 따뜻한 자리에 오래 누워 있어서 체온이 천천히 내려갔다고 생각하는 편이 논리적으로 맞다. 발아래에서 찍은 사진을 보면 시체는 침대 오른쪽에 누워 있다. 즉 시체의 오른쪽이 비어 있다는 뜻이다. 그 자리에는 평소 미쓰요가 누웠으리라. 아마도 어젯밤 역시 마찬가지였겠지. 그렇다면 시체 오른쪽에 미쓰요가 누워 잤다고 짐작해도 무방하다. 미쓰요는 죽어서 차가워진 남자 옆에 바싹 붙어서 잠을 잔 것이다.

이것이 무엇을 의미하는지는 아직 모르지만 그녀가 죽였다는 추측은 틀렸다고 확신해도 좋을 것이다.

미쓰요는 길게 타들어 간 담뱃재를 털어낸 뒤 꽁초를 그대로 알루미늄 재떨이에 비벼 껐다. 그리고 갑자기 말문을 열었다.

"제가 죽였어요."

오른쪽 뒤에 서 있던 기쿠타가 침을 꿀꺽 삼키는 소리가 들렸다. 하지만 레이코는 아주 침착하게 대응했다.

'아니잖아요. 당신은 죽이지 않았어요.'

지금 단계에서 그렇게 말하지는 못한다.

"누구를 죽였다는 말씀이시죠?"

미쓰요는 다시 입을 닫았다.

"당신 집에서 죽은 그 사람은 도대체 누구죠? 이름을 가르쳐 주세요."

미쓰요는 천천히 길게 숨을 내쉬었다.

"남편이에요."

"남편이라면 '내연의 남편'이라는 뜻인가요? 당신은 호적상 독신이라고 나오는데요. 죽은 사람이 하루카와 아무개라는 이름의 배우자는 아니잖아요. 다시 묻겠습니다. 그 방에서 죽은 사람은 누구죠?"

미쓰요는 다시 입을 다물었다.

"하루카와 미쓰요 씨, 방금 하신 말씀이 거짓이든 사실이든 일단 살해하셨다고 직접 말씀하신 이상 경찰은 미쓰요 씨를 그냥 돌려보내지 못합니다. 정정하시려면 지금 말씀하세요. 진실을 말씀해주시면 됩니다. 그 방에서 시신으로 발견된 사람은 누구죠? 그리고 그분은 어떻게 돌아가셨나요?"

"그 사람은 제 남편이 맞아요. 제가 죽였어요."

별도리 없이 그날은 하루카와 미쓰요를 아카바네 서 유치장에 가두기로 했다.

형식적인 수사 회의를 마치고 레이코와 다른 형사들은 압수품을 늘어놓은 회의실에서 아카바네 서가 준비한 배달 도시락을 먹었다.

"이게 뭐지?"

압수품 중에서 쿠키 통처럼 보이는 빨간 사각형 깡통을 가리키며 레이코가 물었다. 나머지 네 사람은 글쎄요, 하며 고개를 갸우뚱할 뿐 흥미를 보이지 않았다. 레이코가 장갑을 끼고 직접 비닐봉지에서 깡통을 꺼내 뚜껑을 열었다. 안에는 30장가량의 사진이 들어 있었다.

"뭐지, 이게?"

대부분이 남자 사진이었는데 개중에는 여자 사진도 몇 장 섞여 있었다. 대체로 거리에서 몰래 촬영한 듯한 앵글이었다. 찍힌 사람은 조직폭력배처럼 험악한 인상이 많았다.

레이코는 묘하게 가슴이 두근거렸다.

자료를 한데 모아둔 책상으로 가서 사진이 들어 있던 깡통이 현장 어디에 놓여 있었는지 확인했다. D-8이면 침대 옆 화장대

속이겠군.

마침 화장대 서랍이 열린 상태를 찍어둔 사진이 있다. 깡통은 정면에서 왼쪽에 놓여 있었고 오른쪽에는 무언가 하얗고 작은 물건이 띄엄띄엄 놓여 있었다.

"하야마, 여기 현장 사진 찍은 감식반원 좀 불러줘."

"네!"

하야마는 젓가락을 내려놓고 손등으로 입을 훔치며 회의실에서 뛰어나갔다.

곧 하야마가 감식반원 한 명을 데리고 돌아왔다. 이미 돌아갔으면 어떡하나 걱정했는데 다행히 관내에 있었다.

"이 사진을 찍은 분인가요?"

"네, 감식반 경장 미즈시마입니다."

이런 상황에 그런 인사는 아무래도 상관없다.

"저기, 여기 찍힌 이 띄엄띄엄 놓인 하얀 물건은 뭐죠?"

미즈시마가 사진을 응시했다.

"아, 이거요? 젓가락 받침처럼 보였습니다. 조각칼 같은 걸로 나무를 깎아서 만든 것 같습니다."

사진에 찍힌 수를 세어보니 모두 아홉 개였다. 미쓰요와 단둘이 사는 집에 젓가락 받침이 아홉 개나 있다니 너무 많다. 아니면 남자는 이런 물건을 파는 사람이었을까.

"이건 압수품 중에 안 보이던데, 가져오지 않았나요?"

"네, 안 가져왔습니다."

"왜요?"

레이코는 문득 그 하얀 물건을 보고 싶었다.

"이게 뭔지 보러 잠깐 다녀오려는데 같이 가고 싶은 사람?"

기쿠타만 손을 들었다.

"그럼 빨리 먹자."

레이코와 기쿠타는 밥을 입에 밀어 넣고 차를 마셔서 삼키듯 먹었다. 황급히 도시락을 다 비우고 경찰서에서 나왔다. 택시를 탈까 경찰서에서 자전거를 빌릴까 잠시 언쟁을 했지만 아웅다웅하느니 걸어가는 편이 빠르다는 결론이 났다.

"기쿠타, 나 좀 추운데."

"어깨라도 감싸드릴까요?"

"됐고. 내 앞에서 걸어가 줘, 바람막이처럼."

이런저런 대화를 나누다 보니 어느새 앨리스 아카바네 이스트 아파트에 도착했다.

관리인은 레이코가 신분증을 제시하자 직접 방까지 안내해 주었다.

"정말 깜짝 놀랐습니다."

관리인은 문을 열고 불을 켠 다음 방으로 안내했다.

"아 여기군요. 협조해주셔서 감사합니다. 잠시만 현관에서 기다려주시겠어요?"

"네, 알겠습니다."

레이코와 기쿠타는 잽싸게 침실로 들어가서 화장대 서랍을 열었다. 사진에 찍힌 대로 안에는 젓가락 받침처럼 생긴 물건이 놓여 있었다. 조각은 사진으로 보았던 것보다 더 노란빛이 돌았다. 레이코는 장갑을 끼고 하나를 집어 들었다.

"이게 뭘까?"

하나하나 살펴보니 표주박 같기도 하다. 젓가락 받침 같은 모양이긴 하지만 이리저리 살펴보면 동그란 나무 조각 한쪽에 작은 칼자국 세 개가 나 있어서 눈과 입이라고 생각하면 사람 얼굴처럼 보이기도 했다. 아홉 개 모두 비슷한 칼자국이 있으니 우연히 생긴 홈은 아니다.

"상쾌한 냄새가 나는데요."

그랬다. 상쾌하고 좋은 냄새가 솔솔 난다.

"편백인가?"

"향나무 같기도 합니다."

레이코와 기쿠타가 가진 지식으로는 거기까지가 한계다.

젓가락 받침처럼 생긴 이 물건은 화장대에서 만든 듯했다. 화장대 곳곳에 나무를 조각할 때 튄 파편과 톱밥 뭉치가 보였다. 레이코는 핀셋으로 나뭇조각을 집어서 가져온 비닐봉지에 젓가락 받침처럼 보이는 물건과 함께 집어넣었다.

"내일 과학수사연구소에 보내자."

슬슬 사건의 윤곽이 잡히기 시작했다.

이튿날은 할 일이 산더미처럼 많았다.

먼저 오쓰카에 있는 감찰의무원에 가서 시체의 지문을 채취해야 한다. 다음은 어젯밤에 가져온 나뭇조각을 과학수사연구소에 제출해야 한다. 그리고 경시청 본부 청사 형사부 감식과에 들러 시체의 지문으로 범죄 이력 조회를 의뢰해야 한다. 깡통에 들어 있던 사진은 수사 1과 2계에 가져가야 한다. 2계에서 수사 자료를 담당한다. 여기만큼은 자신이 직접 가서 부탁해야겠다는 생각에 오늘 레이코는 기쿠타와 다른 형사들에게 탐문 수사를 맡기고 혼자 나왔다.

"하야시 경위님이라면 아는 얼굴이 있지 않을까 해서 들고 왔어요."

하야시 경위는 자료 수집의 내로라하는 전문가다. 레이코가 이마이즈미 경감 다음으로 존경하는 경찰이었다.

"자네가 부탁하는 사건은 음…… 어쩐지 매번 성가신 경우가 많아."

"죄송해요. 그래도 부탁할 만한 사람이 하야시 경위님밖에 안 계셔서요."

하야시는 흥 하고 콧방귀를 뀌며 31장의 사진을 탁자 위에 늘어놓았다.

"피사체는 일곱 명이군."

레이코도 동일 인물이 몇 장씩 찍혔음은 눈치챘다. 하지만 어느 사진과 어느 사진이 동일 인물인지, 전부 몇 명인지는 파악하기 어려웠다.

레이코는 '역시 하야시 경위님이야!' 하고 속으로 감탄했다.

하야시는 곧바로 파일이 잔뜩 꽂힌 철제 책장으로 걸어갔다. 망설이지 않고 파일 세 권을 골랐다. 탁자 위에 파일을 펼치니 그 속에서 사진에 찍힌 인물에 대한 자료가 나왔다.

"이 남자가 여기 이 사람이야. 야마토회 계열의 조직폭력단 하쿠로회의 부두목 이와쿠라 다카노부. 2년 전 총에 맞아 죽었지. 범인은 찾지 못했어. 이 여자는 하쿠로회의 자금 조달책. 이벤트 기획사 여사장 나카타니 유코야. 이 여자도 살해당했지. 교살이었다. 그리고 이 남자는 기무라 준이치. 하쿠로회와는 연관성을 못 찾았지만 불법 약물 밀수를 했어. 이 남자도 총에 맞아 죽었지. 3년 전이었나. 나머지 네 명에 대해서는 당장은 잘 모르겠는데 끈질기게 파보면 틀림없이 모두 죽었을 거야."

레이코의 짐작이 거의 맞아들었다.

"고맙습니다. 많은 도움이 되었어요."

하야시는 별일 아니라는 듯 고개를 끄덕이고 사진을 정리했다.

"어떡할까? 나머지 네 명도 조사할까?"

"네, 부탁드립니다."

"잠깐만 기다려. 컴퓨터에서 찾으면 금방 나올 거야."

이것저것 찾아보는 사이에 감식반에서 연락이 왔다.

"네, 히메카와 레이코입니다."

"우에다입니다. 그 지문의 주인에게 전과가 있더군요."

"그래요? 계속 말씀해보세요."

"네. 이름은 기시타니 세이지. 한자는 흔히 성으로 많이 쓰는 기시타니에 '맑다'의 세이(清), '다음'의 지(次)를 씁니다. 195×년 9월 28일 생이고, 현재 44세입니다. 10대 때부터 소문난 불량소년이었고, 17세 때 상해치사로 소년원에서 1년 2개월간 복역했습니다. 스무 살이 넘을 무렵부터 조직폭력단 사무소에 드나들기 시작해서 23세 때 야마토회의 3차 단체인 요시다 조직의 조직원으로 활동했습니다. 29세 때는 살인죄로 11년 징역형을 받았지만 8년 만에 출소했습니다. 당시 37세, 그 뒤로는 공식적인 기록이 남을 짓은 하지 않은 모양입니다."

과연 그랬군. 앞뒤가 딱딱 맞는다.

"고맙습니다."

레이코는 하야시에게 나머지 조사도 잘 부탁드립니다, 하고 고개 숙여 인사한 뒤 자료실에서 나왔다.

레이코는 오후 1시에 아카바네 서로 돌아왔다. 회의실에서 배달 도시락을 먹고 2시부터 미쓰요를 불러 조사를 재개했다.

"어젯밤에는 잘 주무셨나요?"

'그럭저럭'이라는 뜻인지 미쓰요는 고개를 끄덕였다.

"잘 주무셨다니 다행이군요. 미쓰요 씨 덕분에 저희도 몇 가지 사실을 알아냈습니다. 미쓰요 씨의 말씀이나 행동이 대충 이해가 가더군요."

미쓰요는 미간을 찌푸리며 레이코를 쳐다보았다.

"미쓰요 씨가 아무런 말씀도 해주지 않으셔서 저희 나름대로 알아봤어요. 당신 집에서 죽은 사람은 기시타니 세이지라는 사람이더군요."

미쓰요는 풀이 죽은 눈빛으로 시선을 아래로 떨구었다.

"당신과 동거했던 사람이 기시타니 세이지, 맞죠?"

미쓰요는 고개를 끄덕였다.

"어쨌든 정황상 자살로 보이고, 미쓰요 씨 당신도 잠시 행방불명이긴 했지만 금방 찾아내는 바람에 아무도 시신의 지문을 조사하려고 하지 않았어요. 여기 경찰분들은 당신에게 물어보면 되겠거니 생각한 거죠. 사실 저도 그렇게 생각했는데 당신이 도통 말을 안 하니 직접 알아낼 수밖에요. ……미쓰요 씨, 당신은 기시타니 씨에게 전과가 있다는 사실을 알고 계셨나요?"

미쓰요는 부정인지 긍정인지 모를 듯 고개를 끄덕였다.

"알고 계셨죠, 그래서 신원을 밝히지 않은 거고요. 그럼 전에 저지른 범죄에 대해서도 아셨나요? 17세 때 상해치사, 29세 때 살인……."

미쓰요는 고통을 참는 듯 두 눈을 꼭 감았다.

"이전에 저지른 범죄는 모르셨나요?"

미쓰요는 이를 악물고 미간을 찌푸렸다.

"구체적으로 묻는 편이 낫겠군요. 기시타니 씨가 전문 살인 청부업자였다는 사실을 아셨나요?"

투명한 물방울 하나가 속눈썹 사이에서 책상 위로 떨어졌다.

"돌아가신 기시타니 씨에 대한 모든 것을 당신이 평생 가슴에 묻어두려는 마음은 저도 충분히 이해합니다. 저도 여자니까요. 하지만 그건 지금 당신이 생각하는 것보다 훨씬 더 힘겨운 일입니다. 마음의 준비가 되시면 말씀해주세요. 저는 여기서 계속 기다릴 테니까요."

레이코는 고개를 돌려 뒤에 서 있던 기쿠타에게 밖으로 나가서 기다리라고 지시했다.

수사관 대다수가 강당 수사본부에 매달린 탓인지 형사과가 있는 2층에는 정적이 감돌았다. 이따금 멀리서 전화벨이 울리고 후나코시가 응대하는 소리가 들렸지만 사무적인 용건이 대부분이라 통화는 짧게 끝났다.

미쓰요는 눈을 감고 차분히 이야기를 시작했다.

"6년 전쯤 기시타니를 처음 만났어요. 저는 서른한 살인가 두 살이었고 그이는 서른여덟이었죠. 출소한 지 얼마 지나지 않았을 때였어요."

당시 신주쿠의 술집에서 일하던 미쓰요는 물수건 배달로 가게를 드나들던 기시타니를 알게 되었다. 그곳에서만 만났더라면 특별한 사이로 발전하지는 않았을 텐데 근처 선술집에서 자주 마주치는 바람에 친해졌다고 한다.

"말수가 적은 사람이었어요. 그래도 가끔씩 웃는 모습이 어린 애처럼 귀여웠지요."

마침내 두 사람은 오쿠보에 있는 한 아파트에서 동거를 시작했다. 반년쯤 지났을 때 기시타니가 느닷없이 도망을 치자고 했다고 한다.

"새벽녘에 누군가에게 쫓기는지 새파랗게 질린 얼굴로 돌아와서는 도망치자고, 도쿄를 떠나자고 했어요. 무슨 일인지는 몰랐지만 그이 낌새가 예삿일이 아니라는 느낌이 들어서…… 그냥 따라갔어요. 그다음부터는 각지를 전전했어요. 니가타, 센다이, 오사카, 후쿠오카 등. 하지만 어디를 가든 항상 누군가에게 쫓기고 있다는 기분이 들었죠. 누가 쫓아오는지는 잘 몰랐지만 그이를 뒤쫓는 사람이 있다는 사실만큼은 확실했어요."

전국적으로 움직이는 조직이라면 짚이는 데는 하나밖에 없다. 일본 최대 규모 조직폭력단 야마토회. 그 조직에 걸리면 적어도 일본 안에서는 도망칠 곳이 없다.

마치 지금도 누군가에게 쫓기고 있는 사람처럼 미쓰요의 얼굴이 굳어 있었다.

"그리고 이곳으로 와서 3년 정도 지났을 때였어요. 일하고 돌아와서 현관문을 여는데 남자 세 명이 뒤에서 저를 밀고 들어왔어요. 기시타니가 집에 없어서 두 시간인가 세 시간 정도…… 저는 그 사람들에게 칼로 위협을 받으며 그이가 돌아오기만을 기다렸어요. 당시 그 사람은 트럭 운전을 해서 아침이 되어야 돌아오는 경우가 많았거든요."

미쓰요는 마음을 진정시키려는 듯 숨을 깊이 들이마셨다가 토해냈다. 당시 그녀가 느꼈던 공포가 되살아나는 기분이리라.

"그이는 세 사람의 얼굴을 아는 눈치였죠. 그이가 현관에 들어서자마자 움직이지 말라며, 움직이면 이 여자를 죽이겠다고 협박해서 그이는 꼼짝도 못했어요. 그이는 왜 그 사람들이 나타났는지 아는 표정이었어요. 이제 좀 내버려 두라며, 제발 자기를 평범하게 살게 해달라고 애원했지만 그렇게는 안 된다면서 세 사람은 물러나지 않았어요. 그러다가 한 명이 절 밀어 쓰러뜨려서 기시타니가 보는 앞에서……. 그 바람에 기시타니는 굴복했습니다. 알았다면서 시키는 대로 하겠다고 했어요. 그 한마디로 모두 해결이 되었어요."

그 사건이 있은 뒤부터 기시타니는 평소보다 더 밝아 보였다고 했다. 무언가 홀가분한 표정이었다고 덧붙였다.

"그런 일이 벌어진 지 일주일쯤 지났을 때, 그이가 이틀 정도 집을 비우겠다면서 나갔어요. 이틀이 지나고 그이가 돌아오겠다고 약속한 날이었습니다. 저는 가게가 끝나고 돌아와서 침대에 누웠지만 잠은 들지 않았어요. 그런데 문득 문을 잠그지 않았다는 생각이 들어서 급히 현관으로 뛰어 나갔더니……."

미쓰요의 입술이 떨리기 시작했다.

"그이가 현관에 우두커니 서 있었어요. 우는지 웃는지 모를 표정으로 부들부들 떨면서……. 그런데 이상한 냄새가 났어요. 코를 찌르는 화약 냄새 같은 거예요. 그이는 제가 냄새를 맡았다는 걸 눈치챈 얼굴이었어요. 곧바로 욕실로 들어가더니 옷을 입은 채로 소매도 걷지 않고 철퍽거리며 손을 씻기 시작했어요. 씻으면서 손에서 냄새가 나는지 맡아보고 아직도 냄새가 남아 있다며 아무리 해도 냄새가 가시지 않는다며…… 그러더니 철수세미를 가져와서 손을 마구 문지르기 시작했어요. 그런데도 냄새가 사라지지 않는다며 손을 문지르고 또 문질렀어요. 피가 나는데도 오른손을 계속 문질러서…… 자기야, 제발 그만둬 하며 제가 매달려 말렸는데도 냄새가 가시질 않는다며 울었어요. 그래서 저도 알게 되었죠. 그이가 무슨 일을 하고 돌아왔는지."

레이코가 손수건을 내밀자 미쓰요는 고개를 젓고 주머니에서 손수건을 꺼냈다.

"얼마 뒤에 그이가 어딘가에서 이만한 크기의 나무토막을 가져왔어요."

그녀는 엄지와 검지를 조금 벌려 나무토막의 크기를 표현했다.

"혹시 상쾌한 냄새가 나는?"

"네. 아, 형사님도 보셨나요?"

레이코는 가능한 한 부드러운 표정으로 고개를 끄덕였다.

"지장보살이죠?"

미쓰요는 겸연쩍은 듯 웃었지만 금세 얼굴에 그늘이 지더니 흐느껴 울기 시작했다.

"처음에는 세 개를 만드는 것으로 시작했어요. 예전에 두 사람을 죽였다면서. 이번이 세 명째라고 말했죠. 지장보살처럼 안 생겼지, 잘 못 만들어서 미안해, 그러면서 누구에게 용서를 비는 건지……. 제가 인테리어용으로 사둔 화장대에 그이가 멋대로 불단을 만들었어요. 그 후에도 작은 지장보살이 하나씩 늘어났죠. 지장보살을 만들 때면 그이는 거의 혼이 나간 듯 무표정한 얼굴이었어요. 자신이 죽인 사람은 조직 내의 이권 쟁탈로 인한 정리 대상이었다면서 평범한 일반인을 죽이지는 않았다고, 자기 나름대로 선은 그어가며 일을 했던 모양이에요."

미쓰요는 갑자기 생각났다는 듯이 담뱃갑으로 손을 뻗어 담배를 꺼내 물었다. 레이코는 그녀가 천천히 피우며 마음을 가라앉혔으면 좋겠다고 생각했지만, 미쓰요는 좀처럼 진정이 되지 않는지 세 모금 정도 피우고 담배를 껐다.

"그이도 상처를 많이 받았겠죠. 제 눈에는 그이 마음이 갈기갈기 찢어진 게 보였어요. 자다가도 벌떡 일어나는 일이 많았고, 식은땀을 줄줄 흘리며 깨서는 누가 자기를 노리지 않나, 등 뒤에 누가 있는 건 아닌가, 항상 겁에 질린 표정이었어요. 제가 가게에 나가서 일하는 중에도 걱정이 되나 보더라고요. 제 일이 끝날 때까지 가게 근처에서 기다렸다가 제가 나오면 슬그머니 다가왔어요. 그러고는 몇 번이나 다행이다, 다행이야, 하고 중얼거렸어요. 어린아이 같은 얼굴로요."

레이코는 차를 한 잔 우려 미쓰요에게 내밀었다. 미쓰요는 미안한 표정으로 차를 한 모금 마시고 눈을 감았다.

"좋네요."

조금은 마음이 편해진 듯 보였다. 시선은 담뱃갑에 깔린 100엔짜리 라이터에 고정되었지만 미쓰요는 더 이상 담배를 피우려 하지 않았다.

"제가 헤어지자고 했어요. 당신은 나랑 살면 그런 일을 계속 해야 할 테니 차라리 헤어지자고요. 수십 번을 말했지만 그럴 때마다 나랑 헤어지느니 죽는 편이 낫다고 말하더군요. 참 바보같이 그런 말을 들으면 지옥까지 함께 가야겠다는 생각이 들었어요. 그래놓고 그이는 제멋대로 혼자 죽어버렸죠. 가게에서 돌아와 보니 목에 줄을 매고 죽어 있더라고요. 눈물이 났어요. 그런데 이상하게 안심이 됐어요. 제 마음 한구석에서 '아, 이제 이 사람은 더 이상 괴로워하지 않아도 되겠구나. 이제 편안하겠구나.'라는 생각이 들었어요."

미쓰요는 차를 한 모금 더 마셨다.

"아홉 명이나 죽이고 나니 한계에 도달한 건지 아니면 다른 이유가 있었던 건지, 이번에야말로 자신에게 변명도 하지 못할, 일반인을 죽이라는 명령을 받았을지도 모른다는 생각도 들었어요."

미쓰요는 기시타니 옆에 누워 그대로 하룻밤을 꼬박 새우고 다음 날 낮에 신고를 했다고 말했다.

"그런데 왜 신고를 하고 달아나셨죠?"

미쓰요는 고개를 갸웃하더니 심란한 표정으로 웃었다.

"왜였을까요? 어쨌든 죽고 나서 한참 지난 상태였잖아요. 이젠 누가 오더라도 병원에 데려가야 하는 상태는 아니었으니까요. 경찰을 불러도 왜 여태껏 방치했느냐, 뭘 했느냐고 물으면 대답할 말도 없었고요. 어떻게 해야 좋을지 몰라서 그냥 도망쳤어요. 이리저리 쏘다니다 보니 문득 그 사람을 죽인 건 결국 내가 아닐까 하는 생각이 들더라고요. 만일 경찰에 잡히면 내가 죽였다고 말하고 교도소에 들어가야겠다는 결심이 서더군요. 그럼 그이에 대한 빚을 얼추 다 갚게 되지 않을까 싶었어요."

조사가 끝나고 레이코는 미쓰요를 데리고 수사본부가 설치된 회의실로 가서 압수한 물품을 보여주었다. 가져온 물건 중에 조서를 작성하고 바로 돌려줘도 될 물건을 골라내고 서류에 도장을 받았다.

"그런데 지장보살은요?"

주변에 서 있던 기쿠타를 비롯한 다른 형사들은 미쓰요가 무슨 말을 하는지 모르겠다는 표정을 지었다.

"딱 하나 본청 감식반에서 가져갔습니다. 하지만 바로 돌려드릴게요. 소중한 유품이니까요."

미쓰요는 미소를 지으며 고개를 끄덕였다.

기시타니는 이런 표정에 반했겠구나.

레이코는 기시타니의 마음이 이해가 되었다.

이튿날은 오전부터 바빴다.

결론은 단순 자살이었다. 기시타니가 사망한 이상 그가 과거에 어떤 죄를 저질렀든지 전부 불기소 처분이다. 이보다 더 깊은 미궁으로 빠지는 이야기도 없을 것이다.

레이코는 이 사건을 마무리 짓고 싶은 의욕이 이상할 정도로 강했다. 지금도 본청 수사 1과 강당에서 관련 자료를 몽땅 꺼내와 자기 책상 앞에 앉아 손에 익은 컴퓨터로 조서를 꾸미는 중이다.

"주임님, 전화요. 과학수사연구소의 오야마 씨라는데요."

돌려받기가 번거로워 레이코는 그대로 건너편의 유다에게 수화기를 건네받았다.

"네, 히메카와 레이코입니다."

"아, 오야마입니다. 일전의 그 나뭇조각이 무슨 종인지 알아냈어요. 전화로 말씀드릴까요? 아니면 이쪽으로 오시겠어요?"

"가겠습니다."

레이코는 유다에게 아무도 서류를 만지지 못하게 하라고 지시한 후 강당을 나왔다.

건물 연결 통로를 지나 경찰 종합 청사로 건너갔다. 급한 마음에 8층까지 계단으로 올라갔다.

"실례합니다. 수사 1과 히메카와 레이코입니다."

"아, 죄송합니다. 일부러 오시게 해서……."

오야마는 20대 후반의 젊은 연구원이었다. 구석 자리에 있다가 사무용 책상이 늘어선 사무실 앞까지 나와주었다. 손에는 일전에 전달한 나뭇조각이 든 비닐봉투가 들려 있었다.

"이거 시키미라는 나무예요."

"시키미?"

레이코는 처음 듣는 이름이었다.

"네, 목련과의 상록수로 중국요리에 주로 사용하는 팔각과 비슷하게 생겼지만 맹독을 지닌 열매를 맺는답니다. 가지는 불전에 공양하는데, 신전 앞에 세워놓는 비쭈기나무랑 같은 종인가 봐요. 잎은 선향을 만드는 재료로 쓰인다더군요. 그리고 이 나무 부분은 말이죠. 일반적으로 염주 재료로 많이 쓰이는 모양이에요. 정확한 한자는 '나무'의 기(木) 변에 '비밀'의 미쓰(密)가 붙으면 시키미(樒)가 되는데, 기(木) 변에 '부처'의 부쓰(仏)를 붙여서 쓸 때도 있다고 하는군요."

그랬구나. 기시타니는 분명 그 사실을 알고 딴에는 공양하는 마음을 담아서 나무를 깎아 지장보살을 만든 모양이었다.

"참고로 이 나무 어원이 '나쁜 열매(悪き実)'라는 뜻의 아시키미에서 '아'를 빼고 시키미라고 불렀다는 설이 있어요. 맹독이 든 열매를 맺는다는 데서 착안한 이름이 아닌가 싶어요."

나쁜 열매라……. 그것은 기시타니에게 어떤 의미였을까. 열

일곱에 저지른 상해치사 사건일까, 아니면 스무 살 때 폭력단에 발을 들인 일? 스물아홉에 저지른 살인 사건일까. 그것도 아니면 미쓰요와의 만남일까. 그녀가 한 말처럼 미쓰요와 만난 탓에 기시타니의 인생이 틀어졌을까.

  어쨌든 이대로 두고만 볼 수는 없다.

  전국 규모의 조직폭력단 야마토회.

  레이코는 일본 전 지역에 먹구름처럼 낮게 드리워진 '악'의 존재를 처음으로 실감했다. 그리고 언젠가는 자신도 그 먹구름과 대치하는 날이 올지도 모른다는 생각에 몸서리가 쳐졌다.

편지

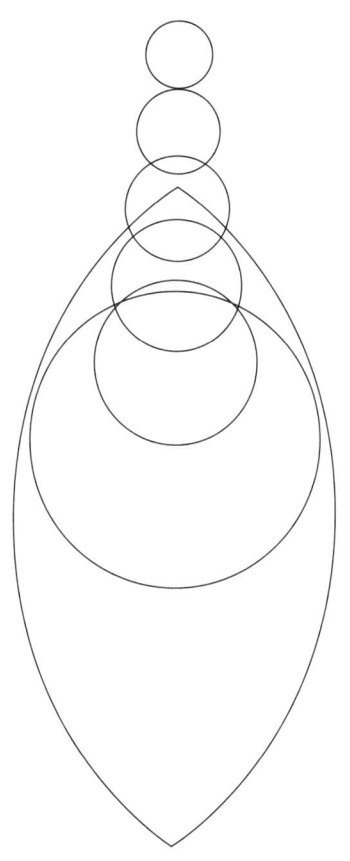

도쿄 지요다 구 가스미가세키 경시청 본부 청사 6층.

히메카와 레이코는 자유 대기일이라 불리는 휴가를 끝내고 이틀 만에 수사 1과로 복귀했다.

"좋은 아침!"

경시청 수사 1과 살인범 수사 10계 히메카와 반 소속 형사들은 이미 모두 출근해 자리에 앉아 있었다.

"안녕하십니까?"

이시쿠라 다모쓰 경사, 기쿠타 가즈오 경사, 유다 고헤이 경장이 우렁차게 인사했다.

하야마 노리유키 경장은 감기 기운이라도 있는지 휴지로 코를 누르며 고개만 까닥했다. 레이코가 가방을 자리에 놓자마자 수사 1과 살인범 수사 10계장인 이마이즈미 경감이 들어왔다.

"안녕하십니까?"

히메카와 반 형사들도 레이코를 따라 인사했다. 이마이즈미는 가볍게 '좋은 아침!' 하고 인사를 건넨 뒤 레이코를 보았다.

"자네, 허리는 좀 어떤가?"

레이코는 얼마 전 송치까지 끝낸 사건을 수사하는 과정에서 허리를 다쳤다.

범인은 교제 중인 53세 여성을 살해한 46세 무직인 남성이었다. 관련 서류에는 그 남자가 사는 집에 들이닥쳐 체포를 하려다 몸싸움이 나서 다쳤다고 썼지만 실은 빗물 때문에 미끄러웠던 관할 서 계단에서 발이 미끄러지는 바람에 일곱 계단 정도 굴러떨어진 탓이다. 그만 허리를 삐끗하고 말았다.

"아직 뛰지는 못하지만 걷는 데는 지장 없습니다. 그리고 팔꿈치랑 발목이 좀······."

레이코는 바짓단을 들춰 붕대가 감긴 왼쪽 발목을 내보였다.

"고생이 많군. 어쨌든 다음부터는 조심하라고."

이시쿠라를 뺀 나머지 형사들이 키득거렸다. 레이코는 팀원들을 힐끗 쳐다보고 다시 이마이즈미를 바라보았다.

"그것보다 계장님, 저와 처음 만났을 때 담당했던 사건의 범인 기억하세요?"

이마이즈미는 코트를 벗고 의자를 당겨 앉으며 그럼, 하고 고개를 끄덕였다.

"메구로였던가? 자네가 해결한 여직원 살인 사건 말이지?"

"네, 그 범인한테 가석방됐다고 편지가 와서 만나고 왔어요."

의자에 앉은 이마이즈미는 김처럼 짙은 눈썹을 찡그리며 레이코를 올려다보았다.

"언제?"

"어제요."

"왜 또?"

"편지를 받았다니까요."

"편지라니, 집으로?"

레이코는 손사래를 쳤다.

"설마요. 처음에 메구로 서로 갔나 본데 누군가가 제가 있는 곳을 찾아 여기로 보내줬더라고요."

"그걸 읽고 만나러 갔다는 거야?"

"네."

이마이즈미는 정말이지 속 모를 녀석이로군, 하고 말하고 싶은 표정으로 고개를 저었다.

"그렇다고 굳이 만나러 갈 필요는 없잖아? 경찰에게 보복하려는 놈들도 많은데 말이야. 그때 조사할 때도 뉘우치는 기색이 전혀 없지 않았나?"

"뭐, 그렇긴 했죠."

레이코는 주머니에서 편지를 꺼내 이마이즈미에게 보여주었다.

"글만 보면 정말 개과천선한 것 같아 흥미가 생기더라고요. 그래서 만나러 갔어요. 물론 편지는 저를 끌어내리려는 미끼고 갑자기 뒤에서 공격해 올지 모른다는 생각은 했어요. 여러 가능성을 염두에 두고 세심하게 주의를 기울였지요."

유다가 흥미롭다는 얼굴로 다가왔다.

"그것참, 그 사건 덕분에 주임님이 1과로 배속되셨나요?"

"아냐, 그땐 아직 경사였어."

건너편에서 기쿠타가 다 아는 이야기라는 표정으로 고개를 끄덕였다.

"바로 본청으로 들어오라고 했지만 인사 발령이 지지부진한 사이에 내가 경위 진급 시험을 쳐버렸거든. 그 뒤에 한 번 더 다른 곳에 배치되었다가 여기로 오게 된 거야. 그렇죠, 계장님?"

이마이즈미는 입술을 이상하게 비틀며 고개를 끄덕였다.

"뭐예요? 너무 성급하게 진급시켰다는 듯한 그 표정은?"

"아니, 내가 언제? 안 그랬어."

"섭섭해요, 계장님."

"그랬다면 미안하고."

유다는 무엇이 재미있는지 더욱 눈을 반짝이며 바라보았다.

"말씀해주세요. 계장님이 보신 주임님의 경사 시절 무용담요."

"됐거든."

이마이즈미가 가볍게 고개를 저었다. 하지만 레이코는 상관 않고 유다에게 커피 좀 내오라고 시켰다. 출동 대기 동안 시간 때우기에 좋은 소재가 생겼다.

레이코는 경시청 4년 차다. 두 번의 도전 끝에 보란 듯이 경사 승진 시험에 합격했다. 승진함에 따라 경찰대 졸업 후 배치된 시나가와 서에서 히몬야 서로 이동해 교통과 규제계 주임이 되었다.

사건이 일어난 때는 해가 바뀌어 보름 정도 지난 무렵이었다.

"네, 알았습니다. 그럼 그렇게 알겠습니다."

당시의 계장이 내선 전화를 끊고 레이코를 지목했다.

"히메카와 레이코, 자네 분명히 시나가와에서 강력계에 있었다고 했지?"

"네, 그런데요?"

"살인 사건이 나서 메구로 서에 수사본부가 설치되었다니 좀 도우러 가야겠어."

메구로 서는 히몬야 서 옆인 메구로 구 북동부를 관할한다. 거기에 수사본부가 설치되었다면 마땅히 지원을 나가야 했지만 왜 교통과 규제계 주임인 자신이 가야 하는지 이해가 가지 않았다.

"왜 형사과에서 지원을 나가지 않고요?"

"그 팀은 벌써 시부야에 두 명, 세타가야에 한 명, 다카나와에 한 명 나갔나 봐. 더는 지원 못 한다고 징징대더라고."

계장은 귀찮다는 표정으로 내선 전화를 가리키며 말했다.

"부탁 좀 하자. 자네, 살인 사건 좋아하잖아."

듣는 사람 비위 상하게 하는 말투다.

"네. 뭐, 싫어하지는 않죠."

"좋았어. 결정했다. 그럼 부탁할게. 잘 다녀오라고."

레이코는 메구로 서 '나카메구로 여직원 살해 사건 특별 수사본부'에 지원을 나갔다.

 야마테도리 대로변에 있는 8층짜리 경찰서 건물은 베이지색으로 칠한 외관이 제법 세련돼 보였다. 6층 강당에 설치된 수사본부에는 레이코가 도착했을 무렵 이미 20명 정도가 모여 있었는데 회의가 시작할 때쯤에 모인 인원은 무려 40명에 달했다.
 "자, 잠깐 이쪽으로 모여봐."
 본청에서는 수사 1과 살인범 수사 10계가 지원을 나왔다. 나중에 알게 된 사실인데 그 목소리의 주인공은 수사 1과 살인범 수사 10계장, 훗날 레이코의 상사가 되는 이마이즈미 하루오 경감이었다.
 "지금부터 사건 개요를 설명하겠다."
 레이코는 강당에 모인 수사관들 사이에 섞여 이마이즈미의 설명을 들었다.
 오늘 1월 15일 월요일 오전 6시 9분, 메구로 구 나카메구로 5가에서 놀이터를 산책하던 인근 주민이 피투성이로 쓰러져 있는 여성을 발견하고 경찰서에 신고했다. 7분 뒤 메구로 서 지역과 경관이 현장에 도착, 여성의 사망을 확인했다.
 메구로 서 형사과는 이를 살인 사건으로 보고 강력계 수사관과 감식반원을 요청했으며 긴급 출동을 한 본청 기동수사대와 함께 초동수사에 들어갔다.
 감식반원이 코트 주머니 속에 들어 있던 지갑 내용물을 조사한 바에 따르면 여성은 그 동네에 거주하는 42세 회사원이며 이름은 스기모토 가나에였다.

사망자는 미혼으로 와다 전기설비 주식회사에 근무했다. 주로 에어컨 설비 판매와 설치 공사를 하는 회사다.

도호 대학 법의학 교실에서 검시한 결과 피해자는 흉부, 복부를 세 군데 찔려 과다 출혈로 사망했다고 판명되었다. 사망 추정 시각은 어제 1월 14일 일요일 밤 11시 전후다.

"그럼 수사관별 담당 임무를 발표하겠다."

살인 사건 수사 때는 일반적으로 경시청 본청에서 나온 수사관과 사건 현장을 관할하는 경찰서 경관을 한 조로 묶는다. 하지만 본청에서 차출한 형사는 한 계에서 10명 안팎이다. 기동수사대까지 합쳐도 본청 수사관은 20명이 넘지 않는다. 이번 사건 같은 경우 현장 수사관은 보통 40명 이상이다. 그 말은 곧 레이코처럼 머릿수나 채우려고 불려 나온 사람은 본청 수사관과 짝이 되지 못한다는 뜻이다.

"거기 여자 두 명 한 팀. 모처럼 여자끼리 한 팀이니까 피해자 회사에 가서 사정 청취하고 오라고."

아니나 다를까, 레이코의 짝으로 지정된 사람은 시나가와 서에서 나온 34세의 절도범 전담반 다카노 마유미 경사였다. 가볍게 인사를 나눈 뒤 함께 탐문 수사반에 합류했다. 반장은 수사 1과 10계의 이리에라는 40대 주임 경위였고, 탐문 담당은 총 세 개 조, 여섯 명이었다.

"탐문 구역은 그쪽에 가서 정하겠다. 회사 주소는 여기다. 걸어가기에 충분한 거리지."

주소로 봐서 와다 전기설비 주식회사는 메구로 역에서도 한참 떨어져 있었다. 슈토 고속도로 2호선 주변으로 보였다. 정확히 따지면 오자키 서 관할이다. 꽤 멀다.

하지만 형사가 하는 일은 걷기가 40퍼센트, 서류 작성이 40퍼센트, 남은 20퍼센트가 회의와 대기다. 레이코도 그 무렵에는 형사 노릇을 1년쯤 했던 참이라 걸어 다니는 것을 매번 힘들어하지는 않을 정도로 단련돼 있었다.

우중충한 코트 차림으로 탐문을 하러 가는 네 사람의 뒷모습을 바라보며, 레이코와 다카노는 메구로 서에서 나왔다. 야마테도리 대로에서 메구로 대로로 들어가 곧장 역으로 향하는 언덕길을 올라갔다.

"히메카와 씨는 몇 살이에요?"

나란히 서니 레이코보다 키가 훨씬 작은 다카노는 얼굴은 평범했지만 눈빛이나 박력 있는 목소리에서 강단이 느껴지는 여자였다.

"스물여섯이에요."

물론 레이코도 기가 세기로는 따라올 자가 없다고 자부했다.

"그럼 형사 생활은 2년 정도?"

"아니요. 1년 좀 지났어요."

"어머, 그래?"

뭐야, 경력으로 우위에 서서 주도권을 잡겠다는 건가.

햇수는 짧아도 나는 시나가와에서 살인 사건과 강도 사건을 한 건씩 해결했던 몸이야, 하고 받아치고 싶은 마음이 굴뚝같았으나 잠자코 있었다. 이런 사람을 따돌리려면 모르는 척하는 냉정함도 어느 정도 필요하다.

별다른 이야기를 하지 않은 채 10분쯤 걸으니 목적지에 도착했다.

먼저 이리에가 회사 사장에게 사정을 설명하고 출근한 직원들의 이름을 전부 받았다. 직원 목록을 각 조에 나눠주고 사정 청취에 들어갔다. 이리에 조는 사장과 영업 주임, 남자 형사 조는 영업 사원 한 명과 설비 기사 두 명, 다카노와 레이코 조는 여자 직원 세 명을 한 사람씩 순서대로 불러 면담했다. 이미 오후가 지난 터라 외근을 나간 영업 사원과 기사 들은 저녁이나 다음 날 조사하기로 했다.

레이코 조가 맨 처음 이야기를 나눈 사람은 이토 시즈에, 피해자보다 한 살 어린 41세 여성이었다.

"어제저녁에는 친정에 있었어요. 주소는 스기나미 구 다카이도예요."

"죄송하지만 증명해주실 분이 계신가요?"

다카노는 특별히 까다롭게 질문하거나 하지 않았다. 베테랑답게 노련하게 질문했다. 레이코는 어설프게 끼어들지 않는 편이 좋겠다고 생각했다.

"10시쯤 근처 편의점에 갔어요. 음…… 여기 이게 그 영수증이에요."

이 편의점에 가서 감시 카메라 영상을 확인하면 그녀의 알리바이는 입증된다. 다카노는 영수증을 받아 자신의 지문이 묻지 않게 조심하면서 수첩에 끼워 넣었다.

"스기모토 씨는 어떤 분이셨나요?"

이토는 잠시 머뭇거리더니 사실은, 하고 입을 열었다.

놀랍게도 피해자인 스기모토 가나에는 개인적으로 사채를 놓았는데 회사 안팎으로 고객이 20명도 넘었다고 한다.

"제가 말했다는 게 알려지면 정말 곤란해요. 그런 일로 인간관계를 망치고 싶지는 않거든요."

"그럼요, 물론이죠. 걱정 마세요. 이토 씨에게 들었다는 말은 경찰 말고는 아무에게도 발설하지 않을게요."

이토는 사장을 비롯해 영업 사원과 기사들까지 회사에 단골손님이 아주 많았다는 사실도 덧붙였다.

"어쩌다 사장님까지?"

레이코가 무심코 끼어들자 다카노는 방해가 된다는 듯 두 눈을 감았지만 이토는 눈치채지 못했다.

"사장님은 상당한 공처가이긴 한데 술집 아가씨랑 바람을 피운 모양이에요. 그래서 비상금이 필요했던 것 같아요."

"이토 씨는 혹시 그 불륜 상대의 이름을 아시나요?"

"아뇨. 거기까지는 저도……."

다음으로 이야기를 나눈 사람은 나카무라 도모코라는 35세 사무직 여성으로 훨씬 더 흥미진진한 이야기를 꺼냈다.

"스기모토 씨는 기일 안에 돈을 갚지 않으면 육체관계를 요구했다는 소문이 있어요. 우리 회사에 드나드는 영업 사원 한 명도 그런 이야기를 듣고 서둘러 갚았다고 하더라고요. 그래서 기본적으로 돈은 남자들한테만 빌려준다는 거예요."

회사에서 얻은 스기모토 가나에의 사진을 다시 한 번 들여다보았다.

유달리 못생긴 얼굴은 아니지만 미인이라고 할 만한 정도는 아니었다. 사원 여행 때 찍은 스냅 사진이었다. 유카타를 입은 스기모토는 이토와 나카무라 사이에 끼어서 한껏 즐거워 보이는 브이 사인을 그리고 있었다.

사법해부에 따르면 피해자의 신장은 159센티미터, 체중은 65킬로그램 전후다. 사진에 찍힌 그녀의 상반신은 그 사실을 뒷받침하듯 통통했다. 쉽게 말해 중년 비만이다. 빈말로라도 예쁘다고 하기는 어렵다. 어쩐지 빌려준 돈을 빌미로 육체관계를 강요한다는 소문도 억지는 아닐 것 같다.

"스기모토 씨는 미혼이던 모양인데 애인은 없었나요?"

나카무라는 노골적으로 어처구니가 없다는 듯 웃었다.

"애인이라니, 설마요. 그런 외모에다 술주정뱅이에, 의지할 데라고는 돈밖에 없고, 그렇다 보니 돈을 빌려주고 남자와 그렇게……. 그렇잖아요? 그래서 남자가 없는지, 남자가 없어서 그렇게 된 건지는 모르겠지만요."

마지막으로 이야기를 나눈 다케다 유키는 별로 친한 사이가 아니었는지 자주 말을 흐렸다.

"그런 건 잘 모르겠어요."

나이는 28세였다. 세 사람 가운데 가장 어렸다. 마른 체형에, 화장을 하면 미인으로 보일 듯한 미묘한 얼굴의 여성이었다. 미인이냐 추녀냐를 떠나서 분위기가 더없이 어두웠다. 그런 탓인지 피부는 하얗다기보다 회색에 가까워 보였다.

"이 사진 이토 씨에게 빌렸는데 다케다 씨는 안 찍혔더군요. 혹시 다케다 씨가 사진을 찍었나요?"

다카노가 사진을 내밀어도 이렇다 할 표정 변화가 없다.

"전 그 여행 안 갔어요."

마치 괴담에 나오는, 우물에서 얼굴을 내밀고 그릇을 세기 시작하는 유령 같은 목소리였다.

"스기모토 씨와는 별로 안 친하셨나 봐요."

"네, 저와는 별로……."

"다케다 씨는 회사에서 어느 분과 친하세요?"

그 질문에는 아무런 대답 없이 고개를 저었다.

"사시는 곳은 어디세요?"

"산겐자야에 살아요."

그렇다면 출근을 하기 위해 매일 도큐덴엔토시선을 타고 시부야까지 가서 JR 야마노테선으로 갈아타고 메구로로 온다는 이야기다.

"어제저녁 11시쯤에는 무엇을 하셨나요?

"집에서 텔레비전을 봤어요."

"부모님과 같이 사시나요?"

"아니요, 혼자 살아요."

"죄송하지만 텔레비전을 보고 계셨다는 걸 증명해줄 사람이 있나요?"

레이코는 매번 이 말을 할 때마다 멍청한 질문이라는 생각을 했다. 한밤중에 하는 행동을 일일이 증명해줄 사람이 없는 게 보통이다. 그래도 경찰로서 물어봐야만 한다. 경찰은 힘든 직업이다.

"없습니다."

그래, 그렇겠지.

"그럼 또 뭔가 생각나는 게 있으면 연락주세요. 오늘은 감사했습니다."

레이코와 다카노가 세 여직원에게 질문을 끝냈을 무렵 설치기사 여섯 명이 돌아왔다. 그들까지 조사를 마치고 저녁 6시 반이 넘어서야 메구로 서로 돌아왔다.

탐문 수사반이 대부분 복귀한 8시경부터 첫 수사 회의가 시작되었다. 레이코 일행도 강당에 놓인 회의 탁자의 가장 끝줄에 앉았다.

"차렷, 경례!"

레이코는 그때까지 이런 본부 수사를 세 번 경험했다. 살인사건으로 한 번, 강도 사건으로 한 번, 강도 살인 사건으로 한 번. 운 좋게도 그중에 두 번은 레이코가 범인을 체포해 직접적인 공헌을 했다. 그 덕분에 이런 회의에는 익숙하다는 자부심이 있는 데다 이번에도 뭔가 해낼 듯한 예감이 들었다.

하지만 다카노가 던진 말 한마디에 모든 기대가 맥없이 무너졌다.

"보고는 내가 할게."

"네, 알았습니다."

하기야 나이로 치면 다카노가 분명 위였다. 별도리 없이 잠자코 있어야 했다.

이마이즈미가 지휘석에서 마이크를 잡았다.

"먼저 현장 감식 아사야마 주임."

레이코보다 세 줄 정도 앞에 있던 파란 감식반 옷을 입은 남자가 자리에서 일어났다.

"시신이 발견된 현장에서 수집한 물품 중 범인의 유류품으로 판명된 것은 없습니다. 모발 11종 가운데 하나는 피해자의 것, 일곱 개는 남성의 것, 세 개는 여성의 것으로 보입니다. 그 밖에 개나 고양이털이 13종, 나일론 같은 섬유 조각이 5종, 꽁초 가루가 7종이었습니다. 그중 세 가지 품목에서 피해자의 혈액형과 일치하는 A형 타액이 검출되었습니다. 그리고 페트병 뚜껑이 둘, 10엔짜리 동전 하나, 과자 봉지 하나, 닭꼬치인지 뭔지 모를 꼬치가 둘."

그 밖에도 여러 가지가 있었지만 쓰레기나 다름없는 물건들뿐이었다.

"수집 품목은 이상입니다. 다음으로 여섯 명의 족적이 발견되었습니다. 그 가운데 최초 목격자와 가장 먼저 현장에 출동한 관할 서 경찰, 피해자의 것을 제외하면 남은 세 개는 모두 남성의 족적으로 추정됩니다. 260밀리미터와 270밀리미터 스니커즈, 270밀리미터 구두. 현재 제조사를 확인하고 있습니다."

특히 270밀리미터 스니커즈의 족적은 피해자를 죽이고 큰길 쪽으로 도주했으리라 추측되는 동선을 그리고 있어서 거기에 중점을 두어 출처 파악에 나설 방침이라는 말로 감식원은 보고를 마쳤다.

"다음은 탐문 수사. 1구역부터. 구사카 경위."

"네."

여기서 호명된 구사카는 훗날 레이코와 앙숙이 되지만 이때만 해도 레이코는 맨 뒷자리에 앉아 있어서 구사카에게 특별한 인상도 받지 못했고, 악감정을 가질 일도 없었다.

탐문 수사에 열 개가 넘는 조가 배정되었으나 이렇다 할 수확은 없었다. 범행 현장을 목격했다는 지역 주민도 없었다. 낮에는 공원을 이용하는 노숙자들이 있었지만, 이런 계절에 공원에서 밤까지 새우는 사람은 없기 때문이었다.

게다가 사람들이 오가는 대로변에 공원이 있다고 해도 피해자가 쓰러져 있던 장소는 수풀로 가려진 사각지대인 데다 가로등 불빛도 닿지 않아 어두웠다. 동이 트고서야 피해자가 발견된 이유도 이런 여러 조건이 겹친 탓인 듯했다.

현장 주변 탐문 수사반의 보고가 끝나고 가택수사 보고가 이어졌다.

"피해자의 집은 화장실 겸 욕조, 간이 부엌이 딸린 10제곱미터 크기의 원룸으로 요즘 미혼 여성이 사는 집치고는 수수한 편이었습니다."

가택수사 결과를 발표한 사람은 훗날 레이코의 부하가 될 기쿠타 경사였다. 역시 이때도 레이코는 기쿠타에게 아무런 감정이 없었다.

가택수사에서 압수한 주요 물품은 다음과 같았다. 수첩, 은행 통장, 각종 카드, 노트북, 비디오테이프, 서적, 세탁바구니 안에 들어 있던 의류, 머리카락, 빗과 칫솔 같은 생활용품 등이다.

집 안에서 남성의 것으로 추정되는 지문도 몇 개 검출되었다. 아마도 와다 전기설비 주식회사 직원들이 증언했던 내용과 관련이 있는 듯했다.

"다음, 근무지 탐문 담당. 이리에 주임부터."

드디어 와다 전기설비 주식회사 탐문 수사반의 발표 순서가 돌아왔다.

"네, 발표하겠습니다. 스기모토 가나에는 고등학교를 졸업한 뒤 바로 와다 전기설비 주식회사에 입사해 24년간 근무했습니다. 근무 태도는 양호했고 1년에 두세 번 몸이 좋지 않아 쉰 적은 있지만 무단결근은 최근 몇 년 동안 한 번도 없었습니다. 주로 경리 업무를 전담했으며 급여는 세금을 포함해 월 32만 엔이었습니다. 사귀는 남자는 없고 술을 빼면 별다른 취미도 없어서 상당한 금액을 저축해두었을 것이라고 증언하는 사람이 많았습니다. 돈을 어떻게 이용했는지는 다른 조에서 보고드리겠습니다."

이리에가 레이코 쪽을 돌아보았다. 다카노가 즉시 자리에서 일어났다.

"제가 사정 청취를 한 사람은 이토 시즈에, 나카무라 도모코,

다케다 유키라는 여성 직원 세 명이었습니다. 그 세 사람의 증언에 따르면 스기모토 가나에는……."

마치 자기 혼자 조사한 듯한 말투다. 분하게도 그녀의 보고에 주변 반응이 아주 좋았다. 스기모토가 돈을 빌려주고 기한 내에 갚지 않으면 육체관계를 강요했다는 이야기가 나오자 그 남자들 중 한 사람이 원한을 품지 않았을까 하는 의심 섞인 목소리가 여기저기서 들려왔다.

소지품 담당 수사관이 한층 더 흥미진진한 보고를 했다.

"피해자는 선불 휴대전화를 여럿 개통해서 사용했습니다. 통신사에 확인하니 스기모토 가나에의 명의로 계약된 휴대전화는 총 여섯 대였습니다. 우선 확인부터 했으면 좋겠는데, 피해자의 집에서 선불 휴대전화가 발견되었나요?"

담당 수사관이 한 대도 없었다고 대답했다.

"그렇다면 선불 휴대전화는 돈거래를 했던 남성이나 육체관계를 맺은 남성에게 연락용으로 스기모토가 직접 계약해서 빌려주지 않았을까 추측합니다. 스기모토가 사망한 날 마지막으로 왔던 전화도 바로 그 여섯 대 중 한 대의 번호였습니다. 스기모토가 계약해서 빌려준 휴대전화로 연락이 오자 사건 현장까지 제 발로 찾아갔고 현장인 놀이터에서 살해당한 겁니다."

"이의 있습니다!"

앞줄에서 누군가가 외쳤다.

"전화번호만 가지고 그 휴대전화를 가진 사람이 살인범이라고 추측하기는 이르다고 생각합니다. 게다가 스기모토가 선불 휴대전화를 빌려준 사람이 육체관계를 맺은 남성이라는 근거도 전혀 없습니다.

보고 중이던 수사관이 살벌한 눈빛으로 앞줄을 노려보았다. 그러자 회의가 난장판이 되는 상황이 싫었는지 이마이즈미가 끼어들었다.

"확실히 지금 단계에서 통화 상대를 용의자로 보기에는 섣부른 감이 있지만 적어도 당시 사정은 알고 있을 확률이 높지. 내일부터 스기모토 가나에의 명의로 개통된 선불 휴대전화를 누가 소유하고 있는지 철저히 조사해서 찾아내도록 해. 통신사에도 적극적으로 협조를 요청하고."

그 이후에도 몇 명이 더 보고했다. 마지막으로 각각 자기소개를 하고 첫 번째 회의를 마쳤다.

수사 첫날 나온 보고를 토대로 둘째 날부터는 팀별 인원 분배가 크게 달라졌다.

목격자를 찾기 위한 탐문 수사반이 다섯 조, 총 열 명으로 가장 많이 줄었다. 그 대신 스기모토 가나에의 수첩에 이름이 적힌 남성 관계자들을 조사하는 팀이 11개 조, 22명으로 크게 늘었다. 레이코와 다카노도 이 팀에 포함되었다. 나머지는 신발 제조사와 판매점 수사 팀으로 세 조, 여섯 명으로 꾸려졌다. 통신사에서 휴대전화 계약 서류를 조사하는 일은 네 명이서 두 조로 나뉘어 맡았다. 스기모토 가나에의 과거를 추적하기 위해 두 명이 한 조가 되어 시즈오카 현 시마다 시로 향했다.

수사 5일째에 드디어 스기모토에게 휴대전화를 받은 남자 한 명이 밝혀졌다. 33세 다구치 슌이치라는 남성이었다. 와다 전기설비 주식회사에 출입하는 거래처 영업 사원이었다. 레이코는 직접 보지 못했지만 수사관의 말에 따르면 의외로 잘생겼다고 했다.

그 뒤로도 스기모토 명의로 된 휴대전화 소지자는 줄줄이 밝혀졌다. 7일째에 두 번째 남성이, 8일째에 세 번째 남성이, 12일째에 네 번째 남성의 신원이 드러났다.

하지만 여태껏 밝혀진 네 사람은 모두 범행 당일 밤 알리바이가 확실했고, 스기모토가 사망하기 직전에 왔던 번호가 아니어서 용의자로 보기 어려웠다.

이제 남은 소지자는 두 명이다.

수사본부는 통신사에 협조를 얻어 휴대전화 전파를 찾아서 나머지 용의자의 위치 추적을 시도했다. 하지만 두 사람 다 전원을 꺼놓았는지 전화를 걸어도 받지 않았다. 전파도 감지되지 않았고 위치 추적도 불가능했다.

그러던 중 와다 전기설비 주식회사에 근무하는 남자 사원 한 명이 스기모토에게서 휴대전화를 받았다고 고백했다.

사이토 마사하루라는 34세의 설비 기사였다. 스기모토의 수첩에 이름이 적혀 있었고 사건 직후에도 스기모토에게 돈을 빌린 적이 있다고 인정한 남성이다. 꽤 미남이어서 담당 수사관이 수상하게 여겨 집요하게 캐물은 결과 고백을 받아냈다.

하지만 사이토의 전화번호는 범행 당일 밤 스기모토에게 왔던 번호와 달랐다. 사이토는 선불 휴대전화를 받은 사람들이 의심을 받는다는 사실을 알고 일단 전원을 꺼두었다고 한다. 서둘러 휴대전화를 처분해야겠다고 생각했지만 언제 어디에서 형사가 지켜볼지 몰라 그마저도 쉽지 않았다고 진술했다.

남은 사람은 이제 한 명뿐이다.

그렇지만 스기모토의 수첩에 이름이 적혀 있던 남성은 거의 다 조사가 끝나갈 무렵이었다. 선불 휴대전화를 받은 남성은 더 이상 나타나지 않았고 알리바이나 다른 증거물을 조사해도 용의선상에 오르는 사람이 없었다.

레이코는 차츰 조바심이 났다.

이대로 다른 형사들이 하는 식으로만 수사를 하다가는 눈에 띄는 실적을 올리지 못한다. 게다가 같은 조인 다카노는 회의를 할 때마다 좀처럼 레이코에게 발언 기회를 주지 않았다. 그렇다고 이제 와서 다카노와 같은 조를 못하겠으니 바꿔달라는 요청을 하기도 어렵다. 다카노와 함께 일하다가는 자신이 큰 실적을 올리지 못할 것 같다는 이유는 통하지도 않을 것이다. 그런 말을 했다가는 오히려 너 같은 형사 필요 없다며 히몬야 서로 돌려보내질 가능성이 컸다.

관할 서 형사가 본부 수사에 참여하는 일은 본청으로 발탁될지도 모르는 절호의 기회다. 여기서 수사 1과 간부급 형사의 눈에 드는 것이 본청으로 들어가는 가장 빠른 지름길이었다.

어떻게 해서라도 이 기회를 잡아야 한다. 뭔가 나 혼자 할 만한 일이 없을까. 다카노에게 방해받지 않고 혼자 가능한 일, 사건도 해결하고 보란 듯이 공적도 올리는 일, 돈의 흐름과 마지막 휴대전화 소지자를 찾아낼 결정적 증거가 남아 있고, 아직 아무도 손대지 않은 것은 무엇이 있을까.

주위를 둘러보자 한 물건이 레이코의 눈에 들어왔다. 강당 앞에 놓인 책상 옆 모퉁이에 설치된 자료 코너. 거기에 놓인 흰색 노트북. 그 노트북은 스기모토의 집에서 가져온 것이다. 그러고 보니 노트북에서 무언가가 발견되었다는 보고는 아직 아무 팀도 하지 않았다.

레이코는 13일째 회의가 끝나자마자 강당 앞으로 돌진해 수사본부의 실질적 대장인 수사 1과 10계장 이마이즈미 경감을 붙잡았다.

"계장님, 잠깐만요!"

자리를 떠나려던 이마이즈미는 깜짝 놀라 레이코를 쳐다보았다.

"히몬야에서 나온 히메카와 레이코 경사입니다. 계장님께 한 가지 여쭙고 싶은 게 있는데 괜찮을까요?"

이마이즈미는 소금을 쳐 구운 김처럼 짙은 눈썹을 찌푸렸다.

"뭔가? 회의는 방금 끝났는데······."

"죄송하지만 지금 막 생각이 났거든요. 부탁드립니다."

이마이즈미는 잠시 레이코를 뚫어지게 쳐다보았다.

레이코는 일부러 눈을 피하지 않고 시선을 정면으로 받아쳤다.

이마이즈미는 색이 엷고 얇은 입술을 천천히 열었다.

"뭐지? 말해보게."

"네."

레이코는 내심 안도의 한숨을 쉬었다.

"저기 있는 압수품 중 노트북 말인데요, 조사한 사람이 있습니까?"

이마이즈미는 여전히 미간에 힘을 준 채 대답했다.

"노트북에 남은 메일이나 문서는 여기 있는 강력계 계장과 내가 맡아서 조사했네. 특별히 눈에 띄는 내용이 없어서 따로 보고하지는 않았어."

"주소록 같은 것은 없었나요?"

"수첩 기록 말고?"

"네, 예를 들면 연하장 같은 걸 인쇄할 때 데이터베이스가 되는 파일 형식의 주소록요."

"그런 건 없었네."

"그럼 인터넷 열람 이력은 조사해보셨나요?"

이마이즈미의 시선이나 표정에는 아무런 변화가 없었다.

"일단 조사는 했다고 들었는데 이번 사건과 관련된 내용은 없었던 것으로 아네."

레이코는 어금니를 꽉 깨물고 침을 삼킨 후 입을 열었다.

"그럼 노트북을 제가 다시 한 번 조사해봐도 될까요?"

이마이즈미는 못마땅한 듯 입술을 삐죽였다.

"그런 쪽으로 밝은가 보군?"

나이 든 사람이 많은 형사계에는 아직 디지털 제품을 다루는 데 서툰 사람이 많았다. 노트북을 조사했다는 강력계 계장 역시 쉰이 다 된 경위였으니 안 봐도 빤했다. 건성으로 형식적인 조사만 했을 가능성이 높다.

"네, 잘 압니다."

능숙한지 서툰지는 순전히 말하기 나름이다. 이렇게 큰소리 치고 일을 벌였다가 아무것도 나오지 않는다 해도 책임 문제로 발전할 일은 아니다.

"알겠네. 자, 그럼 노트북 조사는 자네에게 맡기도록 하지. 그나저나 지금 누구랑 한 조인가?"

"시나가와 서 다카노 경사님과 한 조입니다."

"조를 바꿀 필요는 없나?"

어떻게 해야 좋을까. 자칫 조를 바꿨다가는 다른 형사들이 내가 무언가 조사한다는 사실을 눈치챌지도 모른다. 조금 고생을 하더라도 노트북 조사는 비밀리에 혼자 하는 편이 낫겠다.

"아니요, 지금은 이대로 괜찮습니다. 조별 수사와는 별개로 따로 조사할 생각이라 조까지 바꿀 필요는 없습니다."

이마이즈미는 눈을 가늘게 떴다.

"그렇게 하게. 지문 채취는 끝났으니 가져가서 마음껏 조사해 봐. 증거 자료 대출 신청은 내가 알아서 하지."

레이코는 고개를 숙여 인사했다.

문득 돌아보니 멀리서 다카노가 레이코 쪽을 쳐다보고 있었다. 바로 노트북을 받지 않고 강당에서 나와 화장실로 갔다.

형사들 대부분이 수사본부를 떠나고 한밤중이 되어서야 레이코는 강당 자료 코너에서 노트북을 꺼냈다. 그리고 1층 경무

과로 가져갔다. 인터넷 선을 연결하자 인터넷 사용이 자유로워졌다.

이제부터 스기모토 가나에가 생전에 들어갔던 인터넷 사이트를 차례대로 하나씩 조사할 작정이다. 인터넷 열람 기록은 보통 30일 분량이 저장된다. 하지만 이미 스기모토가 살해된 지 14일이 지났다. 말하자면 실질적으로 열람 기록은 16일 분량만 남았다는 뜻이다. 그중에 유익한 증거가 될 만한 정보가 과연 얼마나 있을까. 참으로 길고 지루한 작업이었다.

열람 이력이 남은 홈페이지 주소를 하나씩 클릭해 내용을 읽었다. 스기모토는 패션, 쇼핑, 영화, 음악, 책을 비롯해 주식이나 부동산에도 관심을 가졌던 모양이다.

하지만 모든 사이트를 매일 들어가지는 않았다. 며칠에 한 번씩 들어간 사이트도 있고 딱 한 번 들어간 사이트도 많았다. 그중 레이코의 눈에 띈 곳은 'B 채널'이라는 상당히 유명한 익명 게시판 사이트였다.

사회, 학문, 생활, 취미, 문화, 예능, 방송, 컴퓨터 등등 사람들이 흥미로워하는 모든 주제에 대해 이야기를 나누는 사이트다. 각 게시판은 한 주제 아래 자잘한 소주제로 갈라진다. 게시물을 올리려면 소주제에 속한 스레드(thread)라고 불리는 주제별 입력 칸에 써넣으면 된다.

예를 들면 '예능'이라는 주제 안에 '여자 아이돌'이라는 게시판이 있고 누군가가 그 게시판에 '○○양 성형 의혹에 관한 이야기'라는 스레드를 만들면 이용자들은 ○○라는 아이돌이 성형을 했는지 안 했는지, 했다면 어디를 했는지, 더 나아가 언제부터 코가 달라졌는지 눈은 어떻고 가슴은 어떻고 하는 식으로 각자 자기 마음대로 글을 올린다.

스기모토 가나에는 매일 이 사이트에 접속했다. '금남 구역' 게시판 중 '직장 내 싫은 사람 괴롭히기 스레드'의 단골이었던 모양이다.

처음에는 스기모토가 쓴 글이 무엇인지 전혀 구별하지 못했다. 스기모토가 접속한 시간이나 게시글 아래에 표시되는 아이피 주소 등을 단서로 추적하니 스기모토가 썼다고 추정되는 글들이 눈에 들어왔다. 또 과거 스레드까지 조사해 스기모토가 언제부터 이 게시판을 이용했는지, 언제 무엇을 했고, 무엇을 하면서 즐거워하고, 어떤 것에 화를 냈는지, 누구를 괴롭혔는지 파악했다.

물론 회사명이나 실명은 언급하지 않았다. 하지만 스기모토를 아는 사람이라면 'W 사'가 '와다 전기설비 주식회사'라는 사실과 스기모토가 싫어하는 '돼지녀'가 누구인지 대강 짐작할 만했다.

이튿날 아침 레이코는 이마이즈미에게 와다 전기설비 주식회사 여성 직원 중 한 사람에 대한 재조사 허가를 요청했다. 그녀가 괴롭힘을 당했다고 해서 스기모토를 죽였다고 단정하지는 못하지만 만약 실제로 괴롭힘을 당했다면 사건의 전모가 드러날지도 모른다.

"선불 휴대전화는 굳이 본인이 아니더라도 보험증만 있으면 누구나 쉽게 개통할 수 있습니다. 회사에서 보험증을 확인할 일이 생겼을 때 스기모토의 서랍에서 보험증을 꺼내는 걸 지켜보다가 스기모토 몰래 보험증을 훔쳐서 개통했을지도 모릅니다. 서랍이 아니라 탈의실 사물함에서 꺼냈을 가능성도 있고요. 오히려 그 편이 같은 여자 입장에서 훨씬 쉬웠을지도 모르죠. 물론 이 범행은 스기모토가 점찍은 남성에게 선불 휴대전화를 준다는 사실을 아는 사람이어야 가능합니다."

이마이즈미의 눈빛이 날카로워졌지만 레이코의 이야기를 막지 않았다.

"현재 밝혀진 선불 휴대전화 여섯 대의 계약서를 다시 한 번 조사할 필요가 있다고 생각합니다. 필적 조사는 물론이거니와 원본이 보존되어 있다면 지문 조사도 해야겠지요. 아마 여섯 번째 계약서에는 스기모토의 지문이 없을 겁니다. 그 대신 다른 사람의 지문과 필적이 나오겠죠. 점원이 보는 앞에서 범인이 스기모토의 필적을 흉내내서 서류를 작성하지는 못했을 테니까요."

낮은 신음이 들렸다. 이마이즈미는 검지로 눈썹 위를 긁었다.

"히메카와 경사 말대로 그 계약서를 다시 조사하는 편이 좋을 듯하군. 오늘 바로 몇 명을 통신사로 보내도록 하지. 하지만 그 직원이 돼지녀라는 근거가 있나? 만일 그녀가 돼지녀라면 자네는 그녀에게서 자백을 받을 자신이 있나?"

자신감은 있느냐 없느냐의 문제가 아니다. 어디까지나 자신감을 가질 것인가 말 것인가의 문제다.

"자신 있습니다. 물론 임의 조사라 간접적인 증거밖에 내놓지 못하겠지만 그래도 그녀가 승복할 가능성은 충분히 있습니다."

이마이즈미는 조용히 일어나서 자리에 앉아 있던 다카노를 불렀다.

"오늘 와다 전기설비에 가서 재조사하게. 이번에는 히메카와 경사가 주도하는 대로 움직이게나."

"네."

이마이즈미의 지시에 다카노는 대답을 하고 입을 굳게 다물었다.

와다 전기설비 주식회사 근처에 있는 카페로 돼지녀라고 추측한 직원을 불러냈다. 유니폼을 입은 그녀는 지난밤과 마찬가지로 어둡고 칙칙한 모습으로 카페에 들어왔다.

"바쁘신데 나오라고 해서 죄송합니다."

레이코가 인사를 건네자 그녀도 천천히 고개를 숙였다. 구체적으로 질문을 던지지 않으면 그녀는 아무 말도 하지 않을 타입이다. 레이코는 자기가 먼저 할 말을 다 하고 그녀의 반응을 살펴야겠다고 생각했다.

"돌아가신 스기모토 씨의 컴퓨터 기록을 조사하다가 우연히 스기모토 씨가 직장 내 한 직원을 집요하게 괴롭혔다는 내용의 문서를 보았습니다."

깜짝 놀랐는지 그녀의 검은 눈동자가 흔들렸다. 하지만 금세 정신을 가다듬는 듯했다.

"스기모토 씨는 중요한 팩스 답장 서류를 몰래 감추거나 다른 사람이 저지른 실수를 뒤집어씌워 누명을 입히는 식으로 괴롭혔던 것 같습니다. 그 밖에도 휴게실에 있는 그 직원의 머그컵 안에 세재를 묻혀두거나 점심시간에 사용하는 칫솔로 세면실 배수구를 닦아 망가뜨리기도 했습니다. 화장실 쓰레기통에서 그 직원이 버린 화장지를 들고 와서는 포장지는 비닐인데 왜 분리수거를 하지 않았느냐며 다른 직원들 앞에서 책상을 두드려가며 망신을 주기도 했지요. 사물함에 음식물 쓰레기를 버리기도 하는 등등 날마다 여러 가지 방법으로 괴롭혔던 모양입니다."

한기를 느끼는지 직원의 목과 어깨가 가끔씩 떨렸다.

"문서 속에 스기모토 씨는 그 직원을 돼지녀라고 표현했더군요. 다케다 씨."

다케다는 숨을 크게 들이마시며 고개를 들었다.

"지금까지 문서라고 말씀드렸지만 실은 인터넷 게시판에 올라온 내용이에요. 스기모토 씨는 자신이 괴롭힌 내용을 인터넷에 올려 다케다 씨를 사람들의 웃음거리로 만들었어요. 정말 너무하죠? 만약 제가 그런 일을 당했더라면…… 어쩌면 죽이고 싶었을지도 모르겠어요."

옆에 앉은 다카노가 살벌한 눈빛으로 레이코를 째려보았다. 신경 쓰지 않았다. 아무리 상대가 살인범일지라도 인간 대 인간으로 공감할 만한 감정을 찾아 파고드는 것이 살인범 수사의 기본이다. 절도범계 사람이 알 리가 없다.

"사실이 아니라면 미안해요. 하지만 나는 말이죠, 이 '돼지녀'가 다케다 씨가 아닐까 하고 생각했어요. 왜냐하면 와다 전기설비 주식회사 여성 직원 중에 스기모토 씨보다 뚱뚱한 분은 안 계시거든요. 그렇다면 이 돼지라는 말이 외모에 대한 멸시를 나타낸 것이 아닐 거라는 생각이 들더군요. 즉 이름의 한자를 읽는 법이었던 거예요. 다케다(武田)를 중국식 한자 발음으로 읽으면 부타*가 되거든요. 어떻게 생각하세요? 아닌가요?"

다케다는 턱까지 부들부들 떨기 시작했다.

"스기모토 씨가 그렇게까지 괴롭히지는 않았던가요?"

다케다가 고개를 툭 떨구었다. 긍정인지 부정인지 명확하지 않았다.

"괴롭힘을 당했군요."

이번에는 확실하게 고개를 끄덕였다. 탁자 위에 눈물이 떨어졌다. 떨어진 눈물은 별 모양으로 번졌다.

"죽여야겠다고 생각했나요?"

다케다의 표정이 괴로움으로 일그러졌다. 그녀는 천천히 고개를 숙였다.

"하지만 그게 옳은 해결책이 아니라는 사실은 알고 계시죠? 그래서 선불 휴대전화를 이용해서 일을 꾸민 거고요."

그녀는 고개를 번쩍 들고 레이코를 노려보았다.

처음으로 보는 다케다 유키의 강렬한 표정이었다.

"제가 스기모토를 죽인 것은 사실이지만 잘못했다고는 생각하지 않아요. 후회도 하지 않고요."

---

* 부타(豚): 일본어로 돼지라는 뜻.

다케다와 레이코는 한동안 상대방을 노려보았다.

임의 조사만으로 더할 나위 없이 좋은 결과를 얻었다. 하지만 어째서인지 사건을 해결했다는 개운함이 느껴지지 않았다.

다케다 유키는 범행을 모두 자백했다. 선불 휴대전화 계약서 원본에서 그녀의 지문이 검출되었으며, 가택수색 결과 흉기로 보이는 과도와 휴대전화 등 증거물도 압수했다.

2개월 뒤 그녀의 첫 번째 공판이 열렸다. 변호인 측은 무죄를 주장하기보다 그녀가 범행을 저질러야 했던 상황과 피해자와의 관계에 중점을 두어 노골적으로 정상참작을 주장했다.

반면 검찰은 범행 동기는 이해하지만 선불 휴대전화를 이용해 은폐 공작을 펴고 일부러 치수가 큰 스니커즈를 사서 범인이 남성인 것처럼 꾸민 사실을 근거로 범행이 악질적이고 계획적이라고 주장했다.

7개월 뒤 1심에서는 검찰이 주장한 구형 12년보다 훨씬 적은 징역 7년 2개월이라는 실형 판결이 났다.

재판장은 형량 결정의 근거로 극악하고 계획적인 범행이지만 동기에 정상참작 할 여지가 있고 재범의 가능성이 적다는 이유를 들었다. 변호인과 검찰 측도 판결에 이의를 제기하지 않아서 재판은 그것으로 끝이 났다. 다케다 유키에게는 징역형이 확정되었다.

그로부터 4년이 흘렀다.

레이코에게 다케다 유키 사건은 이마이즈미와 만난 전환점이 되었지만 그 사실을 빼면 별로 인상에 남는 사건은 아니었다. 그런 까닭에 편지를 보낸 사람의 이름을 보고도 누군지 금방 떠오르지 않았다.

"지난번에는 대단히 실례가 많았습니다."

이 한 문장으로 시작하는 편지의 내용은 도저히 '사람을 죽인 것을 후회하지 않는다.'고 말했던 여성의 문체로 보이지 않았다. 편지 말미에는 만나서 사과드리고 싶습니다, 하고 덧붙였다.

레이코는 아무 근거도 없지만 편지 내용을 진심이라고 받아들였다. 그래서 만나러 갔다.

약속 장소는 긴자에 위치한 카페였다. 다케다는 회색 정장을 입고 나왔다. 얼마 전까지 교도소에 있던 사람이라고는 믿어지지 않을 만큼 발랄한 분위기였다.

"오랜만이에요."

목소리도 그때와는 전혀 다른 사람처럼 밝고 활기가 넘쳤다.

레이코는 느낀 점을 숨기지 않고 솔직하게 말했다.

"깜짝 놀랐어요. 정말 다른 사람 같아서요. 뭐랄까, 기쁘기도 하고 신기하기도 하고……."

다케다는 고개를 끄덕이고 일전에는 폐를 끼쳐 미안했다며 고개 숙여 사과했다.

"지금까지 줄곧 마음에 걸리는 게 있었어요. 형사님이 저에게 그랬잖아요. 사실은 살인이 옳은 해결책이 아니라는 걸 알고 있지 않았느냐고요. 저를 생각해서 그런 식으로 말씀해주셨는데 저는 틀리지 않았다고, 후회하지 않는다고 건방지게 대답했죠. 그게 줄곧 가시처럼 가슴에 남았어요."

분명히 그런 대화를 나누었다. 하지만 그 일을 다케다가 마음에 두고 있었다니 뜻밖이었다. 그것도 무려 4년이라는 긴 시간 동안 줄곧 말이다.

"고마워요. 그렇게 생각했다니 왠지 기분은 좋은데요. 그런데 이런 말 물어보면 기분 나쁠지도 모르지만, 왜 갑자기 그렇게 바뀐 거예요? 무슨 계기가 있었나요?"

드물기는 해도 수감자 중에는 교도소에서 종교를 얻고 개과천선하는 사람이 있다. 레이코가 짐작 가능한 범위는 겨우 그 정도였다. 다케다는 고개를 끄덕이더니 홍차를 한 모금 마시고 이야기했다.

"경찰서에서도 재판정에서도 말하지 않은 게 하나 있어요. 분명히 살인 동기는 스기모토 씨에게 괴롭힘을 당했기 때문이었어요. 당시에는 저도 그게 가장 큰 이유라고 생각했고요. 하지만 그보다 더 큰 이유가 다른 데 있다는 걸 나중에 깨달았어요."

다케다는 진지한 눈빛과 표정으로 말을 이었다. 레이코는 그녀의 눈빛에서 이유 모를 온화함을 느꼈다. 그리고 어느새 그녀의 이야기에 귀를 기울이는 자신을 발견했다.

"사실 저, 스기모토 씨가 사장님께 하는 이야기를 우연히 들었어요. 스기모토 씨는 제가 마음에 들지 않으니 당장 자르라고 사장님께 말했고, 그때 사장님도 어렴풋이 승낙한다는 식으로 말을 했어요. 그래서 저는 아, 잘리는구나 하고 겁이 났죠."

와다 전기설비 주식회사 휴게실 벽에 몸을 숨긴 다케다의 모습이 눈앞에 그려졌다. 그 너머에 서 있는 스기모토 가나에의 추악한 모습과 한심하기 짝이 없는 사장의 얼굴도 눈에 선했다.

"그때부터였어요. 스기모토 씨가 곁에 있는 한 나는 직장을 잃겠구나 하는 강박관념에 사로잡혔어요. 저는 부모님을 일찍 여의어서 고등학교 때까지 친척 집에서 신세를 졌어요. 그래서 하루라도 빨리 독립하겠다고 굳게 마음먹었죠. 고등학교를 졸업하자마자 그 회사에 들어갔어요."

다케다는 조용히 숨을 내쉬었다.

"당시에 제가 머무를 곳은 그곳뿐이었어요. 솔직히 요령도 없고 눈치도 없어서 다른 사람에게 미움을 좀 받기는 했지만 직장에서 잘린다는 걱정은 전혀 하지 않았어요. '이거 해라' '이거 부탁해'라며 일이 넘어오면 그것만으로도 나는 여기에 필요한 사람이구나 하고 존재 의미를 느꼈거든요. 하지만 스기모토 씨는 그것마저 저에게서 앗아가려고 했어요. 이제 아무도 날 필요로 하지 않고 아무 데도 갈 곳이 없게 되리라는 생각에 그만……. 그게 가장 큰 동기였어요."

직장에 대한 집념은 레이코도 깊이 공감하는 부분이다.

"그렇다고 해서 사람을 죽여도 되는 건 아니지만 당시 저에겐 그 방법밖에 떠오르지 않았어요. 형사님께 조사를 받을 때도, 재판을 받을 때도, 복역을 하는 동안에도 그 마음은 변하지 않더군요. 그런데 어느 날 사장님께서 편지를 한 통 보내셨더라고요."

편지? 사장님? 레이코는 무심코 고개를 갸웃했다.

"회사에서 제 자리를 지켜주지 못해 미안하다며 용서해달라는 내용이 편지 첫머리였어요. 가석방을 하는 데 필요하다면 신원 보증인이 되어주겠다고, 회사에도 다시 돌아왔으면 좋겠다고 쓰여 있었죠. 그 편지를 읽는데 눈물이 멈추지 않았어요. 처음으로 못할 짓을 했구나 하고 깨달았어요."

안타까운 실수. 말을 하는 다케다의 시선은 한없이 온유하고 부드러웠다.

"설명은 잘 못하겠지만 그때 처음으로 제가 저지른 일이 틀렸다고 깨달았어요. 그래서 형사님에게도 말씀을 드려야겠다는 용기가 생겼고요."

레이코가 그렇군요, 하고 나지막한 소리로 대답하자 그녀는 안심한 듯 고개를 끄덕였다.

"그럼 지금은 다시 와다 전기설비에서?"

레이코의 물음에 다케다는 고개를 저었다.

"아니요. 거기까지 신세 져서는 안 되겠다는 생각에 사장님께는 신원 보증만 부탁드렸어요. 복역 중에 간병인 자격증을 따서 지금은 남을 보살피는 일을 해요. 사실 그 회사도 사장님께서 소개해주신 곳이지만요."

다케다의 근황 이야기를 더 듣고 나서 카페에서 나왔다.

둘은 나란히 걸었다. 겨울치고는 꽤 따뜻한 바람이 분다.

"이제 곧 봄이에요."

마지막으로 다케다가 나직이 말했다. 그리고 그럼 이만 실례하겠습니다, 하고 레이코에게 고개 숙여 인사했다.

"이야! 그런 일로 수감자가 변하기도 하는군요."

이야기를 다 들은 유다는 입술을 삐죽 내밀고 고개를 옆으로 삐딱하게 기울이며 끄덕였다.

"그러게. 나도 좀 놀랐어. 그래도 다케다 씨의 깨달음에는 순서가 중요했다는 생각이 들어."

"순서요?"

"그래, 순서. 보통 범죄를 저지르고 교도소에서 형벌을 받으면 용서를 받는 게 상식이잖아. 그러니까 교도소를 나와서 다시 사회생활을 할 수 있는 거고. 하지만 다케다 씨는 범죄를 저지르고 교도소에 수감은 됐지만, 그때까지는 진심으로 죗값을 치른다는 생각은 하지 않았어. 자기 잘못을 인정하지 않은 채 형기가 끝나기만을 기다렸다고. 하지만 때마침 사장님에게서 편지가 도착한 거야. 그녀의 마음에……, 이렇게 말하면 조금 닭살이 돋지만, 그래도 어쨌든 그 편지를 계기로 다케다 씨는 진심으로 잘못을 뉘우치고 죗값을 치러야겠다는 결심이 섰던 거지."

유다는 아직도 잘 모르겠다는 듯이 고개를 갸우뚱했다.

"다시 말해서 범죄를 저지른 사람은 용서를 통해 처음으로 자신의 잘못을 깨닫고 진심으로 죗값을 치르게 되는 게 아닐까 하는 생각이 들었다는 거야. 물론 이상론이지만. 현실은 그렇지 않은 경우가 압도적으로 많긴 해도 말이야. 그런 사람은 자기 잘못을 깨닫지 못한 채 그저 형기만 채우고 나오면 죗값을 일단

치렀으니 자신은 무조건 용서를 받아 마땅하다고 생각하거든. 벌만 다 받으면 자기가 저지른 범죄는 사라진다고 여기는 범죄자도 있어. 대체로 그런 사람은 재범 가능성이 높아. 하지만 다케다 씨는 그렇지 않았어. 나는 용서를 받았다, 나를 받아줄 사회가 있다, 나를 받아줄 사람이 있다고 실감했기 때문에 진심으로 자기 잘못을 뉘우치고 죗값을 치러야겠다는 마음이 들지 않았을까?"

"왠지 기독교 교리 같은데요."

유다가 말했다.

"맞아. 기독교 교리와 비슷해. 난 종교 같은 건 전혀 안 믿는 사람이지만, 그래도 그런 교리는 일리가 있다고 봐. 조금 이해가 갈 듯한 기분이랄까. 어떻게 생각해?"

유다는 그래도 잘 모르겠다고 했다. 레이코는 그래도 괜찮다고 생각했다. 분명히 유다도 언젠가 알게 될 날이 오겠지. 머리로는 이해해도 가슴으로는 아무 감동도 느끼지 못하는 경우가 있기 마련이다. 그러나 레이코는 느낄 수 있었다. 그때 다케다 유키가 보여주었던, 나뭇잎 사이로 새어 들어오는 따스한 봄볕 같은 미소가 헤아려졌다.

레이코는 그 마음을 감사하게 여기며 가슴속 깊이 새겨두기로 했다.

그때 자리를 비웠던 이마이즈미가 돌아왔다.

"어이, 다마에서 살인 사건이 터졌다. 전원 서둘러 준비해 출동하도록."

히메카와 반 형사들이 일제히 일어나 네, 하고 박력 있게 소리쳤다.

레이코는 혼자 어깨를 움츠리며 쓴웃음을 지었다.

이번 피해자가 어떤 사람인지는 아직 모른다. 이렇게 평온한 기분으로 일을 제대로 처리하려나. 그런 레이코를 이마이즈미가 쩨려보았다.

"왜 그래, 레이코. 허리 때문에 못 일어나겠나?"

"또 그러신다. 괜찮다니까요. 다녀오겠습니다."

이 정도 요통은 움직이는 동안 낫겠지.

어느새 봄이 이만큼 다가왔다.

옮긴이 **이로미**

1974년 성남에서 출생하였고, 인하대학교 사학과를 졸업했다. 대학 때부터 한일 간의 문화와 역사에 깊은 관심을 가져, 세종대 정책과학대학원 국제지역학과에서 일본학 전공으로 석사 학위를 받았다. 일본 문학지 『후네』, 『씸씽』, 『구자쿠센』 등에 한국 시인의 시를 다수 번역하여 소개했으며, 이효석이 1940년대에 발표한 『녹색의 탑』을 포함한 소설 다섯 편과 산문 열일곱 편 등 일본어 작품을 한국어로 번역한 바 있다. 그 밖에도 과학 인문서 『아인슈타인과 원숭이』를 비롯하여 『고양이와 함께 행복해지는 놀이 레시피』, 『산월기·이릉』, 『삼색털 고양이 홈즈의 등산열차』 등 일본 소설을 번역하였고, 혼다 데쓰야의 레이코 형사 시리즈 일곱 편의 역자이기도 하다.

시머트리

초판 1쇄 인쇄일 2018년 8월 13일
초판 1쇄 발행일 2018년 8월 25일

지은이	혼다 데쓰야
옮긴이	이로미
펴낸이	정은영
주간	배주영
편집	고은주
경영지원	양상미 김윤하 김은혜
제작	이재욱 현대엽 박규태
디자인	워크룸 김혜원
마케팅	한승훈 이새롬 나윤주 강민재 윤혜은 황은진

펴낸곳	㈜자음과모음
출판등록	2001년 11월 28일 제2001-000259호
주소	04047 서울시 마포구 양화로6길 49
전화	편집부 (02)324-2347 경영지원부 (02)325-6047
팩스	편집부 (02)324-2348 경영지원부 (02)2648-1311
이메일	neofiction@jamobook.com

ISBN 978-89-544-3860-5 (04830)
978-89-544-3857-5 (set)

잘못된 책은 교환해드립니다.

이 도서의 국립중앙도서관 출판예정도서목록(CIP)은 서지정보유통지원시스템 홈페이지 (http://seoji.nl.go.kr)와 국가자료공동목록시스템(http://www.nl.go.kr/kolisnet)에서 이용하실 수 있습니다.(CIP제어번호: CIP2018024746)